蓦然回首

钱万成诗歌自选集

钱万成 著

人民东方出版传媒
People's Oriental Publishing & Media
東方出版社
The Oriental Press

图书在版编目（CIP）数据

蓦然回首：钱万成诗歌自选集 / 钱万成著．— 北京：东方出版社，2023.1
（梨花诗丛）
ISBN 978-7-5207-2604-7

Ⅰ.①蓦… Ⅱ.①钱… Ⅲ.①诗集—中国—当代 Ⅳ.① I227

中国版本图书馆 CIP 数据核字（2022）第 013583 号

蓦然回首：钱万成诗歌自选集
（MORANHUISHOU : QIAN WANCHENG SHIGE ZIXUAN JI）

作　　者：钱万成
策　　划：王莉莉
责任编辑：张　旭
出　　版：东方出版社
发　　行：人民东方出版传媒有限公司
地　　址：北京市东城区朝阳门内大街 166 号
邮　　编：100010
印　　刷：北京明恒达印务有限公司
版　　次：2023 年 1 月第 1 版
印　　次：2023 年 1 月第 1 次印刷
开　　本：880 毫米 ×1230 毫米　1/32
印　　张：10.25
字　　数：150 千字
书　　号：ISBN 978-7-5207-2604-7
定　　价：120.00 元（全三册）
发行电话：（010）85924663　85924644　85924641

序

那样的日子总像上午，风也是绿的

于耀江、钱万成和我，我们三人年龄相仿，都是二十世纪七八十年代从梨树出发走上诗歌之路的。几十年过去，每当家乡的诗友们回忆起当年梨树诗坛时，也总习惯把我们三个人相提并论，甚至还冠以“梨树三星”“梨花三杰”等说法。对此我们要说一句：我们既不是“星”也不是“杰”，只是有幸得到梨树诗乡这片诗歌热土的养育而成长为写诗的人。为纪念并见证我们三人从梨树起步的共同诗歌历程和几十年因诗歌结下的友谊，编辑一套《梨花诗丛》似乎很有必要。这不仅对我们每个人的个人写作是一次必要的回顾，更是对诗歌之乡梨树的一次诗的汇报，因为“梨树”、“梨花诗会”和“梨树诗歌”是我们的共同胎记，是我们诗歌生涯难以忘怀的起点。

吉林省梨树县在中国的版图上是一个不起眼的农业县，但它却在二十世纪八十年代初期突然涌出了一股罕见的诗歌热潮，在省内外产生了不算小的影响。我愿把家乡的这种文

化现象称为“梨树史上的文艺复兴”。任何一个国家或地区的文艺复兴都离不开特定的时代背景和必备的几个因素——梨树也不例外。毫无疑问，二十世纪七八十年代之交的改革开放带来的教育和经济复苏为家乡提供了千载难逢的机遇，二十世纪四十年代就在巴金主编的《中国作家》上发表长诗《外祖父的天下》；出过七本诗集的老诗人丁耶，六十年代就在《诗刊》发表长诗《在同一条航线》的姜士彬，出过诗集《牧鹅》的赵长占，在《光明日报》上发表诗歌评论的张国举、高继恒等人都起到了带动作用，且特别是进入七十年代后，高继恒在《吉林文艺》上发表的《天安门的焰火》为梨树带来令人炫目的诗歌之光，我的习作《从集体户寄向天安门》经他推荐也在 1976 年《吉林文艺》诗歌专号上发表，这使我的人生从此走出封闭和幽暗并让我从此爱上了诗歌。应该说从二十世纪七十年代到八十年代的十年间，高继恒以其不间断的诗歌写作和对诗歌报刊的苦心经营，对梨树诗歌以后的发展繁荣显示出某种奠基意义。

二十世纪八十年代是一个风云激荡的时代，大变革的雷声在天边隐隐作响，所有沉睡的似乎都在苏醒。远离中国文化中心的家乡梨树的诗坛也更加活跃。出诗刊、请名人、办讲座、策划大型诗会等各种活动不断。每一届的“梨花诗会”都云集了省内外众多诗人和诗歌爱好者，成为梨树的一大盛事。当时诗坛对北岛、舒婷等人的朦胧诗争论不休。谢

冕、孙绍振、徐敬亚等三人的崛起引起诗坛广泛关注。诗与时代与生活的关系是怎样的？诗应该怎么写？北岛们为什么要那样写？好诗应该是什么样子的？地处偏远外省的我们懵懵懂懂。带着几分困惑几多激情，我们就这样匆匆上路了，似乎只有写才是正格。朦胧啊，先锋啊，传统啊，这些似乎是理论家们的事情，我们只管写。也正是那些年，耀江那些短小精致、颇具现代倾向的诗为梨树诗歌带来了新的气象，什么《诗刊》，什么《青春》《人民文学》都挡不住。记得万成当时还专门就耀江的诗著文评论。至于万成和我的写作，则是浪漫主义和现实色彩重些，但万成乡村生活底蕴比我们深厚，所以他的那些以清爽朗丽见长的诗在读者的接受度上自成优势。《诗刊》《青海湖》《飞天》等无数大小期刊也开始遍地开花，当时的《长春》（《作家》前身）曾多次推出他的大型组诗，其中的《灯笼杆》《露水集》等篇章我仍记忆犹新。他的诗引起了徐敬亚的注意。徐敬亚专门从省会长春驱车来梨树专访他，为他的大组作品写下长篇评论并发表在自己编辑的省刊上，这件事对家乡诗坛也产生了不小冲击。当时我们三个都二十刚出头，我与耀江同年，万成小我们两岁。我们都是高考制度改革的受益者，毕业后又都回到梨树工作，耀江进了团县委，万成进了教育局，我进了文化局。那时我们意气风发，工作之外写诗是我们生活的重要部分。我们互相交换投稿地址，互通信息。谁要是有新作发表，那可是大事，见面的主要话题都是谁在哪儿哪儿又发了。发了，留了，退了，挂在我们嘴上。可是，退的总比发的多，但东方不亮西方亮。退回的稿件换个信封，写上新的编辑部地址再发出去。上班，十点钟跑邮局。负责分拣信件的有个陆师傅，我们一去，她就早已把我们的来信放在一边就等我们来拿。我们日日循环往复，乐此不疲。记得有一次，耀江神秘地告诉我，他看见万成去邮局投稿，自行车车把上挂着鼓囊囊的兜子。我想，那一兜稿件，得牺牲多少睡眠啊？那时的万成显得清瘦却也精神。耀江说：你要是发现他的脸见瘦，不用说，准是又写诗了。我们像是在参加一场没有硝烟的伟大战役：北京、上海、福建、内蒙古、河南、河北、青海、甘肃、新疆、广东、辽宁、甘肃、云南、台湾、香港……我们看着地图投稿，中国三十四个省级行政区，还有多少刊物没投过？还有哪些地方没有留下我们的足迹和身影？打攻坚战，打持久战！你退稿？我还投！熬夜是习以为常的事，有诗的吸引，精力总是用不完。而那样的日子总像是上午，风也是绿的。

认识钱万成大约是二十世纪七十年代后期的一个秋天，我与高继恒老师在街上走着，他突然指着迎面走来的穿黑呢大衣的高个子青年对我说：这是钱万成。接着又给我介绍：他刚刚在省级报上发表了一整版的散文《公社的大坝》，他也在写诗。万成笑眯眯地上前一步与我握手，很有亲和力的

样子，但给我留下最深印象的是他那双不算大却炯然有神的眼睛，里面似有灵光闪动。在我以前见过的熟人当中，只有高继恒的眼睛是这样的。明亮，似能洞穿一切，让人不敢逼视。后来读《李白传》，书中在说到李白的眼睛时，也有目光如炬的描述。我想这种目光，大概就是一种灵光吧。那时万成家住县城南河沿一带，新婚不久，他的妻子马月霞也是文学爱好者，说她是“发表”我诗歌的最早的编辑也不算夸张。早在中学时代全县的体育运动会上她就是播音员，我们去主席台投稿，就是经过她们审阅编辑后才现场播出的。后来万成搬进新居，让我去他家吃饭。他准备了满满一桌子菜，具体有什么，我现在都忘记了，只有那盘东北大拉皮拌黄瓜还记得——那是我第一次领教了芥末。再后来读到万成的散文《老屋》《那片树林》，我才进一步知道了他原来是一个那么重情善感、善于品味生活和人生的人。

耀江与我从小学到高中都是同校同学，我们两家只隔两条胡同。去年我回到家乡，与耀江和张国民在镇子里走了一圈后去找耀江的故居，可是小镇里最后一片老城区也拆了。我们在一片小广场上停了下来，在光溜溜的水泥地上确认他家的位置、土炕的位置，以及我们当年抄稿时木桌子的位置。站在一片土木废墟上远望，从他家到我家的距离最多也不过三百米。他虽然高我一个年级，但这并没影响我们交往，我们从小就在一起玩熟了。中学毕业后有一段时期我几

乎长在了他家里，那间伴着烟雾的小小的却温暖的屋子装满了我们多少莫名的苦恼和最初的人生梦想啊。当时我们都刚刚学抽烟，耀江的母亲也抽烟，我们三个人经常把他家弄得烟雾弥漫。即便严冬，也得开门放烟，不然眼睛就睁不开了。耀江的母亲慈祥善良，喜欢我们来他家。每次我一进屋，她就笑呵呵地看着我喊：老邓来了！是耀江这样喊我喊惯了，于是那70多岁的老母亲也一样对我这个二十出头的毛头孩子喊老邓。有一回耀江拿出了一个小本子，上面写满了古体诗。我读了几首突然想起来文化馆的高继恒老师对我说过：现代人还是要写自由诗。古体虽好，但已无法容纳现代人丰富多彩的生活。我把这个意见对耀江说了，耀江接受了，并很快改写新诗。

后来耀江和我都做了报刊编辑，万成进入长春市委机关工作。虽然生活在不同的城市，但我们各自都把梨树那段激情燃烧的难忘岁月和因文学结下的友谊当作我们写作的底气和护身符。虽然我们见面的机会十分有限，但彼此心灵的呼应从未间断。无论工作和生活如何繁忙，岁月如何变迁，我们都从来没有忘记诗歌。我们不间断地写诗、出书、参加诗歌的大小活动，诗歌成为了我们的信仰。我们时刻没有忘记自己是诗歌之乡梨树走出来的人。几十年过去了，耀江和万成都成了吉林诗歌的标志性人物。万成不但没有因为繁重的政务而中断写作，而且还在诗与工作的冲突和夹缝中越写越

猛，散文、诗歌、书法并行，成就卓然，出版了很多著作。此外，他还在儿童文学领域颇有成就，成了国内有名的儿童文学作家，作品选入各种教材和选集。十多年前，万成还专门为我写了十来首诗，每每读来都让人动容。四十年了，我们就是这样彼此照应，遥遥相望，南北呼应，各有收获。我们在三个不同城市的同一条路上走着，一直走到今天。

纵观国内诗坛，当下汉语诗歌已发展到五四运动以来前所未有的高度，很多诗人已经走向国际，各省优秀诗人、优秀诗作不断涌现，各国优秀诗作的译介源源不断进入人们的阅读视野，读者的阅读水准不断提高，诗歌写作的难度加大。由于地域、年代等诸多因素，我们的写作也还都面临各自的新课题，我们特别需要对过去进行一次总结，以便开始新的征程。 诗歌与人生没有胜负，只要在写，诗人与语言就永远处在不停的扭打和搏斗之中。诗歌是没有止境的艺术，而诗人也永远都在路上。

邓万鹏于 2021 年 4 月 13 日

目　录

1980—1989 年

1990—1999 年

2000—2009 年

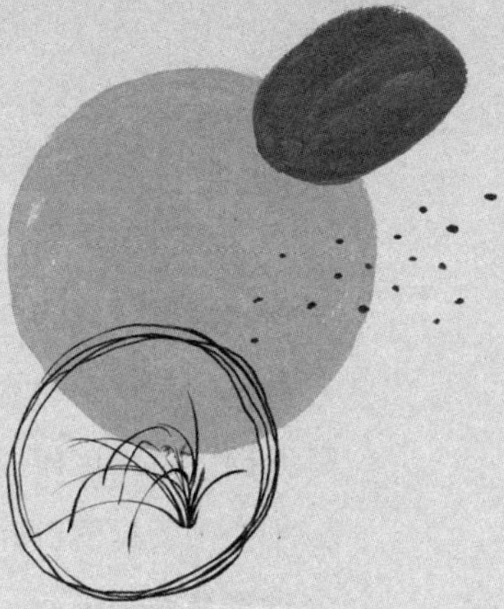

1980

1989 年

河滩上

衔着新柳做成的口哨
我又吹起童年的歌
儿时，就是这样
把心中的秘密告诉给
这条清澈的小河

我曾憎恨那慢悠悠的木犁
偷偷地打碎犁铧的耳朵
我曾同情受苦受累的黄牛
悄悄地解开拴它的绳索

我曾放走爸爸网住的鱼儿
让它回到那自由的王国
我曾偷走家里的小米
去喂养河滩上飞来的白鸽

我曾把憧憬画满沙地
我曾把泪水流给花朵
我曾把爱交付给河边的沙柳
我曾把恨发泄给庙里的泥佛

如今，岁月的尘沙
虽已将我的童心埋没
然而，那顽强的生命
并没因此窒息，仍然
跳得蓬蓬勃勃

我知道我该
怎样把它寻找啊
面对着金色的河滩
皎洁的明月，和这
一排由小变大的脚窝

1980 年

文　竹

你陪伴着我
纤秀的躯体
支撑着四四方方的
日日夜夜

我们，都不是
大自然的宠儿
一撮泥土
一星阳光
就写下了欣慰和满足

你默默地生
我默默地写
我们用不同的方式
完成着共同的主题

一片纯洁的翠绿
一行真诚的诗句
在你中有我
在我中有你

人竹虽非同根生

陋室缔结了我和你

我们同有绿色的希望和向往

我给你寄托

你给我启迪

1982 年

黄昏纪事

欲望漫过河床
那只小小的船儿被遗忘在远方
目光之纤搭在对岸的树上
没有鸟儿
叶子诡诘地笑着
小小的阴谋在水面闪光

黄昏星没有走上沙滩
一只美丽的白鸽为情侣殉难
爱情带着恐怖的色彩
隐约地在天空徘徊

眼睛永远是晴朗的
阴影只能淹没往事
声音开出粉色的花朵儿
使这夏日添几分温馨

走过去便是童话
站在那即成历史
欢乐和痛苦属于同一轮月亮
黎明时沙滩上将是一片空白

1982 年

让我同这夜一同醉倒

让我和这夜
一同沉沉地醉倒吧
欢乐和痛苦一起泡在杯里
谁能把水和酒
决然地分开呢

你不要视我为泥
我也不是硬不可化的石头
倒下是梁
立着是柱
男儿自有男儿的风骨

我为你而醉
我为爱而醉
我是太阳
太阳也会醉倒在海的怀中
海浪又总会将它摇醒

你也能摇醒我吗
我爱你但不会向你乞求

你若能为天空

我便是你视野中

永远沉默的大地

1982 年

虎

在山威风凛凛
入笼也绝不
摇尾乞怜

即使猝然倒下
也会使懦弱者害怕

遗骨也是珍宝
给瘫软者
以直立的力量

1983 年

昙　花

虽然仅是瞬间的一笑
你的芳香
便留在我的梦里
还能向你要求什么呢
该给予的
你已经给予

1983 年

春天的情绪

太久的思念
使感情脆如薄雾
碎成柔柔的珠子
敲醒了又一个季节

微岚蒸腾为五彩斑斓的幻影
野性的冲动
囿于远山的朦胧

想花朵唱出三月风的调子
想青草合上海浪的节拍
想我心之一角
又生出不安分的叶子
想那双折不断的翅膀
重新去剪裁天空

栅栏只是栅栏
时间没有标本
江河否定过去又更新着自己
太阳在东方

总是相同的颜色

我失眠于清醒的痛苦
心是等待放晴的白鸽
夜颤抖于曦光的足韵
我真想大哭一场

1983 年

石　头

你说我是块石头
就算是一块石头吧
石头不会许诺
却有一颗赤诚的心

石头总喜欢沉默
石头不说谎
石头里吹不进任何风

你看得起石头
石头就看得起你
用来垒墙用来铺路
放在哪儿都相宜

石头埋在土里不会烂
石头举到天上也不飞
坚硬中蕴着柔情蕴着火
正等待着用爱来撞击

你说我是块石头

就把我拾起来吧

但愿拾起来别丢弃

1983 年

八月画梦录

八月属于八月的梦游者
八月的太阳在梦里唱着歌

八月把道路搓成纤
八月把希望扯成帆

八月的水手是一条鱼
八月的钟鼓没有声

割不开八月
八月是一湾水

推不倒八月
八月是一座山

八月空空旷旷又丰丰盈盈
八月的梦游者
在小店里欠下一杯酒钱

1983 年

我有家了

我有家了
我的家像一只火柴盒
不是父兄的赐予
不是亲友的施舍
是两只鸟儿
用信念垒起的小窝

妻子是火柴盒里的天空
儿子，是天空中的太阳
一张方桌是我的土地
我在这里耕耘、收获

这里看不到乌云和风暴
盆菊花描述着温馨和柔和
一铺土炕是平稳的舢板
载着动荡后童话式的生活

我有家了
我不再是一只寒号鸟
憩在属于别人的枝柯

我已经长出丰满的羽翼
每当黎明到来的时候
都向着东方歌唱

1983 年

树　神

一任灵魂展示女性的美
三月风绿到天涯
打一路响响的嗝儿
马蹄叩击着远山的梦
夜倾听着星的真实
海浪海浪
海浪凝固了幻想的船

爱始于偶然
维纳斯的断臂任人浮想联翩
指南针定错了方位
小人鱼搁浅在野性的沙滩

让我握着你的手吗
我不相信世间存在什么诱惑
春天不开放美丽
花朵就不会这般傲慢

沉默当然是一种力量
但夕阳却用不着征服

站在自己的位置上
脚下有土就不至于干枯

交个朋友吧
我们同属于那土那水那山

1983 年

我们都是自己的网中鱼

每天，每天

我们都织着这张网

一只银色的梭子

穿着无底的谜

我们是冰雪中走来的树

谁也不是剃发出家的鹅卵石

我们爱着我们才痛苦

山一样的我

水一样的你

心，随你远行

程程是相思

你不用回眸

芳草无界更无期

我们同属于一片海

我们都是自己的网中鱼

1984 年

把你留在我的宇宙中

合上眼睛
关闭了我的世界的门
我要把你
留在我的宇宙中

你是黑土地里
长起的会说话的太阳
正温暖着
一片流血的叶子

叶子不落你不落
爱之树当永远
在夏季里疯长

没有收获也不可怕
树的价值
并不完全在于果实

也许百年后
人们会将一棵老树伐倒

那时，子孙们

便全在树墩上

计算出我们爱的年轮

1984 年

爱我不仅仅需要真诚

爱我不仅仅需要真诚
爱我更需要珍惜生命
我是树
你也必须是树
两棵走到一起
只有绿色长在
才能永远相扶
爱我就先学会爱你自己
爱我就不要让春天流泪
爱我就用我们的爱
造一间遮风挡雨的小屋

1984 年

夜来香

并非不爱光明
才在夜里开放

她是一位忠实的少女
挚爱着星际的情人

夜来便睁大眼睛
微明中遥遥相望

今夜我慕名来访
她赠我一缕幽香

1984 年

走向春天

就这样，我们
一起出发踏着黎明的血色
没有旗帜
行装也十分简单

脚下的路
很有些不可思议
总与欲念保持着相同的方向
即使有无数条河流从中穿过
也无法阻止我们

我们的目标很远
大体是在那片荒原的尽头
据说那儿生长着浪漫的故事
在我们到达之前便可成熟

是否能够得到
这不太好说
有人也曾领悟过太阳的启示
但遗憾的是
黄昏时误入了失明的山谷

1984 年

北方的记忆

刺玫果和白桦林
一直走到山的那边
那本没有页码的诗集飘得很远很远
六月的北方
涌动着疯狂的绿
棕色的人熊在多情的
枯树旁睡得正酣

记忆是一片片忠实的叶子
总是在雪融化的季节里回归
炭火盆烤沸的酒壶
醉倒过多少值得纪念的日子

坐上轻快的爬犁
人生在风雪的爱抚中开始
跌倒在野猪
和狼狐的山径上
我认识了双筒枪和猎人

作为男儿
我不曾吝惜过血
樟子松顶起蓝色的穹顶
我曾是北方
明亮的眼睛
我曾用爱暖过石头
石缝长出嫩嫩的野草
我曾骑在鹰的背上
去慰问偏依在天边的星星

我没有忘记我走来的方向
没有忘记怎样撕破了那张网
常春藤缠着金色的诱惑
我曾攀援在临渊的绝壁

那头小鹿并没有死
望断天涯　感动了太阳
我们一同回到母亲的怀抱
只是都长出了胡子

银色的流光

为我刻下北方的记忆

回过头去

竟是一面

打也打不破的镜子啊

1984 年

关东月

不是大唐盛世的那一轮
那一轮在春江的花船上
被张若虚饮了一半儿
（一到苦闷的时候他总要借酒残蚀）
关东月
是一位流浪的汉子从江南挑到塞北
挑过长城上了巍巍峨峨的长白山　于是它就
在这里取得了户籍　年年岁岁照耀着
美丽的传说

我从传说中走来
站在关东月下
我说不出自豪也说不出悲哀
祖宗的确是骁勇的啊
白毛风没有把他们吹倒
他们曾在狼群中追逐欢情
后来东北虎就名扬四海
我们有了一个共同的名字
我们走南闯北
心中燃烧着老白干的烈性

大豆和高粱
唱到哪里不让人流泪啊
松花江牵扯着多少人的心肠

流浪
关东的月在流浪
流浪
关东的心在流浪
我们不需要任何远方
我们的魂儿
日日夜夜
萦绕在故乡

我们归来了
踏着关东的月色
无垠的雪野温暖着我们的胸膛
白桦树陌生的目光
使我们不得不认真地思索自己
在如蚁的脚窝里
我们留给关东几许温情

我们端着关东的酒碗

酒碗中泡着关东的明月
我们饮得下去吗?
你，你，还有你
我们这些关东的子孙啊
我们已经告别了洪荒之野
文明之种在黑土地上结出了多少果实
黑水靺鞨
东海督都
那是多么遥远的历史啊
站在青铜镜的对面
我们看到了什么?

1984 年

抒情第六号

1

你忽然高远起来
让我叶子般飘落
太阳风没完没了地吹着　吹着
原谅我
这不是我的过错

2

我自由了
是你解除了我项上金铸的枷锁
我不喜欢做梦
梦中得到了许多也失去了许多

赶它们走吧
欢乐与之同去
露珠儿落进草里　墙角就不会
有蛐蛐为月亮唱歌儿

3

我那只纸叠的小船呢

我那条赶着童年的鞭子呢

我那驮着欢乐的小伞呢

我那藏着爱情的棕榈呢

还有

还有

我那挂在古塔上的金铃呢

我那染在白沙上的血迹呢

4

让我拉住你的衣襟吧

不要丢下我

小小的木舟

已穿过宽宽的岁月之河

我累了
但我不能睡去
男儿的汗是咸的
男儿的血能着火
让我的生命和你一起
在荆棘丛中燃烧

5

我要把我的诗之种播向远方
我要让爱开遍每座城市和村庄

大路不通
我走小路

我是背负青天的雄鹰
我不会满足于
栅栏中的春天

6

敲响你手中的铜鼓
让爱为我的灵魂引路
我可能跌倒
但你不必着急
我可能化为泥土
但你不必为我哭泣

不必为我塑造雕像
也不必扬一路纸钱
更不要用孤独的竖琴
弹落岁岁年年

1984 年

抒情第七号

1

这一次再也逃不脱了
灵魂在堤岸中囚禁
水鸟的名字被目光之火凿刻成碑
海魂衫飘落
船舷上长起一片片苔藓
那支古旧的歌子
落水之后就被劫走
一直衔在鲸鱼的口中

2

大海真够义气
一千次放逐也没有改变初衷
什么最新感觉
什么超前意识
没有岛屿欲念也同样会被淹没
任何生命都
只能做一次死亡旅行

3

四点钟的夏季
已经飘落了一场小雪
相思树没有走到路上
就意外地遇上了北来的风

写写东方
就能改变我们的位置吗？
我们永远是一片叶子
在凋落前飘展成旗

还不如沿黄昏的小路
去洗一次海澡
天黑之前可以
搂紧沉落的夕阳认真地一吻

4

在一本旧杂志上
我领略了风之独舞
月光中有匹牝马笑得十分开心
那的确是西部的风景
但不是出自现代人的笔下
大漠孤烟
为什么都是那样笔直？

5

是你说过
五月在走向葱茏的时刻
曾经迷路
有九种声音九种色彩
同时出现在他的面前

最后是你挽起了他的手臂
在可怜的无叶树下

寻到了穆旦的呼声
那个下午想起许多往事
你没来找我就匆匆地上了木船

6

再往后
我就将永远属于这狂暴的大海
不管他是否诚心收留
只要能伴蓝风随月汐激动
放开雄性的咽喉
唱一支咸味的爱之颂歌

1984 年

岸　柳

绝不是因为错过了机会
才没有走向对岸
这边的土很热
草儿也萋萋如浪涌自脚下
直绿到水的那一边

也有看不完的风景
也有长河落日大漠孤烟
也有船儿常常入梦
乘长风云游万水千山

只可惜站得太久
忘记了遐想
空守一片热土一角蓝天
歌声再也唤不回远去的流水
太阳琴将在
痛苦中弹落岁岁年年

1984 年

抒情第八号

从元谋人生活的那片土地
到山顶洞人憩息的树林
路途很近，也很遥远
太阳走了一百万年
月亮走了一百万年
依然没有走出那片孕育生命的荒野

陶器倒很像书上描绘的样子
只是纹饰已进化成了甲骨进化成了大篆小篆
没有人能读懂史前的遗书
那一块块凝固成石头的感叹
能读懂的只有从那只破碎的陶罐中流出的
液体
醉倒了一代代英雄、美女和墨客骚人

战争总是和死亡和血连在一起
可这史前陶罐里的圣物
却流出了勇猛流出了温馨流出了文明
它洗去了石刀石斧上的血迹
洗去了遍布荒野的哭声

它让战刀战马和美女一起舞蹈
唱胜利的喜悦和悲壮的大风

那时没有人知道这就是酒
到了有个叫刘伶的汉子醉倒之后
它才有了今天的名字
它从中原流遍四野
尤其在长安最盛名
风流司马和才女文君发了大财
被酒泡过的文章一直卖到今天

再后来就有李白效仿
可惜他生不逢时
从陶罐里爬出来得不到重用
于是骂了宦官又骂皇帝
没有人在乎他是否会写诗文
他在陶罐中潦倒
给这世界留下一道疤痕

还有嗜酒如命的就是张旭
喝醉了就会笔走如飞
引来龙蛇狂舞
引来兽走鹰飞
他让酒在他的宣纸上涨价
致使今天的茅台四百元一瓶

杜甫病入膏肓的时候也想喝酒
可他已穷到身无分文
江州司曾为此流泪
在南徙的船上弹他哀怨的琵琶

更悲惨的还有苏轼
一生都在陶罐中受着煎熬
虽写下了无数千古绝唱
可直到倒下尚不得魂归

今天我在这里举杯向月
只因这部历史和这份心情
太阳已经喝得酩酊大醉

月亮也同样神采飞扬

他们懂得太多的历史他们已经麻木

可我还在醒着想祖先如何从树上爬下来

给男人穿上裤子给女人穿上裙子

今夜十分痛苦

1985 年

鱼化石

几千年后的一个早晨
太阳漫步于金色滩涂
我是大海抛出的标本

尽管生命已升成烟缕
我也仍会幻想和跳跃
为海湾燃烧的红纱巾

我会讲一个古老故事
讲两条鱼儿怎样殉难
风化为永存的海之魂

1985 年

梦中的小雨

小雨飘洒在清清池塘
荷花梦总是很香很香
水滨小径青春在徜徉

你不知有鱼在水中
你不知你蹚破一个梦
你不知你引来一只鹰

从此，你无法再走去
黄昏后久驻在青草地
多情的小雨忧忧郁郁

白沙地

当黄昏蹚过那条小河
我们相聚在唐槭树下
搭上白沙地的夜行车

红背鱼已经逃出死海
衔两朵爱之蓓蕾上岸
在春的枝头并蒂摇着

把手伸过来紧紧相握
我是一个善良的海盗
只有海盗才唱水手歌

1985 年

红帆船

到了涨潮的年龄
他坐在海边的月亮上
让涌来的浪花
舔噬发芽的石头

海风回忆着往事
童年的声音
从椰子树上滑落
一面黑色的旗帜覆盖了满天星斗
大海摇着幽蓝的梦

他忘记了他应该乘哪一条船
他只记得那片红色的帆
船上的主人
是一个善良的小海妖
她的歌声是一根索
曾把他牢牢地捆在礁石上

他虔诚地
跪在太阳下为她祝福

只磕了一个响头
前额就爬上了皱纹

海一直没有离开过他
那块礁石
一直没有离开过他

海浪定期
到沙滩上来散步
给赶海的孩子们
留下一枚枚珍贵的礼物

他却什么也没有拾到
连那片红色的记忆
也被长高的红树淹没了

他变得像海一样暴躁
像海一样喜怒无常
今天又是
喝醉了酒才来这儿

等一条光滑的美人鱼

月亮爬上了光滑的桅杆
红帆船并没有出现

后来大海就睡着了
没有人到海边来过
这一夜他还淋了一场雨
高烧时梦见过那个海妖

1985 年

抒情第十三号

一头愤怒的犍牛
被囿于铁栅之内
铜锈长满流放的秋天
大地痛苦于美女的瘟疫
黄昏的衣领被一双罪恶的手
撕扯成漫天的飞雪

没有人能阻止这种力量
当冰河轰然将封闭的天空裂断
一条鱼出现在街上
就有无数条鱼跟在身后
旗帜涂着诱人的颜色
死亡，对生命再也构不成威胁

生命之水
来源于青铜沉淀的绿色
从山的缝隙间流来
瞬间的冲撞让世界变得疯狂
让天空变得美丽
让所有的草木都激动不已

于是，在这片石滩下

孵化出了无数个精彩的故事

有男人叫亚当

有女人叫夏娃

他们把树叶做成诗签

送给每一位过路的乞丐

于是，梦就生出了翅膀

翱翔于五月的浪漫

于是，就有无数个男人和女人

演绎着一个无解的方程

花朵开了又谢

果实长满枝头

鸟儿成双成对唱着离别的痛苦

1985 年

森林之魂

多少个猎人
多少采山者
多少伐木工
满满地干上一海碗烈酒
就踏着圆圆的憧憬
消失在绿色的海底了

山野之舟
手镐　猎枪
和主人一同列入白毛风
划定的死亡名册
茫茫森林只因酒后的暴怒
就在狂笑中
让这些可怜的生命化作了石头

没有谁知道他们的下落
没有谁关心他们的命运
他们躺在各自选定的位置上
用没有知觉的手和嘴唇
摸抚光滑的虎背

亲吻着摇曳的人参花

思念，每个春天
都从返青的树上长出来
痴心的父母总要站在
送别的路口等他们回归
秋风又总令老人们失望
直到和村口的老树
一同埋入泥土

他们毕竟算不上英雄
人们只是在酒后
才能想起他们中间的某一个名字
给孩儿讲段惊险的故事

他们长眠在森林里
不知道他们走后
人们就忘记了他们
山坡上
没有哪一块竖立的哀思

凿刻着他们的形象
甚至没有一只鸟儿
肯在清明的枝头
为他们哭泣
不知过了多少年
乃至于多少世纪
我在这座森林中
又听到了他们的声音
仍然带着浓重的酒气
在天空中鸣响
啊，这绿色的
森林之魂啊

1985 年

城市印象

疯狂的车
紧拽着疯狂的路
整座城市
都在疯狂地跑

这是早晨七点钟
七点钟是打开的水龙头

这一刻，男人匆匆
女人也匆匆
孩子像一群受惊的马

这一刻，只有警察
站成了生根的树
枝叶在风中不住地摇

这一刻，谁站着观望
谁就会被抛下
早晨的城市不等人

1985 年

北方女

秋天和红高粱站在一起
冬天和白桦树站在一起
像六月里回归线上的太阳
一样热情和泼辣
像九月里的山菊花
傲煞所有骄矜和艳丽

这就是剪去了粗辫子的北方女
这就是让大脚片在集日里
也蹬双高跟鞋的北方女

她们不再像梳辫子时代
那样孤陋寡闻
把隐约的山影当成天的边际
她们也知道诗歌可以表露感情
在结束一天的奔波之后
用爱情去装点宁静的黄昏
她们不再怕好唠叨的风说长道短
宽阔的心胸可以容下整个世界

这就是戴上太阳帽的北方女
这就是也知道在乡邮局里
订一本青年杂志或者《诗刊》的
北方女

她们中没有人
再安于针线、刀剪、锅碗瓢盆
常常用孩子的天真
给自己提出无法解答的问题
比如，女人有多少种性格
男人的秘密是什么颜色
苦闷时就给报刊写封询问信
在末尾处
署上一株小草或小花的名字

她们学会了为自己设计
一座座幻想中的金字塔
即便那塔影缥缈得像天际的星星
谁也不会为自己的目标失望
她们不许山外人说她们粗野

她们早就学会了温柔和体贴
她们更不愿让人说她们愚笨
如果在乡间举办一次舞会
她们也会跳一段
优美的迪斯科或者伦巴

这就是带着北方骄傲的北方女
北方中国男人的太阳

1985 年

告别荒原

毫不留恋
也的确应该握一握手
那些日子委实不怎么好过
狼是梦的宾客
喝光了女人的眼泪
也没有学会善良和温柔

天空倒是很令人留恋
草也长得肥壮
只是那轮月的心思
至今还没有能够摸透
我也曾因此诅咒过自己
但嘴巴打得很不讲究

一只鹰　曾在我的头上盘来盘去
脚下的枯骨是先人的馈赠
他们没有理由
将我永远囚在这里
现在正是告别的时候

1985 年

沼泽之梦

那片沼泽是三千年前的历史
芦苇茂密，有野凫出出进进
剪破了零乱的流云
小船是从远古飘来的一片叶子
桨，纤软无力
太阳夜夜在草丛中停泊

有野鹿呦呦
有狼骨堆放在灰烬之上
有一支让人难于忍受的调子
扩大着夜的广角镜头

远方并不需要完全看见
哲学有时只能是一种片面的理解
三千年前的陶罐是文明的晶体
三千年前的流水
灌溉了人类生命与艺术的庄田

谁都无法否认生命传于祖先的圣树
一颗果实落地一蓬新绿耸起

于是，沉默的沼泽失去了安宁
有鸥鹭翔空，有帆影远逝
有圣水从龙口一直流到今天

如今种子仍然是种子
连一株水柳也没有改变原始定式
鹰在空中
月在空中
伊索寓言讲述着阿拉伯的故事
对于历史仅仅注释
或者说明已经不够

1985 年

那雪在对谁诉说

絮絮叨叨一夜
那雪在对谁诉说
树将头摆来摆去
这窗，自然也是枉然

静听屋外风景
有风爬过凸起的瓦楞
高墙后面是另一个世界
两只鸟以身暖足
羽翎是飘动的旌旗

其时其地
三足猫卧在金鱼猩红的梦里
半闭的眼
是虚掩的门吗

雪莫名其妙
房子莫名其妙
镜子靠在对面的墙上
也莫名其妙地看我
谁能猜透他们的心思

1986 年

遥远的雪线

严寒　严寒　严寒　严寒
只有冬天才能体会我关东的威严
飘逸缠绵属于江南的细雨
关东只收留粗犷豪放的男子汉

森林给童话插上了飞翔的翅膀
山石镌刻着祖先的遗言
光荣和耻辱
同样被深深埋在雪下
不管落下的叶子是扁是圆

任情感的激流在旷野中放纵
任幻觉的鸽子在风雪里飞旋
我深信我的世界博大而不空旷
我深信我的世界辽阔而不虚幻
头上有中国北方火辣辣的太阳
视野里永远有一条遥远的雪线

我要用我的青春和热血
为我的关东建一座诗碑

不祭奠鬼神，也不祭奠祖先
我要把我的心高高地端放碑顶
当生命也被深埋雪下
为生养我的土地
留一朵永不凋谢的雪莲

1986 年

母　亲

不到痛苦的时刻从来想不起你
想不起那口祖传的老柜载你徐徐远去
想不起你临行前捧着我的脸合上双眼
想不起你最后一滴眼泪落在我的掌心

那一日是腊月初九老北风苦苦地留你
那一日雪花纷纷天空到处都呼唤着你
那一日乡亲们都来了都哭了都说再也
见不到你
那一日我打着灵幡高高兴兴地去山里送你

那时我是一匹小马驹
你躺在炕上让我端水让我拿药让我不离开你
我烦了腻了悄悄溜到一个谁也找不到的地方
你支撑起身子眼睛是那扇擦不亮的窗
烫烫的眼泪落到干瘪的手上我的脸上像三月
的小雨

你说你要走了要到很远的地方
很远的地方很美可谁都不愿去

你说让我长大成人说个漂亮的媳妇
你说你只盼逢年过节能有人想起你

我认为那是故事那很好听总刨根问底
你总是摇头总是叹气把结尾泡在泪里

可你真的走了十九个冬天杳无消息
十九年只有泪光中能闪现出你瘦小的身躯
你很慈爱很善良很美很像你常讲的小龙女
你很怯懦很可怜吃过公公的责骂丈夫的拳脚
至死也没穿上莲花鞋和长寿衣

你为了我们偷食野菜昏倒了是大山救了你
你卖了头发换回火柴拾回炊烟却换不回爱
就这样你倒下了树倒下了院中的风景再不
美丽

现在伏在案上我又想起你
我很惭愧我是个不孝的儿子
我为你送终却没为你流泪

年节中也不曾为你送过纸钱
我可怜的妈妈儿子对不起你

现在我正在一座城市里流浪
不知你故乡的坟头何等荒芜
我多想再次扑到你的怀里或是跪在你的脚下
大哭
但愿此时你的身边到处都开满鲜花
那将是你赐给儿子的慰藉和幸福

1986 年

等　待

等待你二月的声音书写这早春之夜
生命的光芒混合着血的颜色
铺展在时间的背上，没有契约
一切誓言都如云霓随长风坠入
迷途的山谷
兰花的香味只不过是一种卑微的证明

你的歌声就是夜莺的歌声
激动过无数没有冰霜没有雪雨的梦境
将太阳骑在胯下
挥鞭赶走黑色的诱惑之神
说一声再见或吻一下你棕黄的头发
漫过岁月的堤岸爱留在家中

可这部电话紧闭双唇
封住欲念的路口
你在相思湖畔我在湖畔相思
二月的夜如一张无边无沿的白纸
撮一锹泥土栽一棵树
裁一角蓝天放一只风筝

等待，无休止的等待

一条没有源头也没有尽头的河

1987 年

星花开满睫毛

星花开满睫毛
整夜都有猫儿在阳台上狞笑
我涉不过那道水
你走不上那座桥
树儿摇摇
落叶驾着小风飘

路在路上
双手变成了脚
头发是一面黑色的旗
我在你的旄下
一只可怜的猫

谁来敲门
回过头去到处都是你
洁白的胸脯
柔软的手臂
一只狡猾的猫

我无法安静

黎明开始在窗外吵

冥冥中猫走上大街

天空飞起一群蓝色鸟

1988 年

面向未来

我为一个季节和一个愿望写这首诗
和你，和这座城市以及城市中所有的
人们共同唱这支歌
这是北国最威严最庄重的时刻
白色马群正奋蹄扬鬃于呼啸的风中
葱郁的松柏以其永不枯竭的绿色
蓬勃着东方神龙的渴望
五千年文明海洋般浩渺淹没愚昧与蛮荒
就这样，我们和我们的城市站在一起
高速路立交桥挺拔的高楼疾飞的白鸽

我们站在一起
我的喉咙里发不出任何声音
岁月的背影沉重地倾斜在广场的石柱上
计程车奔驰而过
少女的微笑摇成雪中的风铃
没有人能超越时间和历史
海关的钟楼在不时地警示着我们
那只美丽的红果还挂在窗前的树上
鸟是纷飞的音乐雪花是旋转的彩蝶

春天，春天，我们共同的恋人
正和我们一同在雪地上歌唱

你应该听到也一定能够听到
列车隆隆开出站台思想正在天空飘荡
你知道你会和我们的城市一同招手
为我们自己送行
为过去的城市送行
我们说声再见就永远不要再回过头去
绝不可能把自己的脚印当成美丽的胸章
昨天，已经属于另一个季节
今天，应该拥有今天的太阳

让我们
和我们年轻的城市一起走吧
勇敢是勇敢者前行的通行证
悲观是悲观者自缚的无形网
在一万种形象中生存
才能有一万次人生的体验
血燃烧成火才能放射出七色光芒

我们不能让生命流逝于历史的遗憾
我们要用我们年轻的双手
在另一个季节里为我们的城市
收获笑声

1989 年

1989 北国之夏

七点钟
一条彩色的河流冲决了时间的堤岸
你高高地翔于蓝鸽之背
看街树疯狂地奔跑
太阳是一位忠实的水手，你想
七月风已涨满绿色的生命之帆

没有人会相信这不是童话
在女人的季节
男人们自然而然地都变成了鱼
或顺流而下或逆流而上
无论网或者钩或者罩
在这样的瞬间完全失去了意义

你在寻找
寻找恐龙时代的一句名言
寻找脉管里流动的声音
我相信没有任何力量能阻止得了
你只相信规律相信第七感官
你说，这不是七月吗

中国北方赤烈得如一只火炉

黑色的土地如燃烧的煤块
我们是什么？你用询问的目光
注视着灵魂的窗口
那里有几只鸟儿
无忧无虑地梳理着羽毛

这正是帕布罗·毕加索的绘画
抑或巴勃鲁·聂鲁达的诗歌
你也许还想过惠特曼　马雅可夫斯基
艾吕雅艾略特以及埃利蒂斯等
可这没有必要
爱与自由不仅仅是他们的恋人

我一直在谛听着你奇特的心跳
我的一切力量
都源于你赤裸的躯体
我的黄皮肤黑头发黑眼睛的北方啊
我的黄皮肤黑头发黑眼睛的民族啊
在这生机勃勃且又灾难重重的季节
你首先想到的该是什么？

1989 年

1990/1999年

母亲河

久违了，母亲
当你枯瘦的身影流进我的梦里
当你又一次揽你的儿子入怀
当乳汁的香甜润苏板结的乡恋
母亲，我的心在颤抖

我知道
摩天大楼已将你隔在远方
黑啤酒透不出落霞的血色
那只蹦蹦跳跳的牧歌
和岁月一样遥远
属于你和你的儿子
只有那抹夕阳

呵，母亲河
你这灌溉了我生命的母亲啊
你这洗涤了我灵魂的母亲啊

是你给了我诗人的幻想
是你描绘了我彩色的人生

是你以单薄的躯体
将我的童年和那片杉树一同奶大
是你用血汗
养育了那方生养我的土地
你是这黑色北方的母亲啊

在你的摇篮里
我曾把微笑织成花环
我站在陌生的世界
然后驾起想象的白鸽
开始漫长的旅行

在你的怀抱中
我曾是一条无鳍的小鱼
大海的诱惑
彩虹的幻觉
都灿烂过我少年的憧憬

我也看过你铁青的脸色
在最为寒冷和艰辛的日子

可你从未呻吟叫喊
脉管里快乐的音符
是对北方女人完美的诠释

你淙淙流淌
你日夜奔波
你把爱化作鲜花插满五月枝头
你把爱化作果实薰香九月秋风
你百折不回
用坚韧征服了一切阻力

呵，母亲河
你是北方最伟大的母亲

1990 年

祖国啊，祖国

此刻，我站在北方的秋阳里
和这片土地这座城市一起
为我古老而年轻的祖国放歌
我们高举着手臂
高举着信念和鲜血染成的旗帜
脉管里涌动着长江涌动着黄河
浪涛拍打着心灵的堤岸
沸腾的血液燃烧成熊熊的烈火

啊，我的祖国，我生命的船舶
五千年风雨飘摇
你闯过多少坎坎坷坷
太古洪荒中你找到一只文明的陶罐
石刀石斧斩断荆棘和荒蛮
圣水让一粒粒种子发芽
让一棵棵树开花
一群男人和一群女人共同栖憩劳作
用生命写下了人类最古朴的赞歌

我的祖国在这歌声中渐渐长大

那远古的文明演绎成一个又一个传说
舜耕历山，历山也经受了战争的折磨
大禹治水，黄河也留下了无数悲歌
火药、指南针、造纸术和印刷术
一同走进文明走进历史让世界震惊
但紧随其后的还有战乱、灾荒
和帝王马车印在
人民脊背和心灵上的一道道车辙

然而，我的祖国并没有因此流泪
隆起的山峦傲立的树木是他不屈的性格
他沉默如一头巨大的东方睡狮
醒后的一声长吼，将沉重的山石震落
“中国人民从此站起来了！”
当一位伟人庄严地向世界宣告之后
他笑了，系上彩绸挎上腰鼓
像一个天真的孩子
在艳阳下的大街上跳得活活泼泼

五星红旗在锣鼓声中猎猎作响

人造卫星在锣鼓声中飞上天空
还有那大片大片的城市
也伴着鼓点像庄稼一样拔节生长
将我的祖国长成一位东方巨人
他高扬的手臂是一面不倒的旗帜
深沉的目光注视着整个世界
雄壮的胸膛激荡着五洲风云

我为我古老而年轻的祖国骄傲
纵然选择一万次也要做他的子孙
如今他正阔步走向一个新的起点
要以世界最高山峰的姿态
屹立东方，屹立于世界民族之林
他一手托起太阳，一手托起月亮
又一次向世界宣告——
最响亮的名字是中国
最明亮的地方是——东——方

在祖国的节日，我为祖国放声高歌
心中不仅充满快乐也承受着沉重的负荷

我感到长城像一道鞭影抽打着我的脊背
我感到历史像一团火焰炙烤着我的心窝
作为祖国的儿子我们不能躺在先人的背上
路在脚下，最壮丽的人生是以血作歌
我们要把祖国扛在我们每个人的肩上
走向繁荣，走向富强，走向美好的新生活

1991 年

游青城山

踩着别人的脚印
永远是一个后来者

想看新鲜的风景
就别怕付出许多

轻易看到的
往往最容易忘记

最难寻找的
才能记忆深刻

无论站在何处
拍照都是一种多余

真正的底片
当永远在心里印着

1991 年

闲话丰都

鬼城无鬼
造鬼的原来是人

过鬼桥
走鬼路
进鬼门

冥府亦收钞票
兼及港币美金

世界真是荒唐
人亦是鬼
鬼亦是人

但愿这只是游戏
千万别弄假成真

1991 年

武侯祠随想

披上袈裟的
未必都能成佛

坐上王位的
未必都能治国

历史有时也开一些玩笑
是非功过
还要靠后人评说

1991 年

乐山大佛

不想说什么
就学会哑口无言

看倦了世上的风景
就半垂下眼帘

说得太多
有时会招来祸患

看得太多
难免没有忧烦

就这样似睡非睡
坐也安然卧也安然

就这样不声不响
沉默是一种永恒的威严

1991 年

赠杜甫

为诗而诗
诗便像货币一样贬值
只看草堂
不如默念一遍
你的名字

手写的历史
绝非真正的历史
以生命记录现实
才可称之为史诗

我不相信
这座公园与你
有何渊源
我只相信
这潺潺的溪水流过
你的血泪

茅屋为秋风所破
世界对你便没了温暖

登高远眺更忧虑那
破碎的河山

你在贫困中倒下
没想到会
为后来者创造富有
你在噩梦中醒来
没想到天空
会重现灿烂

来，让我为你
与今天拍照
无需任何背景
只取那支秃笔
和这张永远正直的脸

1991 年

儿子是我的老师

儿子是我的老师
儿子像松树一样正直
在他七岁的时候
发生过这样一件事
他姥爷说
你这么小交什么朋友
朋友将来会背叛你
儿子回答
你说得不对
背叛与我无关
那是他的问题
只要我问心无愧
就永远对得起自己

1991 年

躁动的季节

太阳鼓敲醒了沉睡的北方
光之羽辉映着鸽群的翅膀
再也按捺不住蓄积已久的冲动
季节河无可奈何
时间之路架满了欲望的桥梁

冰层崩裂
风化之墙在顷刻间化为乌有
鱼儿跃出苦难的海面
宇宙间飞翔着
一只自由的船

没有人能阻止意念的脚步
泉流总是在重压下喷出
有一种声音呼唤着祖先的名字
山的回音
水的回音
同样给人以浪的冲动潮的鼓舞

驾一叶轻舟
或跨上马背

路在前方全由你自己选择
树的形象
在这一刻最不容被人忽视
直指天空是大地的快慰

这应是一个完全裸露
毫无掩饰的胴体
每一寸肌肤
都是一片充满生机的土地
读懂读不懂都无关紧要
风的走向总与海不无关系

我不能将自己
在这个季节还置于潮流之外
我是春天额头上一颗微笑的水珠儿
对于时代诗人的力量实在有限
我只能证实自己的存在
并用生命印下岁月的履痕

1992 年

赤壁怀古

赤壁怀古
不是怀念那场战争
而是怀念吾师苏子
那个朗朗的月夜

小船泛在酒中
长江在他的脉管中流动
神游历史
船票便是
他那满胸满腹的真诚

那一夜他流泪了
不是为了鲜血
更不是为了生命
他只为这条江
不该流入那场人为的噩梦

面对赤壁

我不想与我的先人同叹

我要说历史仅是历史

江山依旧在

几度夕阳红

1997 年

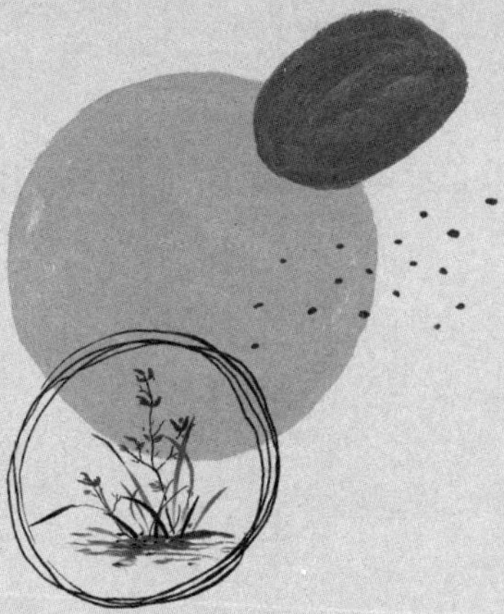

2000 / 2009 年

飘落在他乡的叶子

飘落在他乡的叶子
老是想着回家
它不会忘记来时的路
它最想念的就是爸爸妈妈

它想念飘在头顶的云
它想念围在身边的雾
它想念唱歌的鸟
它想念和它做伴的蜂巢

当然，还有那些蜜蜂
还有春天里的蚕蛹
还有那些翩翩舞蹈的蝴蝶
它们让它夜夜为之心动

可它没办法回去
它已在这一片土地上化作了春泥
叶落归根是所有叶子的梦
不能归根
就永远把家装在心里

2001 年

雪中寄怀

感谢有雪
涂满野暖暖的乡忧之色
踏，也踏不没
抚，也抚不去
我是牵在母亲手中的风筝

披一身雪花
雪野里多一尊雕像
背影在母亲的眼中放牧
不能长大
无法消失

狗，仍将那个冬天驮在背上
憨朴与友善
在原始雄悍和野性中寻求和谐
童年的偶像
落雪的颈上曾挂一只铜铃

遗憾
一切被渐渐长大的脚印覆盖

连那夜的雪花也变成盈盈泪水

不能轻弹也常常弹落

异乡里些许安慰

便是这雪的相思

2001 年

农历七月十五致父亲母亲

在这个肃穆而温馨的夜晚
在十字路口
我点燃冥币
让那腾空飞动的火焰
照亮冥间通往人世的路

对父母来说
这是一座陌生的城市
尽管父亲曾经来这里就医
几十年过去
已全不是昔日的样子

母亲压根儿就没来过
她一生去过最远的地方
就是北安五大连池
温泉可以治病
可阎王还是带走了这个
世界上最善良的女人

两个老人

一个在梨树一个在龙江
儿子十分惭愧
到现在还没让你们
在另一个世界里团圆

我已在福山
为你们买下一块墓地
我会择日接你们过来
在这座城市东南
最美的地方相聚

父亲，母亲
俗间把今夜叫作鬼节
可儿子从不害怕
我只盼你们收到纸钱
快点买票回家

2003 年

雪天的记忆

关东的雪
总会在冬天到来的时候
如期而至
洁白、柔软、美丽而且轻盈
一步一步
让山川朦胧道路隐没

天空渐渐地变暖
村庄亮起一片片灯火
炊烟的味道
就是柴草的味道
牛羊马匹闭上眼睛
细细地咀嚼

狗开始躁动
三五成群
追赶嬉闹
在铺开的纸上
印下一朵朵梅花

这样的时候
我最喜欢的事情
就是坐在窗前发呆
看雪花在风中旋转
下落下落
然后淹没在雪地里
无声无息

偶尔，远处会有狼嚎
并不凄厉，暖暖的
像母亲呼唤儿女的声音
没人会因此恐惧
甚至还会有一点点感动
为一切生命，为爱
为雪花用它冰冷的身魄
暖和着冰冷的世界

2003 年

被流放的乌鸦

在这个世界上
最不受人待见的鸟就是乌鸦
因为那身追不上潮流的羽毛
因为那张唱不出赞歌的嘴
它们被永远地放逐
成为旷野中的拾荒者
它们用垃圾以及动物的尸体果腹
在寒冷的风中蹲伏在树上
用自己的羽毛和体温暖足
还要承受那些心里藏着乌鸦的人类的责骂
比如天下乌鸦一般黑
比如闭上你的乌鸦嘴
除了伊索没有人发现它们的智慧
更没人想过它们的血也一样殷红

2003 年

我在童心上签下我的名字

我在童心上签下我的名字
从此就再也无法抹掉
它将和孩子们一起长大
但却永远也不会变老

我签下的是一份责任
它不是一份虚假的广告
我签下的是一份义务
需要用终生的努力来还报

名字不仅仅就是名字
名字更不是简单的符号
名字一旦与诗连在一起
也会与诗一样变得崇高

我要让它长成挺拔的大树
绝不做一棵孱弱的小草
我要让它在稚嫩的童心上生根
绝不可在风雨中躺倒

在众多的树木中

它也许不会长得最高最高

但它开出的花朵结出的果实

一定会最美最甜最好

2005 年

大　白

大白
是一条无家可归的狗
雪后黄昏，它在街上
游来荡去
就像一个流浪的乞儿

母亲可怜这幼小的生命
顶风冒雪把它放进院子
还让父亲用柴草
为它搭一个温暖的窝

从此，我多了一个伙伴
母亲多了一份牵挂
每一顿饭
她都要留一碗米汤
给终日守在门口的大白
暖暖身子

大白渐渐长大
长成亭亭玉立的少女

大白开始恋爱
并且在一个春暖花开的日子
做了幸福的母亲

转眼就到了 1968 年的冬天
大白和我一起
守在母亲灵前
它没有流泪
一直是眼巴巴地看着它的恩人

就在母亲去世后不久
大白在一个雪夜里失踪
我和父亲找遍整个村庄
没人知道它的下落

直到许多年以后

有人说曾在母亲坟前见到这条白狗

它还是原来的样子

只是老了，步履蹒跚

再也无法追赶奔跑的兔子

2005 年

七　姨

七姨是这个世界上
外公家族里唯一健在的长辈了
她不是母亲的同胞姊妹
她们是这个家族
一棵树上两个枝丫
开出的花朵

七姨命苦
七姨很小就没了父亲
寡居的姥姥是她唯一的依靠
风雨中，守望着一棵大树的孤独
在兵荒马乱的岁月
七姨带着她的母亲离开故土
来到龙江
来到母亲嫁人的地方
寻找幸福
寻找生命和灵魂的归宿

她嫁给一个好心的瘸子
给姥姥找到一铺可以安身的火炕

在这个叫作东双龙的地方
用青春和美貌
写下了一篇
带母出嫁的传奇

苦，但很快乐
婚后的七姨就像她屋檐下的
那只叫作麻雀的鸟
用终日的劳碌
不断地喂养子女出飞

如今，姥姥早已作古
母亲也在几十年前就离开了人世
只有饱经风霜的七姨活着

八十岁的一朵残菊
依然是那个瘸子男人
手中离不开的拐杖

2005 年

秦始皇

在世曾为英豪
死去亦让人敬仰
秦朝的兵马
仍驰骋在中原
浩浩荡荡

骊宫虽已不在
但咸阳还可以作证
统一了文字
华夏便为一家
每个人都可以称为朋友

你留下的车辙
已成为两道长轨
时代的列车
到了今天
还要开往明天

你虽犯过严重的错误
但仍然是一位伟人

至少你在我的心中

可谓是千古枭雄

让我们在你的土地上共饮一杯

2005 年

倒淌河

当所有的河流
都朝着一个方向流去
你便被突现出来
成为高原的骄子

你成为一道风景
接受游人的朝拜
其实你何尝不想向东
只是当初选错了方向

你就这样淌着
尽管不能流入大海
尽管不能在汪洋中求得永恒
但能有这份荣耀也已经足够

何必非去追赶潮流
自己来主宰自己
有时亦可将错就错

2005 年

兵谏亭

语言失去了威力的时候
就让刀枪说话
它们不需要含蓄
也无须回答

这就是亭中的一幕
两位英雄
与一代枭雄对话
他们以性命为油膏
为民族的解放
燃起火把

半个世纪已经过去
亭中的石头已经风化
但那带血的声音
仍在山谷中回荡
并绽放为崖畔的鲜花

历史就是历史
谁也无法改变

真希望无论故人或是生者

再来亭中坐坐

别论是非只品香茶

2005 年

寂寞沙洲

我躺在这被水
树木和芦苇隔离的沙洲之上
鸟儿也不是我的朋友
它们在树杈上和苇丛中
肆无忌惮地欢呼雀跃
像是在向一个曾经
让它们不悦的朋友示威

它们在天空中飞来飞去
它们在鸟巢中卿卿我我
它们完全不顾及我的感受
让我在它们的快乐中倍感孤独

我强迫自己闭上眼睛
我希望能在最快的时间入梦
我用尽一切力气
回想围在父母膝下的日子
那是和它们一样快乐
一样自由的时光

它们仍在快乐着
我却只能孑然地卧在这里
这不是父母的责任
也不是我的过错
要怪只能怪这世界变化太快
让一个天真的少年变得如此成熟

孤独，一棵树立在风中
一棵草立在水中
一只鸟飞在空中
一滴雨落在土中
一个孤单的行者走在无边的沙漠

我多么渴望有一片云飘来
我多么渴望有一叶舟划来
我多么渴望有一条鱼游来
我多么渴望有一个人站在远处
呼唤我的名字

可是，这一切都没有

有的只是寂寞

让影子睡在我身边

让我的喉咙发不出声音

不是我要远离喧嚣

是这个世界把我当成了石子

在这浩渺的水面上

打出一个并不理想的水漂

尽管如此

我还会耐心地等待

等到湖水退尽

等我曾经渴望的山

渴望的树渴望的人

渴望的一切向我走来

2005 年

告诫自己

做一头牛
切不可放弃牛的脾气
宁可遭受皮鞭的痛苦
也绝不屈服

做一只虎
必须拥有虎的威风
即使倒下
也要让别人害怕

做一个人
一定要有人的尊严
威武不屈
贫困不贱

做一棵草或者一棵树
就要蓬勃向上

用自己的身体
支撑起一片蓝天

2005 年

那个冬天

那个冬天
雪大得让雪感到惊奇
一场接着一场
还未来得及展示它的洁白就被另一场大雪覆盖
原野道路村庄无法辨认
连房门也常常在夜里被大雪封住

这样的时候
父亲总是从窗户出入
跳出去用铁锹铲雪
从房门到院门
一条长长的通道
两边是冰冷洁白的雪墙

父亲从自家的院子
挖到邻家的院子
一家一家
街上便聚集了很多男人
他们连说带笑不断向前推进

村庄就这样在大雪中醒来

开始新的一天平平淡淡的生活

母亲开始用备好的柴草生火做饭

屋子渐渐变暖

饭桌已放在炕上

一壶酒坐在火盆里

等父亲回来

2006 年

母亲的村庄

母亲一直守在那里
守着她生养儿子的地方
门前的那条河
流了多少年了
水面上仍然映衬着
是她青春的面庞

她孤独地守着
守着她出嫁时迎亲的那驾马车
车夫不是别人
是走进洞房的
那个一生都沉默寡言的男人

他们恩恩爱爱
他们打打闹闹
一床被子温暖一家老小
灶炕和火盆
在最艰难最寒冷的日子
总是很热很热

母亲不认识中国汉字

母亲却懂得什么叫作美德
她在夜里悄悄流泪
却从不肯将满肚子苦水向丈夫诉说
微笑是家门上那副对联
年年在她脸上写着

她生过十个儿女
现在只剩一个女儿和两个儿子
那些都先她走了
三十九年前就在另一个世界与她团聚

她在黑龙江省龙江县
一个叫作双龙的地方
守着她的村庄
她说那里是她
也是我灵魂的故乡

我离开母亲
离开那个村庄已经好多年了
我也早已做了父亲
可我无法忘记母亲

无法忘记那个黑河岸上的村落
无法忘记喂养我长大的乳香

母亲那柔弱的手指
是早春拂在脸上的阳光
母亲那瘦小的胸膛
是温暖我一生的火炕

母亲守着她的村庄
母亲守着我的故乡
我多想再一次走进她的草屋
可我不能，此刻
正在别人的城市流浪

母亲，原谅我吧
原谅你不孝的儿子
他没有忘本
他永远属于你
属于你守护的那个村庄

2006 年

冬 捕

一场大雪过后
河水便开始封冻
大雪总是和北风搅在一起
雪过风停
黑河就成了草甸子上
一座长长的玻璃房子

河水在冰下流动
鱼儿在水中自由地畅游
父亲和他的朋友们手握冰钎
寻找开凿的位置
他们管这叫作冬捕

河面上开启一个个天窗
鱼儿们争相来这里吸氧
父亲在水中置下用柳条编成的笼子
然后蹲在雪地上和大家一起抽烟喝酒说笑
等待天黑时带鱼儿回家

这样的捕捞
十有八九会有收获
一条条小鱼在笼子里
活蹦乱跳
可刚刚出水就冻成了标本

冻鱼一条条放进筐里
回到家再埋进雪里
父亲从来舍不得用它们下酒
他要把它们积攒起来送到集上
去换取年货和一年中的酱醋油盐

2006 年

母亲的辫子

我确信母亲是梳过辫子的
两条辫子　又粗又长
那里编着她的心事她的梦想
在她瘦弱的背上摇晃

那是柴禾烧不热炕的岁月
锅也时常吃不上粮食
老鼠为了活命　白天里四处乱窜
和房屋的主人争食菜根

母亲每天用清水梳洗她的头发
也梳洗水一样流动的日子
然后再把它编起来
日复一日　一丝不苟

有一天　她把它剪了
卖给了挑挑卖货的货郎
换回二十枚五分的硬币
还有一包大石头牌火柴

母亲没了又粗又长的辫子
她每天梳洗齐耳的短发
那一包火柴派上了用场
整个冬天都靠它来温暖寒冷的家

2006 年

那温暖的冬天再也不会属于我了

这是早上九点钟
阳光穿过窗子斜斜地照在脸上
这是入冬以来
我第一次这样懒懒地
躺在对往昔的记忆里

拥着软软的棉被
仿佛又嗅到了麦秆和稻草的芳香
一架马车咕噜噜从身边辗过
车上的妹子正轻声哼唱着
《冬日暖阳》

那是没有爱情的年代
那是充满心事的年龄
正午的阳光任风翻来翻去
有几只鸟
正栖落在草垛旁
光秃秃的树桩上

血，在脉管中奔涌
梦和太阳在一起燃烧
我知道，那个温暖的
冬天再也不会属于我了
因为，我已远离了那片土地
远离了生我养我的故乡

2006 年

一群居住在村庄里的喜鹊

这还是一个关于鸟的话题
一群居住在村庄里的喜鹊
它们几十年一直待在那片林子里
恋爱筑巢生蛋繁衍后代

每年　一群群候鸟
春天飞来　秋天飞去
只有它们始终守望着自己的家园
在冬天的雪地里艰难地刨食

它们的生命中没有远方
它们去过最远的地方就是不远处的山梁
那里也有花草树木也有村庄
可它们不留恋那里　因为那里是别人的故乡

我每次见到这些快乐的喜鹊
内心里都会生出无限的感动
在这个到处充满诱惑的世界
还有多少人能像这群鸟坚守信念并且
如此执着

2007 年

冰河的记忆

冰雪覆盖了黑河
整个草甸子随处都可以是路
父亲赶着他的马车
那哗啦哗啦的铃声
直到今天仍在耳边回响

我们要到对岸的扎兰屯卖粮
那是一个有国储粮库的镇子
镇子上有家饭馆
那里有我一生中
吃过的最好吃的馒头

车上的粮食是集体的
粮食卖了钱要交公
那是全村子人的血汗
没有人可以独吞

父亲披星戴月
一天可赚到一块五角钱的补助
一块五角钱可买十五个白面馒头

他用五个抵御寒冷
另外十个就成了全家人的点心

那一次我执意要与父亲同去
老北风咬伤了我的耳朵和脚趾
马在冰河上受惊
险些夺去我和父亲的性命
父亲将我紧紧搂在怀里
他额头上流出了血，鲜红　鲜红

2007 年

倪赫鲁

他应该是我的同学
皮肤黝黑身体强壮
九岁那年，在一个有着暖阳的冬天下午
一架没有牛的牛车
轧去了他的一条腿

他的父亲为他做一根拐杖
他用一条腿跳跃着上学
他的书包很大，像钟摆一样
在脖子上悠来荡去

上课时他从不认真听讲
眼睛望着窗外
若有所思
他说他最大的梦想
就是走出山去
看看山那边到底是什么

我们每天上学下学
看他在家和学校之间单腿蹦跳

没有人在乎他的想法
也没人愿意听他诉说

他一直坚守着他的梦
直到后来我随父亲离开故乡
四十年没有音讯
可四十年中我会常在静默时
想起他手托下颌
注目凝思的样子

2007 年

三小无猜

故事从一条成语开始
我要改两小无猜为三小无猜
因为童年时有两个异性伙伴
她们就像我的两只鞋子

我们仨人同一年出生
住在同一条街上
三所房子一字排列
我家的一条狗护着三个院子

三位母亲把我们三个一同奶大
我们常在一个铺炕上睡觉
在一个院子里玩耍
还时常管一个女人叫妈

我喝过三位母亲的奶水
我被三位母亲疼爱
直到母亲把我的头发剪短
我才知道她俩是女孩我是男孩

那时乡下没有玩具
我们的游戏就是过家家跳格子
我是男人自然要扮演丈夫
她俩争相做我的妻子

后来我们一起上学
我开始为开裆的裤子害羞
可她俩却全不在意
放学路上依然拽着我的胳膊

我们一同走出童年
一同踏上坎坷的人生之路
天南地北几十年未曾相见
可我总能想起那两张小脸上四汪清澈透明的
潭水

2007 年

那个冬天的一盆火

那只火盆
是母亲用废纸和布条糊出来的
缠上线麻糊上黄泥
再用玻璃瓶子慢慢碾压

火盆装上炭火
日子便开始在火盆上烘烤
一双手　又一双手
捧着飘雪的冬天

火盆让生活有了温暖
土豆埋在火里
酒壶坐在火上
黄昏时分满屋飘香

那是 1965 年的记忆
我应该是一个 6 岁儿童
祖父祖母去世不久
那只火盆帮全家人驱寒

那只火盆
让那个冬天一直很暖
我每天晚上都望着房梁上的玉米种子
和它们一起做着春天的梦

2007 年

苍凉之月

你苍白的脸色
越来越难看了
尽管粉霜
涂成桂树抑或
吴刚和玉兔的图案
依然惨白

你在天空中
孤单地游走
我不知也没人知道
你的心事
总之，你让人
感觉到的只是苍凉

即使由瘦变胖
圆圆的脸仍是写满凄苦
告诉我，是谁
让你如此忧伤

人是需要倾诉的

月也该如此吧

只有你敞开心扉

阳光才会让你温暖

2007 年

母亲在那边　我在这边

今天　又是母亲离去的日子
四十年前那一汪泪水
又一次在眼窝里涌动
我无法向母亲倾诉思念
母亲在那边　我在这边

这边的日子越来越好
我在一座叫作长春的城市里
住着宽敞的房子
坐着公家配备的车子
还有一个聪明听话的儿子

我有一份称心如意的工作
我有一群情同手足的朋友
我在这里快乐的生活
这座城市就像一个幸福的家庭

可这个家中缺少一份温暖
在这个家里我找不到母亲
我多希望推开家门看到她的微笑

抑或听到她心疼的责骂

母亲在那边
母亲在北大荒遥远的山里
那里现在应该正在下雪
大雪迷失了所有的道路
但却无法覆盖我今夜的乡愁

2007 年

今夜无眠

今夜无眠

无眠于五月十二日十四时二十八分

那一瞬间地球的恐惧与震颤

无眠于一座座城市、村庄、学校、工厂

一座座楼房轰然倒塌

无眠于流血的瓦砾中

一声声撕心裂胆的呼唤

今夜无眠

无眠于共和国总理机舱里部署救援时坚毅的手势

无眠于他嘶哑的声音和熬红的双眼

更无眠于他蹲伏在废墟上

捡起的那只喑哑的书包

和那双永远也走不回家的鞋

今夜无眠

无眠于我们这个民族的伟大

大难无惧　大爱无疆

一方有难　八方支援

无眠于解放军官兵脸上的汗水和手上的鲜血

无眠于涌动在全国各地奉献爱心的长队
无眠于那来自灾区农村的
一车黄瓜和最简单的餐饭

今夜无眠
无眠于面对死神
作为一个诗人我无能为力
无眠于我们的一个又一个兄弟姐妹
就这样在灾难中走了
他们有许多话没有说出
有很多事还没有做完

今夜无眠
在东北在长春这座遥远的城市
我只能坐在泪水里

面朝西南　面向汶川
为所有的死难者守灵

2008 年

灯影里的冬天

这些年来
每当夜深人静的时候
那盏如豆的煤油灯
都会在眼前晃来晃去
母亲坐在灯下
捉我棉袄里的虱子

窗外
北风在屋檐下徘徊
像一个犯了错误的孩子
不敢推门进屋
雪花拍打着窗户
雪人在屋外静静地等我

黄狗趴在窝里做梦
花猫把我的胳膊当成枕头
远处偶尔传来一两声吆喝
那一定是流浪的牛
误闯了谁家的院子

墙上的挂钟铛铛响过
母亲打了一个哈欠
伸出手给我拉了拉被角
就下地去给灶坑添柴

炕，很热很热
被窝很暖很暖
还有那盏煤油灯
一直在不停地晃动
照我度过无数个寒冷的冬天

2008 年

父亲的鞭子

父亲是赶车的把式
他手里总是握一杆长长的鞭子
甩起来叭叭作响
就像是一道道霹雷闪电

可他从不用它抽打马匹
鞭声是他和马匹交流的语言
马儿有时也把它当作音乐
在山路上一次次撒欢

当然
鞭子也有暴怒的时候
它会把雪花抽落
会让闯进马厩的豺狼流血

父亲走了
那根鞭子作了他的陪葬
在另一个世界
它仍握在父亲的手里
我在梦中听过它特有的声音

2008 年

莫斯科河畔的夜晚

很少见到有这样一条河流
在一座城市里弯来弯去
就像一个即将离家的游子
柔肠百转　在故乡徘徊

我在它的岸畔慢步
静静地倾听河水的诉说
一条鱼儿突然跃起
打破了初夜灯光的宁谧

我不是这片土地的臣民
也不了解这个民族的历史
我只是一个匆匆的过客
无法读懂这条河的深沉

红场钟楼　钟声响起
又一个时辰将成为过去

克里姆林宫门窗紧闭
那些死去的魂灵已漂成河面跳动的渔火

2009 年

夏宫的下午

在这个阳光明媚的下午
夏宫是我背后的一把椅子
海风轻柔　海水平静
偶尔，一只海鸥飞进眼睛

告别圣彼得堡都市的喧嚣
也卸去旅途的劳顿
我不想做一个匆匆的过客
好想做一艘泊在海湾中的船

脚下是这个国家厚重的历史
天空有几朵游动的白云
面对同伴高举的相机
僵硬的脸无法微笑

这里曾是瑞典人的土地
竟建造了俄国人的别宫
沙皇和皇妃就是站在这里
休闲度假　指点江山

目之所及，不远处是一个小岛
那里停放着好多军舰
斜阳反照
冷艳的流光
让人感受到一阵阵刺痛

2009 年

在麻雀山没有看到一只麻雀

在俄罗斯
在莫斯科大片大片的森林里
麻雀山是这座城市的绿色皇冠

在麻雀山没有看到一只麻雀
只看到一群群比麻雀还多的看麻雀的人
叽叽喳喳操着英镑、美元、人民币的口音

麻雀山对面就是著名的莫斯科大学
歌特式大楼的金顶闪闪发光
这是九月的下午　难得一见的斜阳

观景台已被小贩和货摊占领
他们用物品诠释着这个国家经济的复苏
套娃、破铜烂铁、苏联的邮票

难怪麻雀们避而不见
它们应该有着沙皇一样高贵的血统
怎么会在这样的环境中与外国游人见面

2009 年

我被一尊雕像深深打动

这一刻　我被一尊雕像深深打动
一个瘦小的男人一个高大的女人手手相牵
走向幸福　走向快乐　走向坎坷　走向苦难

这个男人就是亚历山大·谢尔盖耶维奇·普希金
一个用生命演绎爱情的俄罗斯诗人
两只手握在一起　就注定了他的不幸

美丽有时候是一个巨大的陷阱
没有人可以逃离春天对花朵的诱惑
夕阳西下　晚霞便是一片巨大的血泊

普希金就这样倒在丹特士的枪下
由诗人成为勇士　成为情圣
让全世界所有的女人怀念　男人仰视

在阿尔巴特大街 53 号那栋小楼对面
我用目光与这位诗人的雕像对话
不谈诗歌　只讨论爱情

2009 年

克里姆林宫花园

这应该是一个让人身心放松的地方
在高树和矮树之间有曲曲弯弯的小路
下午三点　草地上一只鸟正在追逐一只松鼠

阳光从树缝间撒落一枚枚金币
闭上眼睛仿佛能听到它们滚动的声音
声音虽小　却惊扰了一朵朵野花的梦

小路上看不到任何脚印
但我确信俄罗斯的沙皇、皇后
以及现在的总统都在这里走过
脚下　还能感受到他们的足温

莫斯科河在花园外缓缓流淌
千百年来　与教堂里那些不死的灵魂一起
始终守护着这里的温馨和宁静

我坐在一张长椅上歇脚
想象不出这曾是哪位花园主人的座位
钟声响起　吹来一股暖暖的风

2009 年

五十自度

五十知天
天，很高很高
云，很淡很淡
太阳月亮
很远很远
天是一个十分神秘的地方
想要看清
很难很难

五十知命
命是生的极限
太阳东起
月亮西落
日复一日年复一年
生老病死
没人可以预见

真正可知的只有内心
痛苦未必流泪
快乐未必颜欢

春夏秋冬
人情冷暖
与人为善
自得心安

除此，还有什么
茶有时浓
酒有时淡
浓淡只有心知

自己对自己永远不应背叛

活着
就好好地活着
一切都要随缘
树活千年终有一死
人生百岁只是瞬间

五十已不是小的数字
从今天出发

朝着选定的方向

背上信念和给养

能走多远就走多远

给别人别添麻烦

给自己别留遗憾

2009 年

门前那条河

门前那条河
流过故乡八十里草甸
流过母亲守望的日日夜夜
流过我的童年
乃至整个生命

我身体中的每一根脉管
都变成了她的河床
无论走到哪里
都会感受到水流的激荡

我喝着故乡的河水长大
那条河是我们共同的母亲
她不仅喂养着我们的身体
还喂养着我们的灵魂

河水清澈
昭示母亲善良的心地
河水湍急
象征母亲不屈的性格

我在那条河中学会游泳
学会在困境中如何泅渡
特别是在恶浪打来的时候
如何把自己变成
一块不被冲走的石头

那条河仍在故乡流淌
那条河已将我彻底改变
我多想再一次扑进她的怀里
做一条永远自由的鱼

2009 年

沉默的父亲

沉默的父亲
不是罗中立那幅著名的油画
沉默的父亲是摇着鞭杆赶着牲口
走在大山雪岭上的东北汉子

父亲一生没离开过土地
父亲一生只流过一次眼泪
不是儿时受到了屈辱
也不是父母下世时的伤悲
那是他看到
他十二岁的儿子当了猪倌
他说：儿子，爹对不起你
于是泪珠簌簌下落

父亲有句名言
但绝不是男儿有泪不轻弹
他说，男人的眼泪不是尿
想撒就撒
说完，他就再也不开口了

父亲只会用心做事
父亲只会用鞭子说话
爱他的有家人亲人还有乡亲
怕他的不只豺狼虎豹
就连山上的石头
也会担心在他的鞭下开花

父亲是一个孤独的男人
父亲没有兄弟姐妹
父亲最爱的是他的父母
为了孝心
他把自己变成院子里的一棵树

父亲不会结交朋友
父亲一生的知音
就是那群陪伴他的牲口
那是他的兄弟
他们有着任何人都无法理解的默契

父亲深爱着他的女人

当然，那是我早逝的母亲
可他从来不会表达
他只会为她静静守灵

父亲是一块无字的石碑
在他死后我才开始释读
可惜我没法读懂
他太深奥
他身上有太多太多
常人无法理解的事情

父亲也抛下我们走了
可每当我遇到困难的时候
都是他默默陪我
我听不到他的声音
我却能看到他那坚定的眼神

他仍然赶着他的车马
他仍然在用鞭子说话
他把车辙铺展成

最美的诗行和最深刻的警句
告诉我：太阳明天还会升起
路永远在自己的脚下

2009 年

长春要为中国安上无数只轮子

当年，毛泽东主席
在长春为中国一汽培上第一锹土
这片玉米大豆高粱的土地
便开始生长汽车

第一辆“解放”上路
第一辆“红旗”进京
土生土长的庄稼汉
神奇地让钢铁和人一起呼吸

那一只只
钢铁和橡胶做成的轮子
让路越轧越长
让中国越跑越快

欧洲八百年
美国二百年
日本一百年
中国三十年
财富坐在时间的车上

驾着长春生产的轮子
疯狂追赶

引进德国大众
引进日本丰田
五十岁的卡车年年改型
一年一百万辆轿车下线
长春要为中国安上
无数只轮子

2009 年

长春的春天

长春的每一个春天
都是从丁香花开始的
从人民广场到南湖公园
到许多说不上名字的大街小巷
丁香花香透整个春天

丁香花占据了城市的许多角落
春天占据了丁香花的每一个花瓣
长春的春天真美
就像长春女孩儿
在春天里刚刚穿上裙子

春天乍暖还寒
丁香花开得格外鲜艳
街路是温馨的
庭院是温馨的
长春的春天
是坐上花车的新娘子

长春的春天很短

走进五月转眼就到了夏天

长春的春天很长

就像那些不老的丁香树

春天一直挂在枝条上

南风一吹

就绽放出美丽的花瓣

2009 年

净月潭

净月潭
不仅仅是山中的一汪水
水边还有一片森林
一百平方公里啊
一片林涛涌动的绿色海洋

树是长春人一棵一棵栽的
七十岁八十岁的老树已经历尽沧桑
它们经常对小树讲述过去
讲述长春这座城市的成长

它们安详地在这片土地上生活
沐浴雨露
沐浴阳光
和水中的鱼林中的鸟在梦中飞翔

可一棵树也没有飞走
它们迷恋木草的优雅
迷恋花朵的芳香
特别在这冰消雪化的季节

迷恋蓝天中长长的雁行

夏天
整座城市都来这里消暑
来吸取潭水的灵气
来感受群山的安详

来到这里
树和森林就会陪着你走
走过绵绵细雨
走过红叶秋霜
走过皑皑白雪
直到地老天荒

2009 年

十三棵银杏

在市委大院
我让人栽下十三棵银杏树
银杏树千年不倒
希望千年后的子孙
能把这十三棵银杏
当作这座城市不朽的史书

读祖先如何从关里来到关外
读父辈如何在黑土地播种幸福
读生产粮食的地方
怎样长出城市、钢铁和汽车
读文明的长河为何会万古不枯

读长春为什么叫作长春
读一代又一代人心中的祝福
读长春为什么宽容大气自强不息
读中华民族血脉相连
顽强坚韧永不服输

读母亲河的无私

养育八方儿女
读黑土地的厚重
孕育出长春这颗千年明珠

十三棵银杏
已在风霜雪雨中度过四个寒暑
它们长得十分健壮
就像所有来自天南地北的长春人
深深地扎根于这方热土

2009 年

坐在城市的客厅里

总感觉净月
是长春这座城市的客厅
无论你坐在任何角落
抑或只在窗前落一落脚
都会感受到它的豪华和气派

城市一隅
朝向太阳升起的方向
一片一百平方公里的绿色空间
蓝天　白云　青山　碧水
无限的宽敞　而且明亮

一年四季风光如画
春花秋月扑朔迷离
一片片黑松林一排排白桦树
年轻的紫椴　古老的山榆
奔跑的树木让你永远目不暇接

一潭碧水是一扇明亮的窗子
一潭碧水也是一碗清香的茶

冬天的瑞雪　夏日的繁花
置身于这样的人间仙境
没有人能不为之陶醉

今夜　秋高气爽
我和我的城市在这里置酒宴客
无需丝竹　无需管弦
只需微醺之后　窗前静立
赏山中明月听潭边鸟唱蝉鸣

2009 年

森林高尔夫

我不敢说
这是世界上唯一的一片森林球场
敢说这是所有球手向往的地方
长春净月
温馨而洁净的名字
群山之中森林环抱

茵茵草地是一张巨大的壁画
任何一个球手
踏上去都会变成流动的风景
白云　蓝天
风从树林中吹来
夹带着甘甜和潮润

目光所及
是望不到边的绿
只有沙滩围住的一汪清水
阳光下
时而波光闪闪
时而一片湛蓝

来到这里

一尊雕像也会激情澎湃

情随心动

一杆挥出　球飞如鸟

奔向树那边的巢

2009 年

太平钟楼

净月潭边
小山极顶
太平钟楼是百里森林中
最高最大的一棵树

楼上警钟高悬
有如沧桑长者
伫立山头四处瞭望
守护着那一层层的绿

百里森林
几十年平安无事
这是这座城市的福分
钟楼功不可没

今日登临
击钟数下
愿长春七百五十万百姓
愿净月数不清的树木

永保安康

永享太平

2009 年

蒲花绽放的季节

夏日的净月潭
是绿色森林中的一汪水
是我们这座城市
梳妆台上的一面镜子

潭水清澈见底
潭水深不可测
潭水环绕着森林
登山下望
活脱脱一弯弦月

蒲花七月
莺飞草长
一条渔船惊破潭水的宁静
野凫冲向天空
带去辽阔的远

潭边有一片沙滩
一个展示青春和魅力的地方
男人如松　女人如藕

跳入水中
一群长出翅膀的鱼

远处碧波荡漾
近处荷花盛开
一位老者潭边垂钓
那一杆下去
不知钩住多少往事

2009 年

在森林浴场里散步

好久没这样放松了
一个人与一群树木为伍
在森林浴场的石板路上漫步

阳光如雨
从樟子松的针叶上滑落
滋润着树下的草和野花

长春人有福
在城市中有这样一大片林子
一个森林氧吧一个巨大的肺

风从湖面上吹来
空气甜润而清新
吸一口　神清目爽

走在路上可以抛却一切烦恼
人生百年　这林中的任何一棵老树
都可能比我们经历过更多的风霜和苦难

2009 年

毛主席还站在那儿

一汽厂区正门
毛主席依然还站在那儿
挥手、微笑
满脸的凝重和慈祥

我不知这是
哪一年立起的雕像
那时我很可能还在乡下
整天把他的像章挂在胸前

那是一个热血沸腾
意气风发的时代
毛主席号召人民革命
毛主席要领导人民保卫红色政权
要和国际帝国主义修正主义作斗争
要消灭国内的阶级敌人

一汽是中国汽车的摇篮
一汽的工友们
要永远和毛主席

和中国共产党站在一边
毛主席就这样站在了厂区门口
看工人们自力更生艰苦奋斗
看工厂一天天变大
看新车一辆辆下线

在整个中国
都撤去了神坛的今天
毛主席依然站在那儿
这是中国汽车人对他的爱戴
更代表着长春这座城市的坚定和执着

2009 年

陪施罗德在一汽大众参观

2004 年 12 月 7 日
是严寒中一个难得的晴朗日子
德国总理施罗德先生
来检阅他们生产在国外的汽车

我站在迎接宾客的队伍里
紧盯着他那双波斯猫一样的眼睛
由傲视转为敬重和喜悦
不是因为他们设计的产品
而是他们的合作伙伴

一汽的老总谈笑风生
施罗德先生频频点头
国家陪同参观的领导
也不时地颔首微笑

那一刻
我突然觉得自己也高傲起来
为我的祖国
为我的城市

更为眼前这群挺起胸脯的
新一代中国汽车人

施罗德先生说了很多动情的话
我不懂德文
只能从翻译那儿
感受到一知半解

今天
我和一群作家朋友再次来到这里
眼前闪现的不只是汽车
更多的是当年那开心的一幕

2009 年

2010
2019 年

长春，叫一声心里很暖

长春，一个
坐落在中国北方松嫩平原
冰天雪地里现代城市的名字
叫一声心里很暖

这是一片远离冬天的热土
一代代来自天南地北的长春人
用热情，用友爱，建造起灵魂的广厦
迎风斗雪　抗拒严寒

有人说这是一座最富人情味的城市
有人说这是所有寻梦者的家园
我要说，她更是一位伟大的母亲
用她博大的胸怀
为儿女撑起一方永远不塌的天

大辽国的旗帜随风远去
大清国的马蹄飘散成烟
一座辽金的残塔让人生出无限遐思
谁能想象，这座钢铁石头和水泥的城市

竟曾是放牧皇廷战马的草原

她是那样坚强不屈
她是那样智慧果敢
伪皇宫、鸣放宫、关东军的司令部
都能见证这座城市和日本侵略者英勇斗争的历史
民族大义　薪火相传

这是新中国第一辆汽车下线的地方
这也是新中国电影的摇篮
“解放”卡车　“红旗”轿车　长春电影
给世界，给中国，也给长春这座城市
带来多少荣誉多少希望
更让这座城市的人民扬眉吐气挺直腰杆

长春在风雨中不断长高
拔节的声音兴奋着每一个长春人的夜晚
长春在阳光下不断变大
“净月潭”一百平方公里的森林

已变成市民和鸟儿休栖的乐园

伊通河在城市中央静静地流淌
从一个春天流进另一个春天
两岸的树木和楼房一同疯长
绿满长堤
让长春的春天时时灿烂

汽车为这座城市安上了轮子
科技为这座城市插上了翅膀
雕塑公园是全世界的艺术家为它设计的独有的
名片
长春啊，我们的城市
将在这个春天里从我的诗中出发

去追赶一代又一代长春人的梦想
去迎接比辉煌更加辉煌的明天

2010 年

飞翔的感觉

一场大雪过后
这片山林立刻空灵起来
雪落树上
雪落雪上
天地间洁白得空旷而辽远

每年这个时候
我都要逃离市区的喧嚣
逃离那些雪花一样纠结不清的繁杂和懊恼
来到山中和那些身披银甲的树木
一起来一次远足

寒冷有时并不是一件坏事
它可以让人紧张　让人清醒
风雪之中　脚步一刻也不敢放慢
有树陪着
但没人愿意变成另一棵僵冻的树

雪在脚下嘎吱嘎吱
有如一种来自天外的梵音

深沉淡远

伴随着风和树的呼啸

让人的心灵顷刻间纯净

最惬意是踏上雪板

从雪场的山上向山下来一次冒险

摒除一切杂念

俯下身躯　收起雪杖

那感觉就像是在飞

2010 年

在虎园

虎入深山
净月这一片山就有了威风
看到一棵兀立着的松树
都会联想到老虎
那条强劲的尾巴

虎是围在园子里的
园子里还有笼子
笼子宽阔得可以跑车
人坐在车上
去看虎在笼子里悠闲散步

这是人类与自然的一次亲近
可我总感觉
人与虎都很紧张
尽管人在车上有说有笑
尽管虎在车下不慌不忙
但谁都没有放松警惕

人与虎近在咫尺

物种不同

心与心　将永远无法贴近

2010 年

一盏灯点亮一个世界

夜长春很美
一盏灯点亮一个世界
星空暗淡
每条街路
都变成一条彩色的河

冬夜因灯光不再寒冷
夏夜因明亮不再寂寞
爱情不再躲躲藏藏
夜莺和蝉
一起在树木、花丛中唱歌

店门越敞越大
广场上的人越来越多
咖啡飘散满街香味
诗人不再满足
书房里枯燥的生活

往日那些黑暗的楼道
让脚睁开了眼睛

恐惧没有了
妇女和孩子
挎包、书包里装满欢乐

还有那些
被年轻人占据的公园
灯光常常缠住恋人的脚步
一个长吻
竟能让深沉的天空
羞出绯红的曙色

2010 年

伊通河

伊通河，长春的母亲河
这是一条很小很老的河
恐龙时代就横亘这里
过往的龙群和那些已经消亡的动物
经常在河水中洗澡唱歌

它流淌了几万年
一直没流出东北这片大平原
不是它不向往远方
也不是它缺少勇敢
它是对这片土地充满了爱啊
一草一木总是梦绕魂牵

它从长春这座城市流过
它是这座城市割不断的血脉
它为这座城市的一砖一瓦
一块石头都赋予了灵性
它让这里人和树木花草
充满活力和光彩

它冲走无数苦难
它洗刷无数屈辱
沙俄的长枪日本的大炮
都无法让它屈服
岁月留下的血痕
更无法抵挡它激情的澎湃

我经常站窗前
俯瞰这条古老的河流
多希望是它水中的一条鱼啊
睡在城市的心脏里
时刻感受母亲的心跳

2010 年

我要在心中为死难者造一方墓地

2010，414，7：49，7.1
这是怎样的一组魔咒
让高原战栗　让玉树凋零
让两万同胞家园损毁
让 2183 条生命驾鹤归西

地震，一次无情的劫难
地球的疼痛无人可以阻止
从汶川到玉树　沿着青藏高原
中国，又经受一次洗礼

作为一个孱弱的诗人
我无力飞临现场参加救助
但我的心　始终与
压埋在废墟中的生命一同跳动
我相信祖国随时都会伸出一双温暖的手

昨天，举国静默
为逝者哀悼，为生还者祈福
半垂的五星红旗

涌动着人间四月的暖

此刻，我要涤净心中的尘埃
为 2183 位兄弟姐妹造一方墓地
虽然我不知道他们是谁
也无法刻上他们的名字
但我要在这里深埋下一个东北兄弟
对遇难者永远的哀思

2010 年

鹊桥上的父亲

又一个鹊桥相会的日子里
站在父亲冰冷而温暖的墓前
我突然有一种莫名的感动
那个一生与牲口为伍沉默寡言的关东汉子
原本内心也同样充满浪漫
不然，他为什么会
选择这样的日子匆匆地赶往天堂

那时我不懂得人世间情为何物
甚至面对死亡也没有任何恐惧
一群乡亲坐在炕上蹲在地下
默默不语面无表情
他们嘴里吐出的烟雾
让躺在尸床上的父亲十分安详
他还没有咽气　只是奄奄一息

从早到晚
一直有几只喜鹊在房前的树上鸣叫
它们飞来飞去　久久不肯离去
直到黄昏降临夕阳将炊烟镀亮

才带着父亲的灵魂一起飞走

那一年父亲只有 47 岁
论年龄现在应该是我的兄弟
那一年母亲离开他正好五年
五年的相思已经到了极限
五年中病魔没能让他流过一滴眼泪
五年后，为了爱却让他视死如归

今天是他的祭日
我带来一束鲜花送给鹊桥上的男人
还带来一瓶好酒他曾经的爱物
就在这山冈之上
就着新秋里明媚香醇的阳光
一人一半
一饮而尽

2011 年

老邓，过年我回家了

老邓，过年我回家了
那感觉真好
一条路一幢房子
乃至一条狗
都是血脉相连的亲人

小南河还是冰天雪地
我在冰面上看到
你当年打滚的影子

那时我们多么年轻啊
像豆角也像黄瓜和韭菜
一掐就会淌出浓浓的汁液

文联，文化馆
我们活动过的地方都找不到了
可那些热爱文学的人还在
我在网上看过他们的博客

你也回来看看吧

不然我们就都老了
老了就少了激情
老了想走也走不动

家乡没有忘记我们
没忘记当年为梨树文坛
做出贡献的
高继恒，于耀江，邓万鹏

2011 年

那只风筝

老邓，我去郑州的时候
看到你的墙上挂一只风筝
我说，你还放吗
你说是的然后就红了眼睛

我知道
你是把那只风筝当成自己
尽管飞得很高
但那是别人的天空

你说你永远牵在故乡的手里
飞得再远也不会断线
你宽慰我，说孤单点也无所谓
我们毕竟拥有同一片天

老邓，十几年了
我还是忘不了那只风筝
和那个不眠的夜晚
那大大的圆圆的
仿佛就是你的那张脸

2011 年

想起老邓

想起老邓
想那个冬天他在故乡的冰河上打滚
那是他从河南第一次回家
他说他做梦都想把自己变成一只陀螺

他吃着东北的高粱米长大
吃着吃着就把自己吃成一棵红高粱
跑到河南也没学会一句豫剧
张嘴就是苞米小烧的味
冲点儿，但品起来还挺绵长

他在别人的城市里过着自己的日子
独来独往打发时光
想家了就蘸着黄河水写写乡愁
然后拿到《诗刊》上发表

他很少和故乡的朋友联系
可故乡的河一直在他心中流淌
这是在诗中可以看到的
还有他的孤独他的无奈

以及他对亲情友情的渴望

老邓在郑州，我在长春
我们都可能成为飘落在他乡的叶子
在风中流浪然后化为泥土
再也无法回到故乡的枝头

2011 年

老　子

青牛在你的时代
应该是现在的汽车吧
丰田越野或是奥迪 Q7
翻山越岭
去追寻你心中的梦

一生二　二生三
三生万物
大道无道是为道
大象无形原有型
你让一个原来十分简单的世界
在掌股间变得扑朔迷离

天圆地方
这是凡人看到的景象
你说阴阳之道在于变幻
方即是圆
圆亦是方
直到今日有几人能懂

道不深不能为道
道至深不为大道
人本来就是一棵草或一棵树
枯荣虽然有序
生死不能自知

青牛背上的智者
在这新秋的暮色中渐渐远去

2012 年

庄　周

一只蝴蝶
从远古一直飞到今天
驮着美丽的梦
驮着祖先的旷达与潇洒
落在花丛之中

面对贫穷
你说精神可以富有
面对死亡
你说生命可以再生
一切对于你都那么淡然
无论花开花落
只是心中的一个幻影

现在我和你的蝴蝶
就端坐在花瓣之上
秋高气爽
风吹断了来时的路

就那住下来吧

山坡上秋光正好
田野谷物飘香
新焙可以买醉
然后，我们坐上蝴蝶
一起穿越时空

2012 年

张若虚

在唐朝
你捧着月亮不放
一会儿在水中
一会儿在天上
把一轮明月折腾得
不知是圆是缺

之后你就把自己隐藏起来
把一条春江留给后人
让他们去猜想你当时的心境
圆者说喜缺者说悲
悲喜原来无常

今天，我站在我的月下
月是唐朝月
心已不是唐朝心
大唐盛世
今亦盛世
但树和草永不可能同高

你守你的月

我守我的月

你在江南

我在塞北

你在前朝

我在今朝

遥遥相望

共同举杯

让月亮在杯中洗去一切烦恼

2012 年

苏　轼

那年，在四川眉州
我去你家做客
你的老父和你的兄弟
一起见面
你默默不语

三苏祠很冷清
来看望的只有几个文人后生
你的文章　他们也许读过
或者他们没读
只在课堂上听过你的名字

你的文章要比字好
你的字要比官好
你不会做官
也不该去做官
把自己折腾得那么苦

如果你好好做个文人
安分守己
妻儿老小怎会颠沛流离

让苏洵、苏辙
为你苦闷

你在赤壁在黄冈
说的那些话
虽然很真，很悲很美
让后人流泪
可那不是真实的苏轼
我在那里读出你的无奈
读出了你的雄心

认命吧
一切都无所谓
太阳永远不落
真诚永远无悔
我在佛前为你祈祷
愿你来世别去当官
只做个好人

2012 年

杜　甫

那年桃花绽放的时候
在天府成都
我和一群诗人坐在你的草堂里
谈玄论道
从风吹茅草说到你当时的心境
晚风突然停下来
树叶也十分沉静

庇护天下寒士
是一种境界
更是一种情怀
李白躺在长安饮酒作乐
白香山醉倒青楼
在桃花心里做梦
唯独住在茅屋里的你
还想着这些潦倒的文人

我无法猜测你的初衷
我只能以我的方式
表示一棵小草对一棵大树的崇敬

朱门酒肉臭

路有冻死骨

车辚辚马萧萧

在那样的岁月

你忘却了自己

我断定无人能够做到

今天，偶然想起你的诗句

想起你

想起那个集会的春天

想起花溪和草堂

还有那些忧国忧民的兄弟

2012 年

颜真卿

在这个世界上
文字就和石头一样
放在那里
就是一种标识
或是一个符号

文字只有装进情感
它才能站立起来
向世界讲述历史
讲述未来
讲述一个人的内心世界

你理解了文字
你把你的民族情怀
你丧亲的哀痛
用文字记录在《祭侄文稿》里
让石头流泪

你是书法巨匠
可我此刻无心说你的书法

那只是虎纹豹斑
我敬佩你是一个顶天立地的汉子

字如其人
文如其人
鸟在天空飞翔才是鸟
人只有守住灵魂
才是真正的人

今夜重读旧爱
真希望我也是你的侄子

2012 年

仓　颉

仓颉应该是一棵古老的树
引来无数只鸟
在它的头顶做窝
引来无数只兽
在它身边舞蹈

它记住它们的样子
记住了它们留下的印记
于是，这个世界就出现文字
在天空飞翔
在地上奔跑

龙凤呈祥
凤凰于飞
虎踞龙盘
狐假虎威

文字将这一切记录在案
但人们已忽略仓颉

忽略那棵古树

只知道每天都吃它落下的果子

2012 年

李　白

生在唐朝是你的幸运
可以喝酒可以写诗
可以躺在长安街头呼呼大睡
醒来时醉眼蒙眬
举酒邀月再干一杯

故乡已经十分遥远
满腔热血只染红了一场梦
报效朝廷　报效皇帝
在意气风发的日子
丢失了自己

被轰出皇宫的时候
还只是发发牢骚
还有银两　还有青春　可以挥霍
后来才发现不对
梦里长安已是别人的城市

骑驴走吧
一路向南

天涯何处无芳草
流浪，也许是这个世界上
最最独特的幸福

你一直走下去
走过江西走过四川
让诗长出三千尺长发
让酒泼洒一地月光

2012 年

祭

——献给在德惠“6·3”大火中失去生命的兄弟姐妹

2013 年 6 月 4 日
我要代表我们生活的这座城市
代表这里的父老乡亲
代表君子兰、黑松以及
所有花草树木
代表一切有生命有情感的生灵
为在大火中远去的兄弟姐妹送行
一路走好

一场灾难
让一群正午的太阳突然陨落
让一百多个家庭天空塌陷
让一座最有人情味的城市
满含悲情

你们是无辜的花朵
被袭来的飓风吹落
你们是烈火中的凤凰
带着美丽的梦想

带着生命中的诸多遗憾
走向涅槃

伊通河和松花江一起哽咽了
不为死亡为死亡留下的痛苦
黑云涌动
那是亲人们抽搐的肩膀
苍天垂泪
泪水寒冷成一场冰雹

你们安心地去吧
生命是水
能流过去就可以再流回来
我和我们的城市一起等待
等待若干年后
在丁香花盛开的花瓣上团聚

2013 年

月色周庄

所有的船
都停泊在船娘的梦里
醒着的就只有
我这一双大脚了
踏碎一地月光

据说黄花遍地的那个夜晚
三毛也是站在这里
有葫芦丝和二胡的悠扬
顺着月光流下来
让她泪眼婆娑

后来还有陈逸飞
那个旷世的江南才子
同样还是站在这儿
他没有哭
他撑着一把破旧的油纸伞
看烟雨满楼

如今，他们都去了

只有我在

只有这夜色还在

还有那幽蓝幽蓝的月光和水

那是周庄，是我

流给他们的泪

2013 年

花生花

花生花
肯定是一朵女人花
不然，为什么一提到它的名字
我就会想到母亲
想到她站在田里的样子

夏日的太阳暖暖的
照在母亲清秀的脸上
她的笑容很美
就像绽放的花生花
一只嫩黄色的蝴蝶

美丽是永远的一瞬
然后她就弯下膝去
为花生拔草
用干瘪的乳头和汗水
喂养大地的孩子

母亲是无私的
花生花是无私的

平度茶山这个温馨的晚上
我要用心灵
为她放声歌唱

2014 年

通州印象

这应该是一支盲人乐队
在通吕河畔
用电子琴、吉他、架子鼓
演绎着四月里黄昏的清婉
还有油菜花淡淡的香

一个聋哑女孩
在轮椅上用手势和夕阳对话
向路边的水杉和花草
诉说人生的波折、苦难
以及无法解释的痛

音乐在河床中流淌
浮起运送货物的船只
过往的人们放慢脚步
表情凝重目光柔软
仿佛那一双双手在拨动他们的心弦

一个很小的男孩
把一张纸币放到女孩

脚下的功德箱里

转身在晚风中消失

这是 2013 年 4 月 12 日下午六点

通州给我留下的第一个印象

2014 年

俯瞰开普敦

云朵在南非应该是寂寞的
寂寞成一堆堆残雪
在阳光的照射下等待融化

雪堆与雪堆之间是水
是海、是湖泊、是河流
清澈得可以看见沙漠

这是这里的冬天
云缝间大地的河床清晰可见
一条条干瘪的脉管

偶尔能看到一片片闪光的物体
那肯定是湖
很小、像镜子的碎片

偶尔也能看到道路
连着一片片绿洲
是树是庄稼无法分辨
很少有村庄和房屋

我期待飞过草原
期待看到动物迁徙的壮美
可惜没能如愿

穿过云雾
地面上已经看到了城市
那里应该是开普敦

2014 年

在中餐馆遇到来自长春的朋友

在开普敦的中餐馆里
我们遇到了来自长春的朋友
他乡遇故知
真的让人激动不已

两伙人围坐在一张桌上
要了六瓶红酒
重新点了八道小菜
仿佛久别重逢

杯中没有半点虚伪和狡诈
每个人的情感都在燃烧
高兴，就是高兴
认识与不认识的全是兄弟

人有的时候需要换换环境
该放下的放下了就寻回了本真
铠甲是防护也是镣铐
戴上了就少了自由

夜色中我们相拥话别

期待着回家再聚

一位黑人兄弟在街对面向我们招手

今晚的感觉真好

2014 年

伴旅公园

在雨中
这里注定是寂寞的
除了几尊雕像和一个流浪者
只有我们在道路上张望
听导游讲城市的创史故事

公园北侧是一座博物馆
公园南侧是一座图书馆
博物馆偶尔有大人带着孩子出进
图书馆的门一直关着

一只大尾巴松鼠
从树上跳下来
打一个照面又逃进树丛
非洲喜鹊在吱吱叫着
似乎对这几张东方面孔十分陌生

草坪上
空落的椅子已经十分破旧
可它仍在坚持着

等待天空晴朗

等待另一场轰轰烈烈的爱情

2014 年

安德烈

安德烈是一个
高高大大的白人汉子
他说他祖父的祖父是苏格兰牧童
从一座海岛到另一座海岛
寻求幸福　寻找金子

他在伊丽莎白落脚
和一个白人女子结婚
一代一代　滋生繁衍
让一棵小树长成一片森林

安德烈在这片森林中长大
长成一棵高大的桉树
用爱支撑起蓝天
让他的妻子、三个女儿、两条狗
和两只猫十分温暖

他去过北京
他和中国成了朋友
我们来到他的城市

令他十分激动

在曼德拉这个忙碌的下午
他让我认识了另一个非洲

2014 年

上帝的餐桌

这个冬天
桌山始终被云雾包裹着
让所有的造访者在山下止步
仰望、猜想、怨怼
海风吹来一阵彻骨的凉

桌山松应该是上帝的雨伞
在桌山下一把把撑开
没人用它来遮挡风雨
它是一道风景
是人们内心中的一种期盼

上帝本不存在
上帝无所不在
上帝让信奉上帝的人
自己为自己造一座天堂
包括桌山上这个和上帝一起吃饭的地方

雨时下时停
桌山菊黄得格外耀眼

几只太阳鸟从天堂上飞下来

又飞向天堂

在云雾中消失

2014 年

好望角

非洲大陆到这里就走到了尽头
再往前就是海水
我站在达·伽马当年站立的地方
感受探寻和发现的喜悦

海浪汹涌澎湃
拍打在礁石上溅起一片雪雾
水天茫茫
南极之于这里只是一个方向

其实，发现或未发现
非洲就在这里
这片土地　这些石头
都没有改变它们固有的形态

只是山坡上多了两座纪念碑
一座纪念发现者
一座纪念登陆者
一样燃烧着人类梦想征服自然的欲望

远处有几只鸵鸟
正在悠闲地散步
它们是非洲原始的物种
似乎对我们这些造访者
不屑一顾

2014 年

穿越草原

穿越草原
穿越无边的枯黄与寂寞
这是南非高原的旱季
暴烈的太阳让大地失血
苦楝树艰难地生长
期盼雨季的到来

所有的动物都到远方去寻找水源
天空中看不见一只飞鸟
偶尔有一缕白烟升腾
那是有人在放火烧荒

村庄是散落在路边的马群
安静地啃着枯草
有人坐在屋前
懒懒地晒着太阳

穿越草原
在这个寂寞的早晨
只有我们乘坐的汽车充满活力

像被追赶的羚羊
或是饥饿的豹子

2014 年

乌鸦在达累斯的黄昏飞舞

达累斯的黄昏
乌鸦在天空中飞舞
嘎嘎的叫声
让整座城市都失去了安宁

走在街上
我无法理解
在这个动物众多的国度里
为什么乌鸦要受到特别的优待

它们在大树上筑巢
在垃圾中刨食
还会到田里祸害庄稼
甚至偷吃人们的食物

这条街很宽
两侧居住的都是坦桑的富人
街对面是华人酒店
不远处乌鸦落下的地方
就是总统刚刚建好的宅子

2014 年

穿越上海

穿越上海
穿越一片钢铁和水泥的森林
那些高楼大厦之间些许绿色
完全可以忽略不计

高架路
一条超长的柔性的绳索
把整个城市捆扎在一起
在台风频袭的季节
以防不测

黄浦江静静地流淌
水的流速紧追着城市的节奏
车流似乎有些缓慢
卢浦大桥青浦大桥
都不堪重负

外滩实在太过于拥挤
阳光已经无法流动
好在这里的人们不计较这些

他们只关心钱
关心股票　关心房价
关心什么时候才不再堵车

车到静安
水泥森林才降低了密度
树木从楼缝间长出来
渐渐变得高大
高过四月
高过那一片又一片
金黄色的油菜花

2015 年

这个秋天一无所获

当最后一片树叶
被一场大风刮走
我才意识到
这个秋天真的一无所获

对面那片庄稼
整个夏天长势良好
一场风，一场雨
都让人提心吊胆

玉米收获了
像金条一样充满诱惑
一车一车拉走
拉进那个瘸子的院子里

包括那些洒落玉米地边上的豆子
被一只公鸡和一群母鸡抢走

地上只留下软软的豆叶
和坚硬的豆梗

还有那个瘸子的媳妇
那个用钱买来的漂亮女人
自从割倒庄稼
再也没有从门前经过

2015 年

一片云彩遮住了太阳的脸

这个下午
是泡在一壶茶里的
秋天不喝龙井
喝一壶陈年的大红袍
一泡比一泡有味

喝茶要吃茶点
一盘瓜子
几颗花生
还有信口开河胡说八道

树上的鸟谋杀树下的蚂蚁
地上的汽车追赶天上的飞机
美国讨好叙利亚
电影明星来看
邻居刚出生的孩子

侃得津津有味
喝得汗流浃背
手机上传来一条微信

一头大象和一只老鼠相恋
不知是真是假

天渐渐地暗下来
一片云彩遮住了太阳的脸
有两个人放下杯子转身要走
说，你们喝吧
晚上还有个饭局

2015 年

想起那棵蔷薇

一个人站在院子里
突然想起那棵蔷薇
自从蓓蕾变成花朵
整个夏天就开始流血

花开花落花落花开
人来人往人往人来
它每一次绽放
都会有人受到伤害

我知道这不是花的过错
同时，也不是人的过错
爱美之心人皆有之
以刺自保也属正当防卫

入秋
我把它从根部剪掉了

干枯的花蒂连同枝干
还有那些带血的茎刺

据说今年冬天很冷

不知它能不能安全过冬

2015 年

站在窗前

站在窗前
对面那棵树好大好大
一群鸟飞过来又飞走了
无法带走树的寂寞

远处是一条公路
车来车往
偶尔出现拥堵
司机不停地按着喇叭

一群牛慢慢悠悠
不时地啃路边的枯草
无论主人怎样大声吆喝
它们依然置若罔闻

一群孩子放学回家
站在路边看牛和汽车对峙
他们好像在互相打赌
等待一场较量的输赢

天渐渐地暗下来

黑夜将窗口封住

一切都在夜色中消失

包括自己映在玻璃上的影子

2015 年

一只破碎的杯子

一只刻花的杯子
在一声脆响之后
变成一地破碎的玻璃
阳光洒在地上
满地银光闪闪

没人知道发生了什么
一秒钟前它还在客人手中陶醉
那些赞美的话装得满满的
让茶和水
都无法再倒进去

它的确太漂亮了
漂亮得让所有人爱不释手
爱不释手却终于失手
让它在瞬间消失
消失了也好
免得总是有人惦记

它被扫地出门

被倒进垃圾桶里

它再也无法趾高气扬

在这个肮脏的世界

大家都是兄弟

2015 年

往事如烟

往事如烟
往事就从屋顶的烟囱里冒出来
秋天总是天高气爽
几乎没有风
烟就直直地一直向上

童年的时候总吃不饱
一闻到柴草的香味就吞咽口水
中午还好，尤其到了晚上
夕阳下的一缕炊烟
简直就是一场灾难

母亲喜欢煮粥
菜叶包裹着米粒
每人一碗，有时我吃两碗
母亲却经常不吃
我奇怪她为什么总是不饿

我们就这样在饥饿中长大
母亲却化作了烟囱里的烟缕

她飘啊飘啊飘到天堂

那里不会挨饿

她再也不用

为她的儿子省一碗粥喝

2015 年

院子里的树

院子里有一棵树
和没一棵树总不一样
有树就平添了许多生机
连在树下觅食的公鸡
都显得精神抖擞

有树
鸟儿就经常光顾
春天里藏在树叶下谈情说爱
然后就双双飞走
冬天它们又飞回来
带着成群的儿女
变成树上的叶子

风可以在树梢上跳舞
月亮倚在树杈上说话
还有那些蝉

喜欢在树上安家
没早没晚地鸣叫

树和花不一样

花在这个院子里可有可无

它们在与不在

太阳都东升西落

开与不开

春天都照样会来

2015 年

找到自己

在这个霜花覆盖的早晨
在枯黄的草叶下
我找到了蹲伏在那里的自己
翅膀已经僵硬
双腿藏在翼下取暖

我是一只蚂蚁
一只蝈蝈，抑或一只蝉
都无关紧要
总之，嘴巴已被封住
再无法发出声音
连手势也不可能
秋风劲吹
秋天已经瑟瑟发抖

我知道我依然活着
还有呼吸还有心跳

只是眼神有些迷离
已经看不清远方的路

我需要时间

需要等待

需要太阳给一点点温暖

然后就慢慢地闭上眼睛

2015 年

南后街上那些古老的院子

在福州
南后街很可能是最古老的一条街了
街口是林觉民和冰心住过的宅子
游客很少
天井上方是蓝湛湛的天

林觉民是个有良心的情种
一封《与妻书》让许多男人和女人流泪
泪水流进闽江
海水便增加了咸度

冰心比林觉民幸运
每天都可以在书斋里读书
累了就去花园看花
或者在夜晚仰望天空

繁星落到院子里
落到她铺开的纸上
于是变成永恒
让今天的孩子还能看到

另一端街口
住着更大的人物
他叫林则徐
虎门销烟的那个闽江汉子
他从东南去过西北
每个正直的中国人都以他为傲

我在这条街上
逗留的时间很短
没能从中华民国走进清朝
林家的院多大没有看到
看到的只有四个大字
无欲则刚

2016 年

此生不再挣扎

确信前世是一朵莲花
但佛陀不曾在上面坐过

我一直做着圣洁的梦
但始终无法摆脱污泥的牵绊

我向往蓝天，渴望
在风中飞舞
花瓣纷纷飘落
葬身于贪婪的鱼腹

在六十次反复的
绽放枯萎绽放之后
我终于看清了实相
决定，此生不再挣扎

风雨黄昏，独守这份清冷
和些许安宁而恬静的寂寞

2019 年

站在原野看一列火车驶过

从来没有好好地看过平原
总以为平原和自己无关
当一列火车把雪野一分为二
才意识到我一直吃着平原的粮食
喝着平原的水　每天都在平原上生活

我把童年定格在山里
每当别人说起故乡
我的眼前就会有狐狸野猪出没
那些树和溪流都长进我的肉体
那些石头都长进我的骨头

火车的隆隆声渐渐远去
雪地干净得像一张白纸
城市和村庄模糊成一堆千奇百怪的文字
我无法把它排列组合起来
记录此刻的心情

2019 年

一棵橡胶树

一次又一次挨刀
一次又一次流血
一生伤痕累累

可她从不抱怨
从不喊痛
也从不呻吟

始终保持缄默
只要躯干不倒血未流干
就一直倔强地活着

2009 年春节，海南兴隆
第一次看到这棵橡胶树
心里一阵战栗
她像极了我早逝的母亲

2019 年

野花是不相信命运的

野花是不相信命运的
她们一直都在抗争
不管被遗忘在哪儿
山坡田埂抑或庭院角落
都要坚强地活着

她们一直渴望发声
发不出声音就还世界以颜色
别人在不在意无关紧要
重要的是不辜负生命
并实现自我

2019 年

两只甲壳虫在同一个地方死去

接连两天
两只甲壳虫在同一个地方死去
一只已被掏空
只剩下坚硬的外壳
另一只还很完整
被一群蚂蚁团团围住

我敢断定
这不是一场蓄意的谋杀
很可能是它们
被欲望牵引
误闯了别人的领地

在这个王道的世界
强者和弱者都要遵守王法
蚂蚁弱小，蚂蚁也要
以自己的方式守护王土
守护尊严

2019 年

一只飞蛾

对于生命
谁愿意毫无意义地结束
蛾子本意也不是
想殉情火海
它是因为渴望光明
才慌乱了自己

假如没有那么多想法
欺骗和诱惑又能怎样
山不随水转
山永远屹立在那
冰川渴望风光
最终在渴望中消融

今天这只蛾子还算幸运
我关着窗户
它在玻璃上撞了一下

折返回去
估计没有伤到翅膀

2019 年

我佛慈悲

让
一切生命
都以自己的方式
存在

让
所有存在
都别相互残杀，远离
伤害

让
爱，成为一种习惯
如阳光
雨露

让
恨，消失
天下太平
春暖
花开

2019 年

西瓜的命运

从口衔花朵
来到这个世界
就埋下杀身之祸

它太放纵野心和梦
任由它们无限膨胀

它把阳光和雨露据为己有
把平淡的日子过得过于甜蜜

终于盼到瓜熟蒂落
得意忘形时
竟被狠狠地插上一刀

2019 年

不想说话的时候

不想说话的时候
最好花钱买醉

醉了就可以语无伦次
还能呼呼大睡

人在江湖身不由己
谁都无法躲过
人世间的是是非非

该吹牛时尽情吹牛
该闭嘴时乖乖闭嘴

2019 年

冰凌花

那朵莲
因为佛坐过菩萨度过
它便芳香四溢
被那么多善男信女
顶礼膜拜

那枝梅
因为骚人墨客喜欢
便长出了风骨
日益清高
千古传诵

唯有冰凌
这朵开在冰雪里的小花
一直没有被人关注
偏居北国
静静地迎送每一个春天

2019 年

附　录

在朦胧诗崛起的时代，我是另类诗人，走的是古典加民歌的路子。求意境完美，求句式整齐，求合辙押韵。写乡土，写小情小景，写养我长大的那个村落。现在看来，那些像诗的诗，其实算不上真正意义的诗，或真正意义的现代诗。但不可否认，是它们奠定了我最初在诗坛的地位。故在编辑这本书的时候，选出其中十六首作为附录，让读者知道，这个诗人还有这样一段历史。

桃花渡

三月桃花渡
春江水暖船处处
东一只，西一只
好像柳叶水上浮
轻轻漂
漫漫舞

笑声压得船儿颠
江南江北紧相逐
上集的，筐挎一篓鱼
回村的，兜装几叠布
生熟都是亲又热
三三两两常相扶

老人把着船帮唠
袋袋旱烟飘香雾
孩子坐在船尾上
任凭浪花湿衣裤
最数艄公知情趣
腰间系着酒葫芦

啊，桃花渡
连着城乡一条路
载回农家多少乐
胜似岸边花簇簇
簇簇桃花红如火
烤暖人心照亮路

编篮歌

春来三月三
春风又在柳丝上缠
缠上层层绿
缠进丝丝暖
缠得柳条柔又软
割回来，编新篮

姑娘媳妇手艺巧
希望编在篮里边
篮沿编个麦穗熟
篮底编个桃花绽
鱼鳞筐帮编得美
柳屑飞落似鳞片

编啊编，缠啊缠
手中活忙口不闲
我这只篮子专聚乐
我这只篮子专装甜
我这只篮子专装宝
我要用它装丰年

笑声脆，歌声甜
条刀子难把情割断
别看田里刚下种
心中早已是秋天
一篮篮葡萄流翡翠
一篮篮苹果大又圆

搭瓜架

长秫杆，顺垄插
细马莲，手中掐
哥哥，嫂嫂，我
妹妹，弟弟，她
趁晌午，刚歇气
忙把瓜架搭

三月苗
四月花
五月瓜上架
大黄瓜，密麻麻
要吃就吃，随手摘
要卖就卖，换钱花

政策顺心
解除后怕
人有心，不辞劳苦
地有情，种啥得啥
日子就像这春天的苗
今天绿一点，明天绿满天涯

我插，她扎
妹妹悄悄话
嫂子偷偷笑出声
惊动做晌饭的妈妈
嗯！秋天收成好
新媳妇准能娶到家

露水集

赶驴挑担的
驮着星月跑
挎筐背篓的
洗个露水澡

小路，踏宽了
大路，挤窄了

张家婶子李家嫂
东院杏子西院桃
瓜香若得野蜂追
鱼跃龙门过小桥
镇中小市大会合
五里长街似涨潮

秤盘，托着情
秤杆，挑着笑

日头上三竿
集清人去了
清风识人意
悄悄把街扫

山中小店

三月花影映窗前
五月葡串当门帘
山中小店山上开
霞光云气绕屋檐

一条石路通八方
生意兴隆客常满
上山口渴喝杯水
下岭歇腿抽袋烟

远道投宿睡火炕
身上舒服梦也甜
近路打尖吃米酒
主客相劝兴更酣

采山姑娘门前过
人不进店歌进店

引出不少风趣话
笑声一串接一串

山中小店牵我情
几回梦里重相见
今日又来店中坐
酒未沾唇心悠然

雪花飘飘

雪花飘飘，雪花飘飘

腊月的乡村，白了
银色的田野，银色的大道
赶集的队伍归来
背的背，挑的挑
好鲜的年货，好重的情哟
抖一路精神，撒一路欢笑

雪花飘飘，雪花飘飘

农家的小院，白了
铺一领玉毡，披一身素袍
小鸡，在棚子里挤
牛犊子蹦，肥猪叫
孩子们扫一块空地，支起筛子

捕捉飞来的麻雀

雪花飘飘，雪花飘飘

迎新的气氛，浓了
窗，擦了又擦；墙，裱了又裱
手巧的婶，心灵的嫂
蒸出油汪汪的豆包，香喷喷的年糕
老人们也忙了，贴完门上的“福”字，
就进了羊栏，守候接羔

雪花飘飘，雪花飘飘

醉酒归村

别笑我哟
赶集归来跌一跤
磕了脚
扭了腰

你说痛，痛点怕啥
心里早像蜜糖泡
分红了——
儿子添台车
姑娘买块表
老伴也穿上新衣裳
换去了那件百衲袄

哈哈，你说我吗
我啥也不想要
山上长满摇钱树
地下处处都藏宝

呵，你不信
摸摸俺腰里的大钱包

你笑？你笑！

我醉了。醉了

这酒，这酒

真是有味道

年　事

一簇簇竹花
绽开一年的吉庆
孩子的喜悦飞上了天空
你仿佛也变成了孩子

蹲在地上
扎一只漂亮的彩灯
（这是你许给儿子的愿啊
这会儿，却要
照亮孙子的梦）

孙子的梦
该是亮堂堂的呀
他没见过贫困
刻在爷爷脸上的苦相
更没见过灾难
罩在奶奶眼中的愁容
他是春天破土的芽儿
每一次呼吸
都那样甜润、透明

儿媳唤你来了
老伴催你来了
她们把一家人的祝福
都倾在杯里
等待你去畅饮

你把酒扬到天上
你把酒泼在地上
你说敬一敬土地
敬一敬太阳
对，还得敬一敬老伴
是她把福字
倒贴在门上

村　戏

台上，演戏
台下，也演戏
山里人的嗓门亮
敢和锣鼓——
比高低

开台乐一通又一通
台下喧闹难平息
赵家嫂，钱家婶
孙家妹子李家姨
说说，笑笑
又让，又挤

（仨女一台戏
何况这一群
嘿，难怪哩）

庄稼院
有庄稼院的风气
一家一户

劳劳碌碌
难得凑在一起
欢欢喜喜……

（要不是政策回山
再来十个剧团
也没有这样的甜蜜）

台上，声声唱得动情
台下，人人看得欣喜
星星也闻声起来
就像地上的人群——
越集越多，越集越密

晚　晴

燕翅把雨丝剪断了
牛蹄把云块踩碎了
夕阳像一团火
烧着了山头的雾
也烧尽了母亲脸上的烦闷

她挽起了腰筐
挽起了山里的船儿
去收拾
雷雨留下的赠品
（那鲜嫩的蘑菇哟）

那白色的是银
那黄色的是金
金银可不那么易得
要爬山
要钻林

山林是富有的
山林是迷人的

她没找伴儿

一把柴刀伴她出屯

家就交给了小狗

它知道怎样看门

灯 杆

入乡，随乡风
迎春，挂灯笼
高高灯杆院心里竖
像船的桅
等待东风鼓帆篷

东一根，西一根
家家户户不落空
山村变成大码头
船只靠岸
列出整齐的阵容

乡亲，是性急的水手
里里外外忙不停
像等待大海涨潮
手扶灯杆
盼着柔和的星星

小院，该是一只只船
载着希望载着梦

沿着富路向前走

去捕捞幸福

去载回繁荣

太阳帽

山湾
已不是妈妈的年代了——
野花开在鬓边
蝴蝶栖上辫梢

连刚剪去羊角辫的妹子
也学会了时兴的打扮
上集，蹬双高跟鞋
头上饰顶太阳帽

那是赶集的时候
别人送给她的
帽带的花结上
还系着一个秘密

她向妈妈公开了
她向嫂子公开了

她说自个儿还拿不准
请她们给当参谋

不过，这也瞒不过

屯子里的老少

帽子真成了“太阳”

在人们的眼睛里移动着

姑爷子上门的时候

新姑爷上门，
小鸡子没魂。
——民谚

似客，不是客
来了，炕上坐
老人们，悄悄地躲开
留下小姨子
小舅子
——闹得像团火

——你不想吃鸡吗？
咱家“机”可多
缝纫机，收音机
吃去吧，小心别电着

姐姐从外进来
偷偷递个眼色
像说：快下地吧

菜好了，小鸡炖黄蘑
家酿的酒，度数大
你可少喝

这一眼，捅了娄子
引出串串疙瘩嗑
刚结婚就知护短
咱走吧，人好那个
闹声，笑声
起起，落落

银幕，在晚风中抖动

早春，夜的乡间
银幕是一扇敞开的窗
从这里，异域的风
吹热了小屯
冷漠的胸膛

小屯，在电子乐中
见识着另一个世界
咖啡、接吻、小汽车
以及悠闲的主人
和他的田园、牧场

妇女们，用手
掩饰着脸上的羞赧
可指缝间
却露出好奇的眼神

在看什么呢
一切都那么平常
土地，机器，人

晚归的歌谣
如血的残阳

小屯，第一次
发出慨叹

可它并没有失望
它把自己未来的光彩
叠印在
平展的场院上

酒　店

山乡酒店没有幌
店门儿一开
十里清风都含香

一铺土炕八方情
酒盅里品
筷头上尝

庄户自有庄户乐
自斟自饮
不必话凄凉

酒不醉人人醉酒
三杯下肚
话不出口憋得慌

我听酒佬谈乡事
更牵别情
问了土地又问商

酒家谣

山中有好酒
开坛香满山
风飘四五里
雾裹七八天
一杯风摆柳
三杯云中仙
酒祝情更浓
痛饮不知酣
新年纳余庆
无酒宴不欢
醉卧雪花里
睁眼是春天

注：这些诗写于1980年至1982年间，大多发表在《诗刊》、《作家》(前身叫《长春》)、《福建文学》、《青海湖》、《参花》(前身叫《说演弹唱》)、《翰海潮》等刊物上，在全省，乃至全国影响甚大。

后 记

十年一觉扬州梦。蓦然回首，在这个被称作诗坛的地方已经混迹四十多年，懵懂少年成了沧桑老者，依然还在梦中。

梨树是我成长的地方，也是诗歌梦开始的地方。那时候时代开始变革，文学艺术刚刚复苏。诗歌作为号角，最先发出声音。传统诗歌、现代诗歌，现实主义、浪漫主义，朦胧派、先锋派，百花齐放，百鸟争鸣。

因为喜欢，我被裹挟在歌者的队伍之中。

我没有经历过老一代诗人在特殊岁月遭遇的苦难，也没有知青一代痛定思痛的思索。我是草根，来自乡下，怀里揣着半本宋诗加入了文青行列。写不出新时代的颂歌，也写不出旧时代的伤痕。我只能写故乡，写自己，聊以自慰。

感谢在这片土地上遇到了邓万鹏、于耀江，他们从东北师大、四平师院回到梨树，带来了一道曙光、一缕阳光、一股清新的风。小城三友，以诗为业，以诗佐酒，以诗激荡青葱人生。

后来，老邓去了河南，耀江去了四平，我进了长春。“梨花三杰”在不同的地方继续做着相同的梦。如今我们都离开了工作岗位，但仍坚守着共同的事业。这套丛书应该是交给家乡父老和诗坛师友的一份答卷。能否及格，自有后人评说。

我们仍然在写。路无尽头，诗无止境。年龄不是问题，诗人永远是长不大的孩子，即使真的老了，也会像故乡的梨树，坚强地活着，在每一个春天里静待花开。

2021.4.20 于杭州西湖

天鹅

邓万鹏诗歌自选集

邓万鹏 著

人民东方出版传媒
People's Oriental Publishing & Media
東方出版社
The Oriental Press

图书在版编目（CIP）数据

天鹅：邓万鹏诗歌自选集 / 邓万鹏著 . — 北京：东方出版社，2023.1
（梨花诗丛）
ISBN 978-7-5207-2604-7

Ⅰ. ①天…　Ⅱ. ①邓…　Ⅲ. ①诗集—中国—当代　Ⅳ. ① I227

中国版本图书馆 CIP 数据核字（2022）第 021545 号

天鹅：邓万鹏诗歌自选集
（TIAN' E : DENG WANPENG SHIGE ZIXUAN JI）

作　　者：邓万鹏
策　　划：王莉莉
责任编辑：张　旭
出　　版：东方出版社
发　　行：人民东方出版传媒有限公司
地　　址：北京市东城区朝阳门内大街 166 号
邮　　编：100010
印　　刷：北京明恒达印务有限公司
版　　次：2023 年 1 月第 1 版
印　　次：2023 年 1 月第 1 次印刷
开　　本：880 毫米 ×1230 毫米　1/32
印　　张：8.5
字　　数：120 千字
书　　号：ISBN 978-7-5207-2604-7
定　　价：120.00 元（全三册）
发行电话：（010）85924663　85924644　85924641

序

那样的日子总像上午，风也是绿的

于耀江、钱万成和我，我们三人年龄相仿，都是二十世纪七八十年代从梨树出发走上诗歌之路的。几十年过去，每当家乡的诗友们回忆起当年梨树诗坛时，也总习惯把我们三个人相提并论，甚至还冠以“梨树三星”“梨花三杰”等说法。对此我们要说一句：我们既不是“星”也不是“杰”，只是有幸得到梨树诗乡这片诗歌热土的养育而成长为写诗的人。为纪念并见证我们三人从梨树起步的共同诗歌历程和几十年因诗歌结下的友谊，编辑一套《梨花诗丛》似乎很有必要。这不仅对我们每个人的个人写作是一次必要的回顾，更是对诗歌之乡梨树的一次诗的汇报，因为“梨树”、“梨花诗会”和“梨树诗歌”是我们的共同胎记，是我们诗歌生涯难以忘怀的起点。

吉林省梨树县在中国的版图上是一个不起眼的农业县，但它却在二十世纪八十年代初期突然涌出了一股罕见的诗歌热潮，在省内外产生了不算小的影响。我愿把家乡的这种文

化现象称为“梨树史上的文艺复兴”。任何一个国家或地区的文艺复兴都离不开特定的时代背景和必备的几个因素——梨树也不例外。毫无疑问，二十世纪七八十年代之交的改革开放带来的教育和经济复苏为家乡提供了千载难逢的机遇，二十世纪四十年代就在巴金主编的《中国作家》上发表长诗《外祖父的天下》；出过七本诗集的老诗人丁耶，六十年代就在《诗刊》发表长诗《在同一条航线》的姜士彬，出过诗集《牧鹅》的赵长占，在《光明日报》上发表诗歌评论的张国举、高继恒等人都起到了带动作用，且特别是进入七十年代后，高继恒在《吉林文艺》上发表的《天安门的焰火》为梨树带来令人炫目的诗歌之光，我的习作《从集体户寄向天安门》经他推荐也在 1976 年《吉林文艺》诗歌专号上发表，这使我的人生从此走出封闭和幽暗并让我从此爱上了诗歌。应该说从二十世纪七十年代到八十年代的十年间，高继恒以其不间断的诗歌写作和对诗歌报刊的苦心经营，对梨树诗歌以后的发展繁荣显示出某种奠基意义。

二十世纪八十年代是一个风云激荡的时代，大变革的雷声在天边隐隐作响，所有沉睡的似乎都在苏醒。远离中国文化中心的家乡梨树的诗坛也更加活跃。出诗刊、请名人、办讲座、策划大型诗会等各种活动不断。每一届的“梨花诗会”都云集了省内外众多诗人和诗歌爱好者，成为梨树的一大盛事。当时诗坛对北岛、舒婷等人的朦胧诗争论不休。谢

冕、孙绍振、徐敬亚等三人的崛起引起诗坛广泛关注。诗与时代与生活的关系是怎样的？诗应该怎么写？北岛们为什么要那样写？好诗应该是什么样子的？地处偏远外省的我们懵懵懂懂。带着几分困惑几多激情，我们就这样匆匆上路了，似乎只有写才是正格。朦胧啊，先锋啊，传统啊，这些似乎是理论家们的事情，我们只管写。也正是那些年，耀江那些短小精致、颇具现代倾向的诗为梨树诗歌带来了新的气象，什么《诗刊》，什么《青春》《人民文学》都挡不住。记得万成当时还专门就耀江的诗著文评论。至于万成和我的写作，则是浪漫主义和现实色彩重些，但万成乡村生活底蕴比我们深厚，所以他的那些以清爽朗丽见长的诗在读者的接受度上自成优势。《诗刊》《青海湖》《飞天》等无数大小期刊也开始遍地开花，当时的《长春》(《作家》前身)曾多次推出他的大型组诗，其中的《灯笼杆》《露水集》等篇章我仍记忆犹新。他的诗引起了徐敬亚的注意。徐敬亚专门从省会长春驱车来梨树专访他，为他的大组作品写下长篇评论并发表在自己编辑的省刊上，这件事对家乡诗坛也产生了不小冲击。当时我们三个都二十刚出头，我与耀江同年，万成小我们两岁。我们都是高考制度改革的受益者，毕业后又都回到梨树工作，耀江进了团县委，万成进了教育局，我进了文化局。那时我们意气风发，工作之外写诗是我们生活的重要部分。我们互相交换投稿地址，互通信息。谁要是有新作发表，那可是大事，见面的主要话题都是谁在哪儿哪儿又发了。发了，留了，退了，挂在我们嘴上。可是，退的总比发的多，但东方不亮西方亮。退回的稿件换个信封，写上新的编辑部地址再发出去。上班，十点钟跑邮局。负责分拣信件的有个陆师傅，我们一去，她就早已把我们的来信放在一边就等我们来拿。我们日日循环往复，乐此不疲。记得有一次，耀江神秘地告诉我，他看见万成去邮局投稿，自行车车把上挂着鼓囊囊的兜子。我想，那一兜稿件，得牺牲多少睡眠啊？那时的万成显得清瘦却也精神。耀江说：你要是发现他的脸见瘦，不用说，准是又写诗了。我们像是在参加一场没有硝烟的伟大战役：北京、上海、福建、内蒙古、河南、河北、青海、甘肃、新疆、广东、辽宁、甘肃、云南、台湾、香港……我们看着地图投稿，中国三十四个省级行政区，还有多少刊物没投过？还有哪些地方没有留下我们的足迹和身影？打攻坚战，打持久战！你退稿？我还投！熬夜是习以为常的事，有诗的吸引，精力总是用不完。而那样的日子总像是上午，风也是绿的。

认识钱万成大约是二十世纪七十年代后期的一个秋天，我与高继恒老师在街上走着，他突然指着迎面走来的穿黑呢大衣的高个子青年对我说：这是钱万成。接着又给我介绍：他刚刚在省级报上发表了一整版的散文《公社的大坝》，他也在写诗。万成笑眯眯地上前一步与我握手，很有亲和力的

样子，但给我留下最深印象的是他那双不算大却炯然有神的眼睛，里面似有灵光闪动。在我以前见过的熟人当中，只有高继恒的眼睛是这样的。明亮，似能洞穿一切，让人不敢逼视。后来读《李白传》，书中在说到李白的眼睛时，也有目光如炬的描述。我想这种目光，大概就是一种灵光吧。那时万成家住县城南河沿一带，新婚不久，他的妻子马月霞也是文学爱好者，说她是“发表”我诗歌的最早的编辑也不算夸张。早在中学时代全县的体育运动会上她就是播音员，我们去主席台投稿，就是经过她们审阅编辑后才现场播出的。后来万成搬进新居，让我去他家吃饭。他准备了满满一桌子菜，具体有什么，我现在都忘记了，只有那盘东北大拉皮拌黄瓜还记得——那是我第一次领教了芥末。再后来读到万成的散文《老屋》《那片树林》，我才进一步知道了他原来是一个那么重情善感、善于品味生活和人生的人。

耀江与我从小学到高中都是同校同学，我们两家只隔两条胡同。去年我回到家乡，与耀江和张国民在镇子里走了一圈后去找耀江的故居，可是小镇里最后一片老城区也拆了。我们在一片小广场上停了下来，在光溜溜的水泥地上确认他家的位置、土炕的位置，以及我们当年抄稿时木桌子的位置。站在一片土木废墟上远望，从他家到我家的距离最多也不过三百米。他虽然高我一个年级，但这并没影响我们交往，我们从小就在一起玩熟了。中学毕业后有一段时期我几

乎长在了他家里，那间伴着烟雾的小小的却温暖的屋子装满了我们多少莫名的苦恼和最初的人生梦想啊。当时我们都刚刚学抽烟，耀江的母亲也抽烟，我们三个人经常把他家弄得烟雾弥漫。即便严冬，也得开门放烟，不然眼睛就睁不开了。耀江的母亲慈祥善良，喜欢我们来他家。每次我一进屋，她就笑呵呵地看着我喊：老邓来了！是耀江这样喊我喊惯了，于是那70多岁的老母亲也一样对我这个二十出头的毛头孩子喊老邓。有一回耀江拿出了一个小本子，上面写满了古体诗。我读了几首突然想起来文化馆的高继恒老师对我说过：现代人还是要写自由诗。古体虽好，但已无法容纳现代人丰富多彩的生活。我把这个意见对耀江说了，耀江接受了，并很快改写新诗。

后来耀江和我都做了报刊编辑，万成进入长春市委机关工作。虽然生活在不同的城市，但我们各自都把梨树那段激情燃烧的难忘岁月和因文学结下的友谊当作我们写作的底气和护身符。虽然我们见面的机会十分有限，但彼此心灵的呼应从未间断。无论工作和生活如何繁忙，岁月如何变迁，我们都从来没有忘记诗歌。我们不间断地写诗、出书、参加诗歌的大小活动，诗歌成为了我们的信仰。我们时刻没有忘记自己是诗歌之乡梨树走出来的人。几十年过去了，耀江和万成都成了吉林诗歌的标志性人物。万成不但没有因为繁重的政务而中断写作，而且还在诗与工作的冲突和夹缝中越写越

猛，散文、诗歌、书法并行，成就卓然，出版了很多著作。此外，他还在儿童文学领域颇有成就，成了国内有名的儿童文学作家，作品选入各种教材和选集。十多年前，万成还专门为我写了十来首诗，每每读来都让人动容。四十年了，我们就是这样彼此照应，遥遥相望，南北呼应，各有收获。我们在三个不同城市的同一条路上走着，一直走到今天。

纵观国内诗坛，当下汉语诗歌已发展到五四运动以来前所未有的高度，很多诗人已经走向国际，各省优秀诗人、优秀诗作不断涌现，各国优秀诗作的译介源源不断进入人们的阅读视野，读者的阅读水准不断提高，诗歌写作的难度加大。由于地域、年代等诸多因素，我们的写作也还都面临各自的新课题，我们特别需要对过去进行一次总结，以便开始新的征程。 诗歌与人生没有胜负，只要在写，诗人与语言就永远处在不停的扭打和搏斗之中。诗歌是没有止境的艺术，而诗人也永远都在路上。

邓万鹏于 2021 年 4 月 13 日

目　录

世界的早晨（12首）

1. 问　话

敢不敢走过门外独木桥
去爬南杏山
用沙粒滚动的连线
拼一幅新地图

敢不敢挺起胸膛上四平
闯进一座画眉城
穿过鬼魂的旧战场
抚摸杨木林的白骨头

敢不敢光着脚辨认马蹄
使劲抽打自己的影子
看火车头发飘动小黑屋
掳走夕阳的旅店

2. 风　中

我需要这样的风　饱满的
一阵风　和一阵风小跑

从起始到脚尖
不回头　我已收到空空来信

云彩的心灵可以停下吗
当我的筝龙挺直腰身　鼓满

大地的眼睛
天空的眼睛　陷入
更大旋涡　稳住

一个小矮人正与蓝色深渊搏斗

拉紧它　它是我的一切
否则　一切将被一阵风带走

3. 消　息

上天的夜　月亮鼓声
覆盖松辽平原

大街岔开每一条小巷
月亮鼓声翻动渤海

落满我家珊瑚正面
印证三角邻居侧面

我披一身金粉回家

空心人搅起满天星
左手释放右手
黄土路面飘起来

印证柳毛子图案
喜鹊脚翘着　蹬着芽叶

4. 非　洲

但这是昭苏太河南岸　绿波鼓涨
北岸的风也一样　翻动季节
从黑土下提起海的表面
云朵掏出小镜子
晃花人眼

浪沫遮住了他们大半身
瞬间的海豚脸
瞬间大约来自非洲　棕色的
一年一次的非洲

翅膀出现　平原难以制止大海
孩子们又回到孩子
在对偶的高粱叶片之中
举出一个黑穗病的发育期
疯狂　带着节日外形

5. 钢　轨

挂在墙里的　几乎有电
它一响他们就发慌
有的往外跑　更多的头发往里闪
蓝天被一截钢轨收回

屋里在喊同一句话
少部分尾音
从窗缝挤出来就消失了
一群蜜蜂讨论芍药
大约能听见教堂

待门扇打开时　女生的路
总是慢　凉鞋像雪花
落在三五个姐姐或阿姨之间
傍晚的潮湿气味
移走碎花布

6. 寒　冷

在月份之间　季风混乱的披肩
如一群土蛾子飘进来
我继续在梦里做梦　虚设国境

大葱杆抽出宝剑　草窝子蹦跶
绿蚱蜢　一只螳螂打拳
凸眼哥　我想与你学武术

红人走了　狐狸围脖甩在墙头上
木门总是关不严　旧把手坏了
似乎还能挡住一些冬天

一排虎牙　含住我家屋檐
干辣椒对着一地雪　阴影线
划出我家成分：用白灰面粉

7. 盲　童

没有手绢　只有肥皂洗过的蓝天
一个盲童急于看阳光

你关心我的每一天　玻璃真好
外面是什么　让我摸摸你的脸

那么多橘红与温暖有关
只要你帮帮我　我就能看见

魔鬼没有出现　当世界凝满泪痕
我只听见干草带来肺病

大地转暗　踩着寒风的巫婆
指北为南　椰子树的海湾

在中药房后边　绣花失败的夜
我还是收到了干净的毛巾

8. 边　界

松木杆顶端　结出一年的苹果
光芒的夜晚开始闪烁
光芒的年　雪落着

一群蝴蝶　扇起虚幻的牡丹
一阵风的螺旋过去
地上堆满火星的叶子

父亲推开门　伸出面粉的手
去点一支迎春烟
一个响把另一个压缩一整年的响　送上天

我们在踮起脚尖也看不见的云边
听卵石飞过　铁木轮　嘎啦啦地滚边

9. 等　待

骨朵儿撑破薄皮　大葱开花
细蕊举起植物的香
供奉种子初期

一只蓝冰小蝶　独舞
落下的宇宙
使光的呼吸停住

那反复接近　又反复飞走的手
停住　你仍不能捏住
未成年的空气

现在　风雪动荡
一捆干草　多半脱离了原地
树上的人在拉弓

等到一排大雁射出响箭
穿透时冬腊月　在石头上
才能露出我的葱尖

10. 观　点

太阳周围太深的蓝　蓝深渊
我用我的眼睛看清了我看不清的样子

我看见我不该看见的内核　圆圈扩散圆圈
电焊的杧果　销熔着危险

总有转闪的金属滴落　灼伤瞬间
从此　我的视线被物理缠绕

11. 真　空

大风刮了一个星期以上
尘土落在山冈　落进深井　推开门
出来的人都看见了真空

发青的地皮
连着木桥　一只喜鹊举着树杈照着
翻过来的铜镜

即使被流水碰了几下
也不在意　队伍在水边走　三角旗
经过两朵白云

正是耀眼的钉子　把天蓝的帐篷
扎在平原四角
没有风　雨点瓢虫飞溅

榆钱淡绿　抵触着虚无
在山坡和草叶上　小河边
我们散在的空气飘过树梢

12. 腊　月

郊区没醒　时辰在冰里埋一块砖
一个哈气的声音在墙外喊
它的后半部分成为马上掀起的鬃毛

路嵌在镜面上　背包兜起脚印
重于一部电影　捂住耳朵的小狗
要是雪花移走画眉　你也别咬

挡住半个脸　投来橘子皮的傻笑
遗落的稻草变幻金条　我的右边
是你左边　顺着小路的社会边缘走吧

以怀里的火去烧根瘤菌
烧空荡荡的霜　为关一扇门去开一扇门
用火柴点燃生铁　让它成为炉子

小老湾

新竹叶遮住一些老竹竿
望不透的竹叶青遮住今年山中的
小平原　从你的地下穿出
高低不一的新锐气　我回头　看见一队走来的
全是自己人　人数是那么多　那么年轻
就在刚才　转身的地方使他们成为集体隐士
混杂的低语挤出叶缝　闷热
被突来的雨点打穿　摇动新竹枝
出汗的长裙女士们　别害怕　也别担心蛇
手拿拨索棍　有老杜给我们探路

你还怕什么　即便白裙子蹭上几点新黄泥
也别感到扫兴　这里的黄泥有内含
芬芳的泥　是一个村庄的变迁史
这就是小老湾　一个让人特别想来
又一直没来过的地方　曾经有过又消失的住户
这时的你已站在从前的屋子里

床的大约位置　厨房　老母鸡的咯咯哒
小地主跨出门的左脚　没打完的哈欠
小镜子　母亲节约的胭脂　不是草木灰
腐烂叶子的气息催着芦苇丛

门前　一头黄牛拉着山坡　而古老的低洼处
蒿草压住了碾磨盘　光滑的牙槽似乎参与了
月光无毒的面粉　一棵构树的后代
从磨眼里穿出　被一圈大黄围住
附近　古老的蹍轴大部分埋在土里

牛虻嗡的一声擦着耳朵
飞向远处　荒草的嘴围拢　溪水干在石桥上
一朵精心雕刻的菊花与今年的一朵重复了
而就在来路上　你们曾经围攻过一棵古树
采桑的手拥挤着　争夺飞鸟的蓝天

菜地逸事

这里没有人　确实没有人
薅草　深翻　当一场急雨刚刚跨过南山
没有人把菜籽丢进土里　没有人
在这里支起黄瓜架　或创造人间以外的神话

可现在　每一条黄瓜都有伸开腰的冲动
带着一身的刺　它的顶端顶起一朵黄花
盼望着到来　有亲切的手揪它
野蜜蜂哼着耐心的歌　用花粉洗头

与附近的空心菜不一样
大头菜抱住遗传的球体　它越包越紧
金花鼠也许午夜来试验过滚绣球
压倒韭菜　一小片与另一小片

粉蝶忽高忽低
在大叶子上产下神秘的虫卵
幽灵飞舞的菜地　我们睡觉时　人影晃动劳动力

我们来到　他们就隐身于竹林深处

突来的山雨　带着格外的凉爽

西葫芦在眼睛里膨胀昨夜的三寸金莲

却留给早晨　一只劳力士左脚的外形

而另一只在颤抖中　探索夏天的新走向

灯　下

群山被夜裹紧　黄昏是落在地面的一场急雨
还没有干　带来夏天特殊的清凉
杜鹃的音步从对面的树丛滑下来
树蛙发出有力的单音节　植物气味弄混了水的气味
某种腐殖土的草药　清香且浓烈

门前空空的场地　一盏灯能吸来哪些东西
潮湿的光圈圈住飞虫的舞台
一只癞蛤蟆想用胳膊肘撑住地球
它坐着跳　跳走它高傲的短路
停止又鼓起　呼吸　你是生我们的　还是自己的气

俯视与仰视之间　互相打量　不成比例的身高
从满身疙瘩的异类　看闪电放射箭舌
收回准备的野餐　我们互不打扰　只是偶然
在小飞虫集合的湖边　一盏灯收藏多少秘密
当然这样的自然也是属于偶然

后来夜深了　我们向海盈学习气功

从他的手指处　我们都看见了北斗的后脑勺

踮起脚尖带动水杉　试着穿过浅云

遗忘覆盆酒的酒杯　山月其实是个圆　他强烈反对

我们回屋的想法　气功　那就继续交流　不睡觉

在动摇中入定

——给气功大师王大春

你给予我们这么多　让我拿什么报答你
追随你的时间总是那样短
你让女巫悄悄溜走　先生　窗外太阳正瞧着
我如此佩服你　竟无法找到一枚钉子的回答能力

是在前天　我的身体回到郑州　挤出火车站
好多重叠的心　一起朝着反方向飞
一直飞回你的大厅　看你的声音和动作　深红色的笑
在每一盏茶杯边缘开出丁香花

休息时不休息　气息相通　稍微有点儿反动
燕子呢喃　一群可爱的小狗扑上来
朝人摇尾巴　真想扔给你一片肥肉
手心攥得很满　但除了空气还是空气

月亮出来　我们去散步　麦浪围起古战场
有灵魂倏然闪过　杂草含混满眼的暗绿

分开乡间的风　谁还有心抢座位　开门关门　白灰墙
满意不满意　我们再次坚定了不生气的念头

正午的阳光有多好　麦浪簇拥着试验学校
你送给我们每个人一棵草　能救命
那是一生中最后一棵　金黄稻草的树
你要求我们抱住它　因为它从来不是草

谁能真正抱紧它　谁就会再次出生　并且长大
随着田野的雾　身体会越来越壮实
抱住这最后的信仰吧　它命令我们摇晃啊摇晃
轻微地　就像在每一次酒后

发红的笑声返回　通过每一条血管
缠住蓝色地球　我们在球体上入定　别在意你的发梢
流汗的发梢已跟上每一株植物
摇晃　舒心地摇晃　然后扎下一百条根　入定

陷入

我现在明白了　一切都活着

它就在那里

永远不会消失

——帕斯捷尔纳克

别嘲笑手里的树棍　别嘲笑

盲目地搅动　在一堆冬日云朵的灰烬里

掘出深埋的星星　落下遍地燃烧的雪

我从来没有像今天这样疲惫　是的

情愿去浪费时间　像一个病了很久的人

通过沙哑的喉咙　给另一个病人打气

紧跟弗洛伊德的脚步　向大师鞠躬

借眼镜　去看一个被生活打倒的人

挣扎着　一直想站起　反抗

干什么　你们还往那样的眼里扬沙子

没有门儿　她不会停止她的驳斥

这么多人间的罪恶　惹出她嘴角雪沫

天平在哪呢　弱小者有一百个问号
在寻找心胸起伏的天平　盛夏还是在北极
除了陷入　除了屋檐　冰溜子紧张的牙缝
雪花一律的蜜蜂围绕　围绕着刺儿

一身刺儿　我现在什么也不想干了
只想回去　那菜地里旱黄瓜的刺儿
是你亲手揪下　从干树枝搭起的架上
揪下　可我怎么能吃下那早年的黄瓜菜

微信圈的眼睛发黑　努力　那是另一种吞咽
就着水晶　牵牛花与露珠
在老房子周围举起酒杯状　潮湿的火
跟随斜下来的旋风　向老家门缝鼓吹黄牛

林场之春

春天是一把公用的斧头　少女举起细小的胳膊
给野外的劳动配上一枝晃动的长柄

父亲娇惯的孩子　来林场不满一个月
尘土路上　老剑草总给移动的黄胶鞋绣图案

被自身的移动破坏掉　一点点不适应
很快就被林场幽暗的树荫融化　不需转身

打心眼里开始喜欢这地方　坐在树桩旁休息的时候
偶尔想起远方　家　以及父母一贯的疼爱

干活能使痛苦变得幸福　那样的脱离像一种说不尽的蝴蝶
每个瞬间牵扯　都在轻轻翻弄看不见的神经

生长的杨树成排　挺拔又好看　首要的任务
是爱它护它　用全身力气的锋刃　向技术员学习砍

运气　不让分心的枝杈　分散地心的营养素
树干变粗　举高每片叶子　呼唤风　直抵蓝天

多么好的临睡前啊　再织几针密密的红毛衣　需要躺下
掀被单　一团毛烘烘的黑迎面送来个冷不防

差点喊出来　但我猜想那或许是一只猫但它真不是
贴树皮偏来凑热闹　不知道它的胆子刚比蚊子大一圈

别让同伴受惊吓　湿树枝发脾气　让它去地面翻滚一层
厚皮
变成脚底老虎　你必须碾死那个烦人的幽灵

搏斗　来回碾　使劲蹭　直到变成恶心人的一股浆液
春夜才展开新的安静　又发出劳动后产生的轻哼

好地方

早年家王屋，

五别青萝春。

——岑参

流水从石板上跳下来　披散头发

欢迎它的远来客

在蓼花的颜色

轻摇的杂草中　香蒲的小棒槌

有了叛逆倾向

举一片好形状

拨开一丛小槐树　迷失的脚

急速找到自己潮湿的新鞋印

那些很久以前就应该落下

却没能落下的

好地方　长满青苔

青萝河　我们看到你的香

灌满这个黄昏　反光
灌满闪烁金粉的东沟

我们必须跳着走　从一块红石
到一块红板石　双臂扇起鹰
贴着南太行的皱褶
低飞　另一种前进
前进就是上山　有点喘?

那就坐在磨盘上　歇歇
喝下山泉水　这片小菜园是谁的
料理得这么好
要是真的揪下那个紫茄子　你可能就完了
控制一点儿空虚
当夕阳滑落山后
我们接着看磨沟的磨盘如何升起

满坡月亮　童年睡过的草垛
让我们重新靠住它　合一张
比梦还朦胧的合影
南坑村的石屋　老皂角

一个人影早就在树下迎接　隔着夜色

我们和女镇长

同时听见他　轻轻喊晚饭

分界线

你指认：这就是分界线　沿着一阵风的尖端
我们看到的更为茫然
走动的大丽花　牡丹花　变种的月季花
聚集着　漂浮于旋涡的斜对面
演变流水　一条不可拦截的河
通过这个秋天的下午　过去那些一直无法说出的
被提到渐冷的泥沙

这同样是我们不太容易接受的下午
你观察到一朵花　相对沉默
一朵太大的花　急速绽开
连续塌陷　芳香毁灭了
要是流水的暴力从前允许表现明显的虚弱
我们就不会看到脚下的地理
风与风波的形成从白垩纪就已经开始
相互扭打　并且相互依赖

不解释贯穿的含义　但在这里

也没有人类的粉笔画出一条醒目白线　被称为分界

一块石头站起　说存在就是意义

流水和颠覆　它无意反驳

开阔与平稳　可以从这里集合吗

在流动中奠基　人类的奠基

我们的想法并不是在水上修建一个现代别墅

酒后　满足于醉醺醺的打猎

一艘大船已经过来了　那些人　有那些人的固定

码头　而我们只在乎我们的流程

源　头

一条河从别拉什尼察山下流出　看到了
萨拉热窝一部分　且仅仅是

倒影　水面上的天鹅　已把身体的一多半
扎进水里　一双赤脚

轮番蹬空　反作用力
操纵着一切　使嬉戏陷得更深

水面上　抖动了一个完整的公园
高上去的云朵　吻合低下来的云朵

被水封住的　也被密叶封住
岸上菩提树　在排列廊柱

枝柯架起拱门　护卫　一辆古典马车
就要飞起来　前进如同后退

林荫大道上　只剩一个节奏
朝着无尽的无尽头　奔腾啊

奔腾　红风衣与金色的发丛　蓬勃
水草蓬勃　梳理与被梳理

晃动盆地的神经　散布瞬间与永恒
在巴尔干　马蹄扬起了

虚幻　野鸭群继续拍打
某种宝石飞溅　而前方是老城区

光的交点更迭交点　小桥上
那个被照相的人　身体伸展了蘑菇

伏伊伏蒂纳平原

没有边　在贝尔格莱德与布达佩斯之间　没有边
蓝色大教堂的帽子
是没有边的　一杯水里的无限之水
解释中午之前
之后　可是
依然没有水　没有被投放无论多么小的一块　云的冰块
太阳　虽然不同意自己的冰块　太阳
却肯定电焊的冰块

汽车不但不了解粮食的直径
它也开不出它的倒车镜　世界的一半从火线的睫毛滑落
穿过没有边的葵花
葡萄园　没有边的造酒的烟　玉米压住的麦茬造欧式面包
而古老的冰块　就在最高的电焊中
确立总统

汽车跑不出麦粒的芒　粮仓的速度不能想象
左边的无边被右边的无边通知了　前后

是火的前后
运汽车的汽车
红超过蓝　灰被灰超过
来不及　也无须问车上装的什么
怎么看还不都是一车字母
风磨着磨着　什么都别伸出去
当心你的你

处于水平线上的
左在右的右边　左右的电流与铁塔在下国际象棋
时间的新车　始终跟不上倒车镜

这偶然

这偶然　这与童年的弹子同时的雨点
是突然来临的喜悦　它的闪光
没有被碰坏　你看盆地里突然起身的农妇
伸展袍子　用西里耳字母说：甜菜该挖了

她心里的草原和八月
一片绿过一片　葡萄园缩小的手灯
被提到恰当位置　回答落进朴素的篮子
与脸颊侧面的雅虎利纳雪线一起升高
我喜欢这样的空气　从巴尔干深处产生的群山云朵
赶来　我欢迎她包围我身体的祖国

供暖房一样散出的白雾　缠满山腰小屋
只露出一半　红瓦移不走红瓦
没有抛出的旧皮鞋仰卧　没有逃跑迹象
空洞的敲打　一多半来自亚得里亚海岸
一排接一排长发披散的白浪
圆点跟随圆点　这和平的子弹再也追不上

山头古堡　它只与混凝土交谈
重复着因过多重复而变得好听的诗歌梦话

波斯尼亚　不想为你的悬铃木解脱海水撑破的衣裳
干净的树干比人同情新树叶
紧贴的根再贴紧些　一些了不得的愿望
不必担心它们被野蛮扫掉
街区跑出一群黄头发孩子　放学的路反弹跷跷板
彩虹从裴迪楠疗养地升起拱门
拱门里　隐现的拱并不出现
它只对中国鼻子散发汽油味　七彩的刺客被真主否定

山脚下　黄色有轨电车拐着小弯　我试着关闭左眼
用障眼法看眼睛以外的一切
以便对照　与重叠的世界达成一致
这样训练大约有用　因为毕竟我要
返回　衔接以前的生活　亲近邻居的粮食学院
在运动场跑圈　继续累了也会饿
那就假装停一会儿　双击手掌　或对床头的钟表发出警告
对准你的针　在自选的路上跑出你的脚尖和有效的粮食

悲哀贡多拉

——步特朗斯特罗姆原题

喂　你们看　肩胛骨长出单翅

那个人　刚从贝壳转出来

头上滴着水　就是他

控制着威尼斯　用云彩铺路

他摇晃着　手中的水珠

像个有经验的喇嘛　不

没那么简单　他有男人的

裸体　女人的儿童脸蛋

以一只翅膀的形式　飞翔

姿态的人　在吹小号

或喇叭筒　吹虚拟的喇叭

吹　水上的独立王国

稳固的人卷起尾巴　向上
卷起一朵浪　一样的

铜环　拴住星星围困的木桩
船底的蓝色　反锁飞机

太阳跌下来以后　也照耀
狭隘翻转的一天　也照样

举起铁片斧头　去劈风暴
在船尾　竖立风的符号

船头上那个人　是个金属的人
从小到很小　不摇橹

他从水胡同里　飞出一匹马
前蹄　悄悄收拢一条鱼

鬃毛飞扬　是美人鱼的尾巴
舞蹈　尾巴缠住了尾巴

大喜的腰带飞　双手飞　抓住浪
让海鸥落下　让月牙展翅

造型造型　如马鬃贴在船帮上
腾空腾空　然后被风轻轻勒死

透明的波黑

在群山与河流抱紧的巴尔干　森林与清真寺是繁茂的
波黑风景
挂在每一面草坡上
鲍·娅卡茨的印象派被普遍看到
太阳闪烁的橄榄油倾向桑塔格走过的大街　反射弧与轿车

当地球对面被夏天烤焦
波斯纳河从别拉什尼察山中　对准萨拉热窝翻腾而出
波斯纳是慷慨的
清凉油　风飘着　到处金头发

我看见天鹅
移动雪　划水
清澈的沙石　哈斯特坚硬的雪沫
白天鹅发红的脚是凉的
我的眼睛随之张开这一天的嘴
我申请开始做个全国的哑人

多久了　从没这么真切看到
伸向远方的菩提
相似的叶　越来越清楚　三两个小大人从树下走来
微笑　哈哇啦
哈哇啦哈哇啦一阵哈哇啦　我的耳朵确定绝对文盲

即便在这透明国　我仍不能看透你窗外的红李子　黄李子
紫李子
被树叶插图的白房子　咖啡厅的木檐
逸出山头和云朵
蓝眼珠转动黄眼珠　绿姑娘挡住金小伙　老人推动孩子

多拱的桥伸进雾的山谷
那么多灯　与土耳其有关的星月
古代房墙上
火的雨点不湿不干　它睁开现代复眼
什么　一阵黑色如同阵雨
的黑色　嗡嗡着　飞不动你的蜂窝

巴什察尔西亚的夜啊　你有那么多多出来的鼻子　被眼睛
以外裹住的身体

水烟壶抽不尽毛线的头

模糊的编织物　有那样的一幅奥斯曼帝国

手工的　牧羊图你好

看着一切　我的眼睛张开我一天的嘴巴

在透明国　仍不能看透你的黄色

说出你的红色绿色结出的紫色

野生的空气洗净一切　你真要是不吃下这些我觉得

我也真是有些对不起这透明的

遍地不大的透明小国　好水果

萨拉热窝玫瑰

——《代顿和平协议》签署 18 周年

黑太阳升起　铜像生气的早晨
阳台上的玻璃花瓣　瓜分瓜叶菊

波斯尼亚在晕眩中　裙子和她的菜篮
横着飞　如若不是西红柿

那又会是什么　一种飞溅
在天桥上　轮廓趴着　十八年

钟楼　秒针的尖　扎着
人行道　小广场　夜被每一天扎着

蒲公英爆炸　留下破烂菜叶　留下锯齿
螃蟹　呼啸的血　树脂

灌满山谷　暴雨　扫过着火的河
麻脸人怀抱萨拉热窝玫瑰

一只门把手脱离　伸出的手
脱离胳膊　你还能辨认父亲吗——
变大的门牙上　一只野蜂突然抱住教堂
嗡嗡哀鸣的歌　主啊主啊

连盛夏的强光也解释不了　雪
杂草　头发　绞缠的灌木

从艾米娜　淋浴的脚趾
接近　阿梅拉与哈伊鲁丁结婚　纪念日

俯冲音乐　樱桃木地板上
一只红色高跟鞋　移不动假肢

碎瓷堆与斜茬堆满卧室
百叶窗怎么了　皈依荒野的客厅

不应该的地方　至幻术又来了
响动　不是风　叶子在抖

别碰那块天花板　一只黑猫窜出混凝土
尾巴　闪过变态的狐狸

附近是公园　大孩子们依旧玩着滑板
笑声　铜像　一个超极限陡坡

野狗与亡灵的争辩　在空气失眠的午夜
没有结　山外又飘来消毒的　花朵

伯尔尼

移动车窗　仍追不上那个完美领域　它夏天的面貌
基本被云雾收藏　少女峰
在雨后保留雪　与等待构成半天的对立
儿子的大众小车　不在卢瑟恩
也不在因特拉肯　伯尔尼当然是不可否认的中心

别急于看见你　如果隧道的好处在于确实
在有关内部看到了
适度起伏　有效控制
道路与群山的关系　一开始就处在瑞士的弧上　快速地
随着一小块一小块的草地
释放歌曲与花露水

就像在威尼斯看到的
一滴水如何扩大并超过许多形式的外形
我们正深入云的领域　过多高科技有点对不住阿尔卑斯山
即使在蓝过了头的下午　仍不能看见
小豆芽在举目的领空爆发木灵芝

蓝色背景下　一顶礼帽浮起戴高乐的瞬间
已被世纪磨损了
好像留下了浮起的救生圈
中间空着　等待你用脑袋去填　歌德绝对不是路德维希

白浪头就要掀起西北角　卷走生气的群山
半个马头临近老城　塔尖的冷有点排斥光
翻过草场一页　想见的不都是黄牛　也有小狗
带起尘土　奔跑欲　太多太多的
后腿　被不确切的草浪缠住　进入虚无

满天的水气灵光中　勇士发出无声的呼喊
骑钟楼的快马　半截着火的手指
指着黄昏　大众小车从下面路过　没有停的意思
天黑了　也好　我们该吃点啥　就在此过夜吧

这　里

艺术家带领他的星球来到这里　在一座展览大厅
我们见到那位留胡须的西班牙男人
他的烟斗升起 1962 年的烟
保罗·毕加索　你的墨水在呼吸
巴伦西亚狂风

埃尔南德说　一条蛇听见了光的召唤　挣扎
扭动卷曲　一个愿望抬起头
几乎脱离了　它要出去
从那里到这里　它苦于无法挣脱
铁仅仅是一种隐喻
这同样不能终止它的扭动　张望
我们回头时　它仍在扭动　一个愿望永远不会停顿

祈愿还给抽象的鸽子　它的伤很重　飞不起
在反光的大理石地面
我们一眨眼　它就变成铸铁　羽毛布满筛子
锈迹　沙粒蚕食最初的构思

准确找到它的角度　不容易
理想被错视时　翅膀与身体分离
一张沉重的网　如何游出
相似的鱼　鱼雷也可能转化炮弹尾巴　我们怎么办
乔奥玛·布兰萨　让我们看他的疑问

一只生锈的手在抗议　它从翻滚的泥土里举起
爆炸问题　如果你还听不见
小指就消失　指缝就会长出蹼来　帝国之上的三朵云
最高的一朵　仍没高过皇帝左耳
眼睛被什么遮住了　良心的影子
在哪里？不少人绝望了
更多人穿越几个世纪　最后被良心发现了——
在学校的操场旁　或居民区
像单杠的金属架一样　实在　沉稳　挺拔
扎进大地　并且离我们很近

沉默和寂静原本只有两页书　也是两扇漆黑的门板
比人本身高大　吱呀一声
你刚才开门的声音落在了这里
我没来得及说出的话也落在了这里　你该明白了

寂静的颜色　比沉默多一些亮度　而且会越看越亮

甚至可以抓住世界的形状　苦恼和颜色

很多看不清的变得羞怯

午夜的清晰　灯似乎又亮了一下

如此简单　现实只有两页　仅仅两页就可以翻开我们

首先练习沉默！面对程序

之间的关系　一个枢纽　一个变小的小型的雨落在金水路

上　嘭嘭敲打我们回来的车篷

转　移

黄色舅舅也可以是绿色阿姨
我若同意与喜鹊有亲戚
屯子里所有的树就会无休止地摇晃啊
摇晃　叶子拍响
伸过来的　一百双手

被泛爱包围　物质出现一个周期
一个作坊打开门　把雾挂在土墙
等渔网全都蒸发掉　公鸡就站在高处说话
面对蓝丝绒金戒
忽略私有

长垄　男人骑着忽然腾起的龙头
在早饭前向一朵红云飞去
井沿的手　还是搓不掉叶隙间磨牙的毛驴
午夜从房箔上跑过耗子
可溶性与黑绒鞋

季节并没划出地界
沿着柳条　一个微笑的小老人走进冬末
小外甥从他手臂扬起的破绽
拽出一场雪　舅舅们没去估计
它后来的势力

超过东北虎　光斑抵制了荞麦梨花
更多说不出的恐惧
寒冷在里边变化　当你说出：我想尿
潜意识　一个冷战
房屋倒塌

一滴加进白天的黑天　并没显现的石蕊溶液
一百年的葱拌豆腐　被碾磨房的蜘蛛吃空
流浪已久的人回来
被拐棍一样高大的蒿草
挡在月亮外

阿姨的镜子和水甩干了　镜框
框起原地　那缠绕新房子的哼唱
已找不到发光的歌谣体

月光像日光　纺织娘的声音隔着绿叶

雨后的马兰朵　依旧开着

旧车辙碾过天空

登塔子山

秋天　腿脚好的人全上山了
留下一条拐杖　在汽车里闷着头喝水

可是我们依然同情你　但诗歌背不动你
好哥们儿　真的有点对不起

（城外有水壕啊　城里有碉堡
反动派说大话　四平打不了……）

那是一首早已脱落了牙齿的老歌
从下午突然开阔的胸腔升起

其实　伟大的胜利来源于伟大的失败
这漫山的荒草地　山里红怎么红得有点发黑

谁都不想折断一把鲁冰花
强硬塞进别人的手里　当然

也别去追问塔子山　有塔没塔都没有关系
如果塔已埋进很多负离子的空气

扯远了　我们继续爬山
流汗　喘粗气　都知道你是个喜欢熬夜的人

不容易戒烟　什么打火机上有个蚂蚱
又在咳嗽　这种时刻　你怎么还敢吸

在火焰蒙羞的遗址上　任何赞歌都显得背离
草叶滑过一条蛇　有人吓了一跳

它怎么游动都蹭不掉一身潮湿的光
阴郁与驱动力　扯起的波浪线滑过旧战场

战士遗留的风　总是从红松林中跃起
对准虚无　那是一尊老式小钢炮的身架子

仍蹲在山顶点　它的任务是它的形式
发射或永不发射　而敌人已带来九月天空的洪水

淹没我们　它们在淹没我们的时候
好像从来就没有淹没我们　究竟有什么

漫过我们头顶　人们全都上来了
在鲁冰花环绕的时刻　让我们照个合影相吧

吴海中的长头发几乎紧挨着周兴安的上衣
一两面黑头发红旗　飘动秋风的高地

——赠兴安、芳宇、海中、宏安、志发、铁军等梨树诗友

过冬指南针

——给亲人

寒风已经开始磨洗　一条又一条光秃秃的枯藤
光的黄铜闪烁去年的陈皮　如果你在　请你不要轻易走近

如果干枝上恰好还残留着两片　你千万不要说　瞧这好看的小耳朵
是谁的也不应该　因为它不应该这么快就散发古钱的异味

呜……呜……呜……　是什么在响啊
什么风在吹尘土的牛角　它为什么要携带夏天的西红柿

还是不懂　刚开始的小雪花为什么要演变成一场大雪
那也别着急　你们不要这样就匆匆进入冬天

缸里的那些白菜都腌好了一年的酸菜吗　是的
你说过　香菜的饭包吃过了　也该擦去老火锅一年的灰

准备过年吧　亲人　你们千万不要在这个季节老去
你就坐在窗户下等我　不要掉头发　叶子绿时我就回来

眉毛带回燕子　我还有足够的眼睛来陪你　看你　亲人啊
我还有足够的咳嗽　等待母亲无休止的唠叨

戒烟吧　你更不必在春天失眠的长夜里使劲想我
这空中繁杂的电子　哪里没有亲情的直通动车

要学会赏雪　运动　给腿关节增加不老的润滑油
过开心的日子　儿子们的翅膀早已长满前进的黑羽毛

寒流来了　你就裹紧棉衣　或者试着靠近暖气片
回忆从前熟悉的院子　那里还可以找到高高竖起的灯笼杆

它就在二踢脚的周围　洒下了漫天欢乐的火星
暖意　永不熄灭　如命运的繁华闪耀自身的节日和火焰的
永恒

别对自己发问　从前究竟有什么值得回忆　别去发问
有与无的边界究竟在哪　拥有与失去本来就是一场接力

冬天来了　你不要一个人去公园　或去一片积雪的空菜地
不要无故想起一个人　否则你会碰见一件云朵刚穿过的上衣

一种游戏

深夜　恐龙在几秒钟长大
开始顶撞实验室　它们的长脖子全都探出窗户
寻找出路　石柱的脚超出立交桥的脖子　越扬越高

它一奔跑就破坏　城市翻过身子
警察的呼喊帮助了科技　我们唯一的家
在哪　大街广场　路口蹲在梧桐树杈上

嗓子嗓子　我们的嗓子在哪　灯光的西番莲被压住
逃跑与摇晃　一座空城
到处倒下的烟　裸露的钢筋扎烂虚假的扎烂

直升机似乎有绳子　悠荡绝望与峭壁
垂下阳台又悬起　不幸的我们万幸坐上了假飞机
盘旋铁　去洪水的周围打苦工

颠簸的一块石头　对准他　也对准你
可怕的距离　被一种可怕的速度分解

城市要毁灭　命运要撞击　那就闭上眼睛吧

你与你过不去的一秒　还是有偏离
一根头发的偏离　一条可能性大道
擦过前额　那些人为的水泥

在我们身后倒下再倒下　这时你才看清烟雾
在楼角　那个可怜的小勇士
拐角也不能留住他的　半截呼吸　他已来不及倒下

牙齿排列的黑洞吞没了一切
汽笛划伤我们柔软的心　在深渊的设计中
继续下沉　不过　还是应该谢谢你这口头误导者——

一个乱世英雄　在普遍的慌乱中划一条出路
让我们拿走拆开的翅膀倒退　一直退到游戏的入口和出口
踏上白花花的阳光真好　它比一个县城的大地还坚实

探　访

再生人古已有之。

——摘自网络

她携带她前世的消息
生来就喜欢歌唱
一支祖传的歌
歌词干净得什么也没有

屋后蒸发的老水塘
裂纹　日夜烧着她的心
一个蒸发的世纪
几代人　晃如一眨眼

白茅草抖落消息
她是他妈的奶
白色谜团　总在核桃树间上升
压低房檐　每天的眉毛

梳洗　传统的闺女

被包围　太多的发问

耐心的回答等于零

佩服她的耐性　从来不回避

雪地　一枚杏核发芽

牵扯绿叶　对称关系

挂在胸前　父亲的影子比她急

拍打小屋　双手搓着火

有什么办法让她好　让她吃

烤红芋　用最小的酒火

舔活鲤鱼　端上一碗米

用好心肠　禁止她的嘴

还是记忆　赶不跑湿湿虫

夏夜翻动一堆碎瓦

狸猫碰倒厨房的油瓶

一阵风挡住她　贴在门板上

户口　比传说还迷离
随意翻开经历
注定一个拥有两个
人生的人　落日去山后投胎

一棵香椿长大　雾气包容
口传如谜　吸引那么多外来人
对端坐的身世入迷
不回避　她让你当面随便问

月亮曾经在哪些水里捞过刀鱼

——回乡偶书之一

一个从来不喝酒的人终于喝了
大口大口白兰地　天空就要塌下来
墙豁子挤过干燥的风　开花的新树枝在空中忙活着
交换旧树枝　它要确定
瓦垄上的月亮是不是
月亮　它曾经在哪些水里捞过刀鱼　而轻铅笔

又是哪一年摘掉的帽子橡皮　要是樱桃花能开出来
一辆东方红拖拉机　那么信封的老住宅
就可以　转动门轴
风化石的夹缝
蝎子就会找回跳双人舞的火钳
小人书与红孩子
对立黑孩子
当我的蜡线收回一叠好云彩　母亲的母亲
会端上晚饭盆　胳膊弯刚刚放下
浆洗白被单

一股熟悉的好味不须说出
可是我没怎么在意　当然我更没在意一窝刚出生的耗子
想多嚼一点烧焦的炉火铲　以便治疗牙周炎
然后在老盐罐中营造棉花糖的新生活　当然这纯脆属于偶然现象

很多夏天都是如此　变黏的黑土生长出一种不良倾向
杂木棵与鸟叫同时站起来　有意与上学之前的小脚丫过不去
野游不知道旅游　旧衣服刮坏了太多铁蒺藜
黑布鞋听不进我的话
硬要跟踪水蛤蟆　呱嗒呱嗒上下午　让我加倍想起我的家
那两条变凉的炉钎子　让我的天空
一打闪就想起炉钩子失败的滑雪
用难以靠近的云　去温暖减法
去睡眠加法　灯泡啊灯泡　闪光完全等于零
黄昏的斜对门站着梳头的小哑巴　她转身看见了我（仿佛要飘出亚洲）

一排糖槭树必然因为自身的陷入而脱离
一连串不成熟的春天　曾立下过誓言　用早晨的光砍去斜歪的血管

天鹅传

> 无可奈何地抖索着，
> 满脸的肌肉乱跳。
>
> ——苏金伞

一只天鹅飞过蓝色年代　节奏
韵律是自己的事
从寒冷的翅膀下收起黄土的红脚
为了讨好声音　情愿浪费喉咙
脖子跟随曲线
试探太阳光环　可是啊可是

（那里有分泌物　含混的夹层
拖拉出来　裙摆的黑布没完没了
女巫跳起大神儿
她怀里的剪刀还没掏出来
一双翅膀任它怎么扑打都是徒劳
露肉的肩膀用暴露的骨头
扛起黎明的血）

诗歌与噩梦一起摔在了昨夜的床上
窗外的水田抖动插秧人
小黄河岸边淘铁砂的人
一种命运　在大别山的倒影中吻合

落日缓慢收拢金伞
那么多变坏的星星　围困树蛙
嘟囔的黑暗压住一切　包括空气和词语
隐喻又一次在乌桕上背过脸去

（偶尔的天鹅呼喊　一个垂老的婴儿急着返回
用借来的嘴吃潮湿的土块　吐出棉花
飞舞的小手挣扎着　去挖塌陷的红薯窖
很早的早年记着一个响雷
落进那里　它埋得太久了）

过完九十一个生日你就出生
要是新的雪花落满经七路　郑州　你们不必回信
诗歌是灵魂的事　找回一身的白
起风的肩膀上正在抛出数也数不清的天空

傍　晚

吃晚饭时刻　千家窗户的晚霞
有回忆返射　飞机的尖音插进来
折回楼角　落下雨的灰烬
玩耍的儿童吵翻家属院
好视力一再受挫
抬头也白费　棕榈的遗址
没见到出土的蝴蝶

云彩越跑越远　谁也别想追回来
狗链子牵扯的傍晚一样广阔
太多可疑分子游移在空中
对准老菜地　翻不过身来的大坑
狠心抽地下血　走眼的星星飘浮
养不活一湖死鱼眼　倒立的世界再竖一排桥墩

还没修完立交　你让司机如何运走这么多
在失踪的桃树下吸支烟吧　跺跺胶鞋
树叶找不到那封羽毛的遗书

盆景大师

窗户发白之前　他和桌面上的小闹钟
绞缠对立关系　与根一样

从卧室出来
身后模糊得有点像窑洞
披着旧皮衣
抬脚（皮衣滑落）
他停下　手指夹住半截烟　沉思

其实是检阅　他的树桩士兵
那些昨晚从热带
运回来气息　像战场下来的胶鞋
抬进来伤员　半截黄泥
南方北方的好料
总也排除不了榆木疙瘩

把铁丝牵制的小干　摆置好
等关系秘密扎下

从春到秋　你捧着你的盆
搬过来再搬过去
这些可移动的土
这些方的土圆的土　都是亲爱的土

玉兰挨着红枫　金叶女贞
挨着什么　接住纷披的光
运气交好的瞬间
彩虹跟随人走
总是眯着眼
总是手臂伸出最美好的时刻
总是新枝穿连嫩叶

鹰俯冲
梅花鹿跃上山顶
树枝合乎人意
对称的羽叶符合你的眼睛　符合我的眼睛
围观的嘴张开
你的手抬起　而我们
变成一堆　我们是我们挪不动的废物

雷电交加之夜

总有新茬流着血

紫砂盆中　一株黑槐突然成精

一只老虎跃出前爪　扭打一段青蛇

蜡　梅

饰容春态少，

万卉一枝孤。

——（清）朱枫

大地主的家　是个太传统的家

有名的豪宅藏在树林中

门前　石狮子想吞小溪边的冰

共迎一天小雪　红对联

还没来及对得出来　小径似有人扫过

太阳很高了　姐妹们也不下楼

更不可以出门　两个怕羞的人

叽叽喳喳　像喜鹊在枝头蹬着枯叶

细枝跟着跳　与一绺头发正合拍

伸长的手指　挑起画眉的眼眉

窗户上的霜毕竟太厚了　朝外
反着看　满院子大清早的白毛

从里到外　一层纸的春天有多好
贴吧贴吧　满屋弥漫糨糊香

妹妹倾向外国　她说她要反传统
姐姐拽住了一大把的坏脾气

劝不了　她与她生一场气
咬手　使劲撕巴老半天

不论怎么说　都是对联的错
累倒了才和好　她们继续磨剪子

剪啊贴啊　窗里窗外相当惊讶
为了春光　一些脚步围绕着

积雪从外表上看　不见窗户更看不见人
只有门前树皮裸露　上上下下满开黄花

车壕村

现在　以车前子的现状　伏在陕县
看车壕村的车辙间歇性飘动
从以前的洛阳往西看　怎么看也看不见长安
进山后　你们有更多出土机会
从脚趾上上路　看一百如何繁殖一百万
一千万的小滑轮
滚动　围绕地球
领春木旋转黄土磁盘
大地　在太阳盖住月亮的地方出现
星光多么轻啊　织满
翅膀的夜晚
反复重复的平原　风与伏牛山
拉着泡桐花　下雨的紫槐　从鞭梢甩下地雷
有缩水的一捆闪电
晴朗的蟋蟀
飞溅　那当然是一种河南的飞溅
可泥浆是什么时候凝固的　说啊
云朵是不是泥浆　水磨石　马蹄的模范

多么深的陕州啊

你磨亮水平线的黄铜阶段

在车壕村滚动车轴

数也数不完　从车道沟飞出的红轮

被重叠挡住的红轮　这早晨卷不完摊开的丝绸

夜晚多出来的部分

侦探露出那一部分　正是夜晚多出来的部分
一点一点的二七塔　耸立起来

好日子究竟有多好　洒水车超过了
运钞车　它要抵制一座名城空气的负指数

建筑带来太多副作用　被新鲜的水压住
储蓄的时辰　人们还没有睡醒

柿子价又上升了　一双翅膀在枝丫间盘旋
抱怨　一阵风要强拆斑鸠窝

百货楼门前空出来　卧着两个乞丐的乱发
小广告的色情被一把扫帚带走

不良信息追着风化的咳嗽
空酒瓶的变态　自有它突然碎裂的晶体管

戴头盔与持枪者　自古本是同一个人
一个人　要以死顶住多少人

赶在餐桌之前　他们要空着肚子去工作
没有苹果和牛奶　让人还怎么活

眼睛转动的事业　正是连续提高的
警惕　朝着一个没有逃犯的方向

你能压住重叠的欲望　却压不住一个时代的标本
捆绑在哪里　哪里就是印刷火药的指南

是谁委派了他们　是谁趁着夜色还没完全退净
硬着头皮　去押送一车粉红的原形

左　肩

疼痛的波浪从左肩膀上开始　橘红　淡黄　乳白
骨裂一样闪烁的夜
泅渡这个姿态　你必须扛起锁骨上的海
深蓝色床单滚动　黎明
启明星　尖锐的绷带

突然的钢钉　一只在天空中盘旋的凤头苍鹰　被突然固定

触礁的大货轮　在漂浮的吃水线上抓紧侧泳　一船舱的气
球失去控制
飘起我的脸　没有鼻子　没有眼睛也没有耳朵
失去重量的时间飘过重量
只有模糊的脸

电钻就在这时加紧了
一阵急风穿透石头　“这里　就是这里　对　对　对……”
绿衣人透出一口气　一口气透出了
另一口气　蝉烦躁地唱着

继续　一切在继续
铁窗框加重木窗框　石灰渣滓继续讥讽疏松症
继续的隔壁　与我身体好像没有关系

姑娘　大事当头你可要仔细　重要是平静　把装满黄豆的口袋
裂开的缝子一针一针缝好
别急躁　让点点滴滴重新返回四月　水边的芦苇根

十三年前　我在登封山区开会时用一暖瓶开水烫死一只蜈蚣
现在它的七条腿爬回来　死一样趴在我的左肩
在我的原罪上　人与虫子和解

漂　流

我是说　从你手里刚提起的那支硬皮桨
滴落那一滴
引起的那种紧张　也是紧张
一样的圆圈被另一个一样
（或更多的）推开
仿佛自己有意为自己更换一个
好地方　只有在黄河中下游才会出现
被连环套套紧
侧身或其他形式的
开花浪　非要在这儿开花

被反复套住的坚固的水花瓣
终究是怎么也套不住的反方向
橡皮艇边缘闪现的
总是新光环　颜色膨胀
正好适合我的
赤脚　当然也适合你的
出发形态　让我们马上出发

住宿区的小楼蹲在身后的土坡
谁还去回顾　昨夜
猫头鹰叼走萤火的花椒树
那只大扑棱蛾子
伪装裙摆　两把檀香小扇面儿　展开一层珍珠霜
七月的早晨　没有人不是躁动的
独角仙　也没有人回头去看见
白蜡树下　天堂伞撑开又收起
隐入颠倒的竹林

你和我的救生衣是一样的　穿在泡沫马甲上
刘秀湖周围风的起因
野鸭翅膀　稍微碰倒一点点弯腰的芦苇
豫西大峡谷展开全部
峡谷状　伏牛山脉最后的一条大地裂

吸引　今天要骑着水花穿越
贞女床以下的飞龙洞
看一系列云朵　一起摩擦河南的花边
天空叠加火山口造型

小艇被石头硌了　小艇跟着跳
紧接着小艇飞
女人的尖叫灌满峡谷　橡皮使橡皮艇飞得更高
一团水雾罩住一团雾水
潮湿的人从上午到下午忙着潮湿
忙着开办特务的水上培训班
最新的一批彩虹保姆　要在下个瞬间毕业

为社会增加合理的力量　龙泉沟的流水使阳光找到了
抵触潮流的伟大形式
在浪花中找到人类最近的新起点

霾（1）

应该下雪的日子
却没有一片雪从天堂舞蹈而来
到处都在一种扩散中聚集
细小颗粒
非法联合体　我们被迫呼吸
一个工地的九个工地
以及蘑菇云中心　化工厂
老城墙粉碎的刀尖

我们很小的时候便认识你
这回真的是你在落
你落实你
普及反复的普及
悄悄落下　一场广泛的教育

树木淡化后　越来越淡
涂黑的上层建筑　隐士样貌
遮住一百米再减去五十米

看样子　你不会停止你的减去
直到蒙蔽荧屏　全中国都看见了
怪物来了　悬浮的组织
在污蔑伟大的地图

就在星期一　我与朋友走在
通向书店的偏僻小路
议论着世界末日
压抑　行走的人每一个都顶起
一个没有边的帽子
发凉的碎　在头发上
贴紧太阳穴的新药

一连几天都没有蓝　更没有绿
红色大盘子　我们想死了你
别再去河边散步了　那里的水里流着土
你披着外衣回家
关紧门窗　喝一口净水
清剿细沙嗓子眼　就在里边
还残留着小股土匪

徐玉诺

黑蜘蛛已织满鲁山的屋檐　墙角
喇叭花广播肺病的游丝
我要出去　趁着冬小麦起身的火苗
拎起乡土的内力
合上背后的木头书页　深呼吸
这就走　到我不知道的白天去
不相信会白白地行旅　直到碰见
额头上的金星

在新诗的早期　谁敢把家乡铺开千里万里
撩起无边的雾　试着剪裁自己的布衫
极端的南方到了
龙眼树仍是龙眼树
你已看遍繁体的油灯　岁月
这是海边沉闷的夜
极端的南方　不也正是
那个极端的北方吗

露珠蒸发了山路
从村口　一直到遛狗的城市
银圆的光晕套不住你的陶灯碗
坏人的金牙一闪而逝
当警报压低蝙蝠的翅膀
白天鹅迟疑着狂风　椴树林低下了腰身
转变成土匪　大兵开过黄昏
又一阵沙尘打在桂花的纸上
地板忽然下陷
一只脚的陷阱停住
这一会儿　还是给老家的毛驴通个气吧
我真的很想念你们　黄牛

有人要在梦里把田野揣进爷爷的蓝布袋
看吧　他的眼睛注定突出　蛤蟆
只有乡亲和泥土
才是真理　一把桐油伞能撑起漫天的隐喻吗
无论地主　新婚　人性
都会在早晨找到一所婚房
门吱吱打开
镰刀蹦跳着跑向转弯的豆地

镰刀在自动割庄稼

相信孩子的正确吧　哪怕小脸重叠了泥猴
与未来一起骑上那匹枣红马
响鼻在响　就在窗外
同一种交响抓住太阳的缰绳　即便笑声翻转了
站立的马蹄　哪怕摔下来
也要向着我的土地
那么多的笑声同时铺开
遍地耀眼的好棉花

一起一落

移动　银色的飞机
一枚和平的导弹

翘起　它正在摩擦
就要脱离地面

所有人都扣紧腰带　坐着
爬陡峭的空气之山

低语与骚动
黑头发的脸全都向后仰

从早霞到晚霞
机械的力量不会停息

过道狭窄　空姐的小推车
几乎擦了我的座椅

端来咖啡　葡萄干
让我想起阿孜古丽

还有热依汗　那些早已远逝
又猛然返回的好时光

校园　那春天的运动会
转动着青草舞台

辫子飞起　绣花小帽
旋转啊旋转　她们平时藏起来的

绣花小帽　别人看不见的小帽
时间与飞　比什么都快

交替的事物混合　又分开
从清晰回到模糊

矮下去的楼房　街道
一只老鹰在下降中盘旋

然后　一头扎进地窝堡
飞机场变得更加幽暗

新疆大剧院　奶黄色
你的拱顶　有如压弯的月亮

而我还在琢磨——地窝堡
我就喜欢这个　带点土气的词

这样的早晨

——访老酱园

这样的早晨　好像什么都没有发生　太阳还没完全拱出地平线
扫街人已经把所有的街道和胡同打扫干净
迎接我　我试图把口香糖的残渣吐在一个垃圾点
几只老鼠有出有进　临近家属院的楼
早已把从前迎风的高粱压进地狱　一个穿运动服的妇女走过
她不知道自己的脚正踩着积雪的高粱茬

北大沟退回平地　一辆出租车擦过风
临街的古董店你早　你的旧花瓶也该擦一擦了　一个小孩
在哈欠中变成老头　歪起嘴　问我要不要　我摇头
头发变黑　后边就是老酱园了　它早已告别黄豆
平房的间隙插进更多平房　哪间平屋是小时住过的地方
栅门里　一个老太太不搭理我　她没办法认识我

我是谁呀　当我回来　我又是谁　有一座新起的红色庙宇
吸引来很多小城以外的和尚　信仰总要找到适合的心

人性大片流失的小地方　也有跟进的新门槛
去补充　但我知道大地在后退　北杏山已退到南杏山
苗圃退进敬老院　或县医院　我退进一次意外爆炸
举起芍药花的手掌　我退进一圈白绷带　或某些扎心的缝合

这样的早晨　活着的亲人与死去的亲人　或沉睡　或刚睡醒
我今天不想拜访任何人　只去那个新修的公园
练气功　一下接一下　深深地吸进梨树　然后吐出鱼鳞布
置的天空
双手轻轻地收　抓呀抓呀抓呀　怎么能抓住
滑脱的梦　还有东河沟里那条带花斑的泥鳅
我用前倾的身体抓取　用多余的双手反复抓取　只有滑脱

多为别人想一想

——引自铁哥们儿的话

应该把夏天当成冬天过
更多地为别人想一想
别再让他们承受更多苦难

就像你童年的身体　在寒风中一再抖动
蒲公英的绒毛散开一地雪
让飞过的每一只铁鸟都能找到蚂蚁窝
或大风中拼命摇晃的
喜鹊窝　那样就好

更多地　为别人想一想　比如
一直还饿着肚子的人
在寒冷的人间
走在下岗的
路上　那个刚从倒闭小厂出来的女工

还有那个拐棍青年　困境
让他打不起出租车
摸遍裤兜　半天也摸不到
让他体面一点的
一把硬币　在天黑之前
只能磨磨蹭蹭移动　那个因为受董事长的不公

因为刺激而失常的丑陋妇女
她用头发梳理寒流　应该把刚烤熟的玉米穗
递给她　她在流眼泪　在推托　那是懂得感激的人

戈　壁

没有人的地方
他们落下脚
被空酒瓶绊一跤

腿麻　让我伸伸腰
站在天底下　真好
小人国很是好

隔壁在升高
肩膀头上那个大太阳
降低不老少

咬人的太阳　我的天啊
我摸到你现在的高
盖住火车时刻表

从五个人能看到
四个人的小

低下头　来回跳着找

横着　走着　斜着

穿插　你的宝石

是哪一代遗落人间的

拾起　又扔掉

翻找好与更好

公路两边　同时发高烧

公园不过是一个临时组织强加给那片湿地的自大行为

今天可以是双休日　满城人不是一般的寂寞　瞧这秋天
很久很久没下雨了
雾霾也想趁机起身　就像去年那样

从背后悄悄跟上
一双皮鞋　搂住我们致命的腰
在城市向极端摆布的时代
迫切需要一个反转　向保护区的湿地
求情　而最终的靠山
却注定是一条河的公园
可自从有人硬把那里叫作公园
我的灵魂也只有硬
是反对　一长条肉色石头确实立着
用红笔刻字　无耻啊
渺小的眼睛怎么能看见那无限　那
天上突然打开的大地

云和云迅速混合
翻滚而来　一条通道
推出一部最后能镇住我们狂躁时代的电影

伟大缺口的银幕上
一位祖先的母亲坐船而来
创世纪　她用一把草叶的折扇打开
黄泥肋骨　水坑继续燃烧
于是赤麻鸭飞了　白琵鹭冲天追赶回声
大小天鹅都飞了　只有金眶靠钱鸻留在香蒲中
注视　芦苇根拽动大鸨
城里人的自驾车停在那边树荫下　孩子没跑太远

一双小腿急速剪着草丛
一半的脸都在倾听　刀螂收割野黄豆
荚壳爆炸在蝈蝈的周围
野西瓜停止一枚鸟蛋　荻花与荻花拍手
男男女女坐着草叶吃面包
一溜风的长脖子　吐出一天白絮
荻花滚滚而来　荻花的斧头劈开一片风水
柽柳的阴影实验一朵乳菊的香气

一人高的芦苇中　有个成年人连拉带尿　芦花看见了

什么都如同没看见

也有可能只看到人及其动物性（隐蔽部分）

树桩上那个内心搏斗很久的人　好像在给自己反复打气

站起　来回走　他认定涛声拍死了一辆小汽车

能够再加上很多很多辆的尾气

艺术解析

后来他与他们的关系构成了永久的桌面　以长方形的平静
赞成平面化　许多纹理都被抹布随手抹平了
平衡的周期从新开始　形式像对联一样整齐　风光
红突出黑　一排墨水瓶倒了　流淌
一切的一切　多瑙河的潜流仍在试图描画喝酒的岩石

对角线的方向否定了几何方向　痕迹
无水的指向也许穿过艺术　一条刀鱼在什么条件下可以游过
一部电影　或一个悬挂过久的相框
这不是空　它在墙上表现出不可退让
一些状况构成了特殊状况

多萝西是一位女人　你弄不懂她的意思
质量性格最容易泛起　在大剧院刚刚放出的散漫解放中
融入傍晚　厨房　辣味的烟雾
瓦尔德斯·布拉斯科失眠已经一个多月了　一个发式
挽救一个思想　轮廓夸张阴影　大地上的
一颗星　逼视刺痛的眼睛

姿态也许最真实　可他们早就风化了

用左脚踢开边疆　鸟一样向人群飞来

太空跟踪想象　不需要衣裳

内裤也是光的　一个声音说：求求你们　还是给一块遮羞布吧

牢笼内部　挡住了最终没能挡住的地方

停顿在空中　飞不出也收不回

颠倒诗

——回乡偶书之二

正是这条老街　我与我独行　独行之后再并行
鞋帮　白铁穿孔　冻硬的脚　轮流　踩呀踩
嗷嗷的牙疼　不出声　眼睛　想掘开路面
可能　不可能　翻找旧雨点　积雪
太多的夹层　母亲　锥子
牛腿骨的旋涡　拧紧红麻
斜阳　飞鸟　糖槭叶　马车移走煤灰山　我家门口　对了
你家门口　酸菜缸　脖子扭了茶壶盖
抬高水桶　姐弟俩搞试验　平衡　一直往前走　洒了一些
不要紧

坚持　共产主义　生活　大生产　溜冰　垃圾坑
卷烟　自行车　戏匣子　响铃
拔豆根　割草　刮大风
四小学　多少红鼻尖　两只手闷子打架
钻进去　熊掌交叉　鼻涕虫
生活委员　杆秤　翘尾巴　女生

空土篮　又交了　油印粪票　高兴　多吃一个

发面饼　起哄　操场　雪堆的麻雀

树梢穿透太阳　课间操　溜　啃冻柿子　小卖铺　伸舌头

霍家店　泥浆　扒苞米　学工　还学农

起立　点名　孙克玉

笑　勉强憋住　窗户外　飞机　险些擦了瓦房脊

扭过身　一排狐狸脸蛋　木芙蓉

报告　小报告　化学反应　讲台　蘸水钢笔　花名册

填表　小业主　无地自容　挺住

翻过去　修正　反修正

从脚上的泥开始　挖　地道战　整块砖　老师说还要

举手　邻居墙头　缺口　越多越好

跑　抓不住　快跑　躲

起拱　躬身　勉强探出一个头　对面　刘海亮了

光洞　穿土衣服　泥猴回到家

母亲抱怨的嘴　一声长叹　撇着右边

受表扬　硬说香港是臭虫　不摇头

不眨眼睛　别墅　黑暗势力

你的脸好看　很不幸　想想　你有个地方　还没洗干净

左依峰戴着羊剪绒　划擦　地炉子　让它发高烧
关门　开门　看烟囱　作文该交了
全体　练习写景　星期四的风　你的很好　但也有的人太空

一股烟尘　起立　主席像　手写体　天天向上
乌拉脚　跺　拖拉机的脚
小儿科　想推走房屋　长条凳　一节课　推开两节
接班　急于长大　快　总是慢
十花街　人群　浮起铸铁
尖刺　高帽子太高了　父亲的头　顶着头顶
流汗　鼓红包　地主后代　跑着哭
撤职　去爱风筝　班长　你的青春痘
挤不完　伸出冻破皮的手
打算盘　拉回天空　麻绳　捆不住北大沟
脏　县医院　怪味　冰　我只能坐着走路　腿　麻痹症

春夜　猫起腰　演电影　房梁上走过王其家
火柴给小鬼带路　被星星绊倒　锯末子
烤烤梨树镇　黄苗子长势良好　宣判　没完成
树梢移动少白头　混入一场大雾

打冷战　操场　吴宝柱　金影　细腰猎狗　王子中

边缘　杂草　铲　撒白灰　画圈

一圈等于四　外圈　里圈　占便宜

两个大块头　吃了哑巴亏　过剩的力　抬着鼓声

原地踏步　抖肩膀　指挥棒牵着一群小孩　不在乎苍蝇

瞎子激动　失眠症　窗户白了猫头鹰

吹洋号　喇叭筒噎住了　红旗飘　凉水的春风

包裹小腿　仪仗队　分组

男女混合　接力　使劲拽住空　马群跑不过太平洋

不可能　拍巴掌　给暴风雨镶金边　接力棒

手交换手　往上翘　你怎么掉了

铅球　落　泪珠的坑　揉眼睛

他好像从来没吃过早饭　转身　卡腰　小个子

总也不服气　硬撑竹竿　高度　1968　别提了

体育教师　调教　坏学生时而颠倒好学生　学习应对

慢性病

理　由

无论如何　平原还是没能抓住山包　会议只能连接会议
宣布逮捕一条小河（它在土地上犯下很久的错误
理由弯曲了）它至少减少了高粱　玉米　黄豆叶
影响打碗花的蓝色（报表上有新芽拱动）
喇叭碗的音量又短路了　窗外没有别的
除了雪的旋舞　上升着降落

四十四个公社在黑夜里追赶一条虚线　鞭子抽响空气　红旗
在风中咳嗽　柴草摇晃
星星　狐狸绒毛的哈气惊醒了另一只打盹的
帽耳裹住的雪　再过一会儿
等女人的胡子完全长出来　她们就能穿过
灰色广播　胶轮摩擦的声音：他们说他们已经看见了
外省的虎头山　在封冻的水波里
正长出来绿油漆玉米

号角　最后的口水磨响铜皮　曲线得到狂风的提拔
唱冬眠的歌　把北方改变成南方　东辽河就可以超过长江

（黄河已不是问题） 到水的交叉上去
做地穴的梦　从一锅白菜汤里找出豆腐　白肉的香味
“盐啊　盐啊　借我一把盐吧！”
这不是哑弦　不是诗歌的二嬷嬷在说话
拉长早晨　他们摇晃着　用黑影的肩膀去抬一个冬天
冰冻的面积　政治与土块　吹一口气
我看到我兄弟的一只好手掌　在重锤下飞起
突然溅起一团肉色的散光

一个时代的惊心记录　谁还记得相同的剧场设计在哪
岸上　红色拖拉机在清理陈年的根茬
冰雪早化了　沉重的履带怎么也碾不平
经过的牛皮纸　一条河有一条河流过的理由
可一个春天为什么会出现另一个季节的
理由　大雾散尽　东辽河无法在这里重复西辽河
柳丝拂动的风景不是错误的理由

葡萄沟一带

七月是葡萄架的肋拱　伴着
绿叶与光斑晃动
明晃晃的马奶子悬垂
到处是吸引　用不完的眼睛

某些包不住的蜜　三点钟
阳光依然炽烈　脚移动
额头　汗珠　里拉琴与冬不拉
咬紧手鼓的节奏　附近全是坎儿井

流水的低语　混合外地人　音乐弥漫
着迷的游览　买买提的小帽
歪了　或许他是故意的　否则
就不能表达他内心的旋风

是什么不得了的心情
让两撇小胡子微微向左翘起
同时也向右翘起　月牙的嘴角

高挑着忍不住的好消息

好客的族群从来喜欢这样跳舞
一首歌已说出来　阿依古丽
旋风　旋风过后　她刚刚稳住
一条水蛇腰　天山脚下

谁升高了梯子　女仙伸出右手
采摘西风　月亮的托盘
同时升起　有人连续切开哈密瓜
烤肉从火苗上拿下　滴着香油

一盘拉条提醒的饥饿
一个黄金小男孩　一头挤进人堆
入围的男孩跟着抬起头
他的被子被什么蜇了　屏住一圈呼吸

行注目礼　快看达瓦孜！　英雄
以古老的勇敢触摸天空
那片只属于山鹰的蔚蓝　也属于
雪山　胡杨和尸体　黄昏沉寂的星

愧　对

低下头　他又抬起了沉重的头
冬日北中国一角　除了老茶壶　全都是野外
其实他正在用心琢磨着你
这天空为你升起特殊的大海

不见灰尘和干草　没有蝙蝠伪装的雄鹰
飞舞　也没有飞行器在风中滑过
这要命的宁静　一惯的等待
与接纳　一个跑得疲惫的老流浪汉

转过身　他看见一个年轻的叛徒
踩着满地雪　对早上的一棵梨树发誓
离开这个瘪地方　仿佛一口妖气
翻开耐读的经典　那本卷了毛边的小说

回来了　他眨着眼泪浸泡过的眼珠
结冰的目光显得那样迟钝
过不去的死心眼　与昨夜的雪一起融化

虚妄有多高　愧悔的眼泪就多沉重

深蓝色的故乡　可是你依然在等待
太阳多明亮　像这眼花缭乱的电子时代
离开的人踩碎了厚厚的积雪　徘徊
只有你的天空才会为他铺开九层蓝纸

那些失传太久的美浓复写纸（失传
太久了）只为那转身的人影从头展开
可是　目光没能超出你的深蓝色
除了积雪　和赤裸的大地　铁塔的插图

隐约与存在　也许有一首诗　就要现身
头发沾满外边的阴霾　像从某种监狱逃出
什么笔对他都没有用　他真的不忍
在幽深的怀抱里　留下任何文字的污点

撬　动

——给耿占春

我算服了你　我的老朋友　我是在偶然中
读到你的新作　这些婉转有力的
新诗行　从远方带来新鲜柑橘与光线　你最喜欢的
捏笔的手　又长出一排神秘的指尖

别惊扰　他可能还在敲打键盘——这古老的土地
连顽固的大青石都突然开始了
耳朵里的冰裂　没错　这的确不是我居住的小区
春节留下那些鞭炮回声　我敢肯定地说　绝对不是

郊外那小溪流的冰层下　也带来小白鱼的试探
它们试验摆尾　同时我也看见倒影的天空　在悄然落满
你在深蓝之中耸动双肩　这也正吻合你梦想的节奏
如隐士挥洒狂草　摇撼着香椿树梢头的律令

没有顾忌地拂临河水两岸　野鸭在风中扭转越冬之舵
或许这一切　什么都不能改变　而夜风依如大海

狂啸与拍打　但思想和泪水显然已高过从前你自己的大浪
狠狠撞击我窗户　发射你中枢神经的又一轮冲击波

所有的帘幕和电网　都不能搅乱全新的射程
独步的词语　扎进那些梦中人内心　令铁床辗转　呀呀地不安
让我说什么是好啊　你呀　我信赖可敬的老朋友
此刻　我已分不出窗里还是窗外
那从午夜开始撬动的光线

天　鹅

1. 起诉书

——天鹅之一

是的　你这如此广阔
无比可爱的　古往今来的老故乡
在我们双眼带泪的反光中
在白羽毛叠压的缝隙中
在午夜　钻心进来这年尾的寒冷

它们将带来大雪　寒流
它们在赶路　它们要占领我们
草场和水泊　它们要把所有的饮用水都变成我们
啊　我们咽不下大青石
啊　我们咬不动锈铁块

天空和大地都将改变颜色
一股凶恶势力逼近芦苇
它们抬起的无形胳膊就是天空

它们拽拉的跛腿的脚步就是大地

一股外匪带着沙尘暴的烟幕侵入国境

这一群又一群弄混五官的怪物

只想用冰封住

用零度高悬的绞刑架绞死

展览我们僵硬的鲜肉　让尸体横陈于白色地狱

美丽将变得又丑又僵硬

推进的疯狂向这里逼近

你到处肥美的蒲草

躺下去　一片压不扁的绿弹簧

你整夜布满钻石的水啊

潜下最明亮的仙宫　但命运不让我们留恋你　故乡

为了活　让我们赴死　为了活　让我们告别

为了活　让我们死了以后再活

2．起飞书

——天鹅之二

起飞　唯一的选择
起飞　多么艰难　起飞
就是自己把自己抬起来

自己抬着自己在天上赶路　这你得感谢祖先
给我们留下最伟大的遗传学　飞
我们与生俱来的天性　这正是我们最喜欢干的事儿

阴暗的夜　那也正是我们的眼睛
所无法穿过的最高
道路　从云絮不规则的孔眼所传递过来的
水晶之链
蓝宝石碰撞蓝色的零
冰块炸裂的　我们的天堂之旅

最前头的英雄到最尾部的喉咙　一支飞翔的队伍
用白羽毛包裹绷带之箭
从北向南　射穿千里光环
地坑　遍布秦岭褶皱　三门峡
为你天外的神秘来客早早打开你的神门吧

3.空格书

——天鹅之三

毛边的路　靠推动自身建起来的路

没有路

空气　路基
太阳　起皱的馒头
云朵　马蹄
流星　菜汤
霜花　藿香
断开又连住的肉桂
翅膀　脚
大雪　扫帚
带蹼的手
整夜戴不上的皮手套
坚持到底的钢

宇宙的科考队
失明的指挥棒

白铜乐团

失传的复写纸

打断的谱曲

长脖子的挖掘机

体温的绳索

乌云的老鼠

煽动的冷血

动荡的江山

深夜的争辩

反动的窗户

失控的引擎

山海关的钟

长夜与落日

嘎嘎的错动

精确组织的距离

桑格花牵引的太白金星

半透明的清晨

无尾巴的窄路

包围的夜

卧倒的长城

显眼的宫殿

立起的北京胡同

垂直的一口气

优秀的浮冰

铺盖卷的命运

错不过的雷电

着火的羽毛

模拟青烟

银河的水声

体力的蓝图

梦魅的地理

差一点掉下去的灵魂

破绽的云帽

赤脚的皮鞋

没吞完的流星

穿孔的胃溃疡

集体口服液　镶金边的黎明

4 . 新居书

——天鹅之四

一只天鹅拍水　十只天鹅拍水
一百只　一千只天鹅拍水　它们故意拍起水花
舞蹈　也是玩乐　数不清的儿童的脚丫
轮流踩水　啪啪　啪啪　啪啪

阳光的水面　液体的鼓面　波纹的耳膜
黄河水特意留给你们保留的院落　汇集液体的快乐
纤维的声音　橘红的声音　天上的声音
岸上　徘徊着一群还没有失去信心的年轻游客

这时　一对白色夫妻的舞步　突然逸出了院落
并且缓缓升上蓝空气的斜坡
它们仿佛急着去天堂的早市买菜　它们挎着共同的白篮子
仿佛没有篮子　篮子是风中撑开的翅

责　任

——致于耀江

我看见此刻　你站在很陡的山上
裤腿缠满青藤　你用瘦竹杖挑起来一个
外省清晨　雾里的光
从你的前额飘动　你的长发留下夜

我又梦见了你　毽子引导蝴蝶飞
无所不在的寒冷　属于我们唯一的玩具
雪堆融化了　通知带来眼泪
敲打家门　那场春雨仍在十字街生出羽毛

旧杂志合上多少个夜晚　十五瓦的光
衔接曙光　一张地图
打开以后　我从黄河岸边连续给你发射火烧云
你窗前的大芍药同意西南风

康乐果的日历毕竟翻过去　自动气枪的口径
警惕目标：一个又一个飞行物

隐现　一座老城背景　在联合化工厂的厂房上
升起独轮车　滚动诗人肖像

散步的路　往往被高楼覆盖
两个想法汇合一座屋顶　但那里不见炊烟
隐秘的世界或许仍在孤家子
粮库收藏的露水　在一致的方向洗亮铜号

其实算不上苦难　也许只是一本黑皮笔记
不能记录时代　最终超不过废品
寻找英雄钢笔　年代却塞过来一把锄头
也罢　我们索性在黑土上开垦

很多云彩太重了　超出我们本身
生长季节　当窗台的牛奶被暗换成一碗凉水
不奇怪玉米　结出别样的秋天
如今我们只感谢水　和一盏小灯最初设下的

麦芒　现在就是严冬　人们看到普降的暴雪
消息飞舞乱象　终究掩不住大地
书写的时候到了　这十二月最后的夜就要过去
我们所说的责任　绝不是纷纷扬起的白纸

老　路

从老远的地方回来　在通往大修厂这条新修的路上
我来看你　轮流的双脚踩着太阳的薄光
它虚设弹簧　趁一双眼睛还没有完全昏花
我要找到从前的好视力　它过久地私藏了你旧时的模样
我试验我如何与你的今天的美丽　完成一种特殊的重合

你在你原来的地方长大　我不想说　你是你高粱地的新娘子
那样　我的表情就会晃过从前的一些乌米
这条老道通向古韩州　那座日本人设计的桥梁
依然跨过皱纹的流水　但我今天不打算从那里经过
我的脸被一个青春焕发的老地方挡住了小平房

从前有一只铁蝈蝈　它神秘的黑铁翅膀
很多摇动的绿草有窝藏　哪一棵蒿子根唱歌过月亮
听不见也看不见　碎石路面压死了一百个春天反弹的泥浆
车老板的后代探出车窗　爷爷低俗的叫骂缠绕长长的红缨鞭
一声汽笛刺穿上午　谁知道这条新修的老路　在重复窄车辙

神说　这里需要一只领头羊　于是黑土里就从脚下钻出短头发
随着玉米人迎风生长　迎面走来　那时他还没出生
他的上衣扣子解开了一团特殊的火苗
迎着东北风　他说他要让马鞭草的紫色花雾淹死夕阳
追上旋转的大风车　旋转起本地中心的天堂　在报纸的黑土上

建立一个什么样的岛　才能迎接各式各样的冲撞
用右手把南方的大海领回来　装满火车皮　竖立起大拇指的建筑群
没有海　只有大风车的晕眩　和满屋子喧腾的波浪
让肱三头肌　肱二头肌展示健康　三点式的姑娘们　你们都来吧
这就是黑土上的大海　这就是北方吸铁石吸引的南方

补充的诗

用食指轻轻一点　我在想
大礼包的神气　你该立刻就能收到

对吧　但我绝不会认定　那只是一个
普通的收藏夹　没错

世界的故事全都包含了
呼喊　快停下你的手　没剥完的洋葱

触碰　那里有十万部电影
但还嫌少　它仍不能把历史和现实

完全包进去　今天是星期天
花盆里的兰花　翘着刀锋的虎尾绿

一场夜雨带来春天的哈气
比窗框的合金颜色　还要合金一些

电子时代　肯定不会再有迁移的鸟类
钢铁和水泥拦住它们的光斑

但我还是想　再补充一句来不及说出的
很必要　再节省一点以后的视力

很必要　更晚些时候　你会彻底理解
眼镜的重要性　该有多么重要

那些道路自身也会体会　它毕竟隐瞒过
人世间太多的不平　坑害啊　全是坑害

无论是在意料之外　还是在神经之内
都没什么　而快乐才是必需的

就像人老了　就更需要走动　拒绝
拐杖的忧虑　这正是我们的忧虑所在

来　临

你从没到过的地方　是云彩可以随意打滚儿的中央
森林和大海有多好
云缝就会有多少　一只白鹤偶然夹紧细腿
继续飞　是的
就是它
要带走巴尔干？　早晨赖在大地上
有纯粹的眼睛
就有人世间的奢望　什么能被称为生态平衡呢

沟壑咕咕跑着
野鸡　草叶　半个刺猬
露天矿暴露一万个太阳　不　比一万还要多得多
紫水晶的怀疑
自有道理　尤其在崇拜
钞票和电钻的年代
最可怜的　也是最幸福的　说到底
是看它还能坚持多久
不说也好　那要看看是在什么年代和什么地带

与乡间小院一模一样　有个身影一定是我们的
一次梦游就喊醒了
我们破产的名单
排队去领取你的名字　后来　能来的都得到了自己
喉咙发出满意的回声　是你的

那也到底不是欧洲　也不是伏依伏地那平原
汽车跟随那片香瓜园
当吸引的手停在空中　你为什么还坐在小木凳上
黄泥和稻草怎么都抹不平
稳坐的老锅台　在锅底灰中交换世界的另一半
轻霜落在你黑头发的好性格上　用左边去呼吸
右边的暗伤　脚尖颠过松木窗口　那么多眼睛看见你的时刻
闪过　却没有一个完整的人会拿来半个好办法
一幅黑白照片怎么能挡住突然起风的山沟

看　见

我看见你躬了一个早晨的身子
站起来　急于摘下白手套　可那黑泥的手指头
却分不开了　一口大缸储满好多次雨水
新出生的小蝌蚪游动　洗手时
我看见几棵剥好的大葱倚在墙旮旯
你在洗小锄头　一团散开的泥跟随晨星沉下

小道分开两边　苹果树叶又被虫子盯上
寂静的夜　几百张特殊的嘴咬嚼沙子雨
又抓了二百　一扔进小水盆它们就规矩了
曲麻菜是特意留的　叶子上的露珠一颗挨着一颗
马蛇菜有规律的小舌头都晃花了
野生的菜叶肥大　在这里找到脉管

一夜的蜘蛛网封住小道　绕开它
那好看的素描就要铺开乾隆的盛宴
拎着那个荡悠悠的小筐　摘葡萄　剪刀
呼喊燕子　飞呀飞呀　贴着汁液的根蒂飞

东边的太阳也会下起西边的雨　满满地收
自己吃些　朋友们吃些　剩下的送给要好的老邻居

对　还有一块小小的地盘空着　用铁锹翻一翻
把小石头扔出去　食指蹚着垄沟
把食指埋在土里　平行线连接着地平线
跳舞的手臂撒下早晨的香菜　埋呀
踩呀　喷壶嘴几乎要贴在地面上　梦里
你的香菜基本出齐　回身　老草帽挂在锈钉子上

肯定与否定的落后之歌

在豫西偏僻的乡间　仰韶最贫困的角落
陶片保留着人类原始的体温
青桐呢　青桐全都埋进深夜
只有狗保持对月亮的狂热
古典嗓门　填不满古老的歌
而铁柱的院里　小手扶也只呈现落后的轮廓

闷湿的夜　萤火虫的团伙在溪边疯狂淘洗　拼凑碎金
有人出来　带着反感
钟点与门外的钟点会合　一串哈欠呵退一排大树
光柱自动打扫黑暗的落叶　放大一汪水坑

举起铜锣的传统　还是让村庄的心回到原点吧
温柔地打它　给温柔涂一层奢侈的薄膜
金黄的海　涌过打盹的屋檐
一床麻花被裹紧老人　小孩子的梦又翻个热身

什么样的家园才是共同的　公路阴暗了

一条午夜银河
穿过百人的村庄　或更远
远山淡漠得要飞起来
那时　偶然路过一辆摩托　留下一溜偶然的油味
其实风根本不会抢走什么　只是轻度分开
稠密的树叶　然后继续摇动满怀新枝

一整年的劳动灌满季节
干草垛显然　没有看见狸猫走眼的火星
狐狸皮难以隐瞒芦花鸡　一对搭档总在疑问上走
举高手中的月亮　温柔地打它
回声与回声融合　给温柔再涂一百层奢侈也不会嫌多

肯定与否定的　一支落后的歌　但群山不会落后
爱从来也不需报酬　脚步趟过年月的周期
去欢迎一天天　从那边射来柿树缝隙的光
看一眼倾斜的炊烟　你愿意说它有多美它就有多美

他们始终无法追上自己的灵魂

在紧张拥挤的时代　哪儿的土地
能像函谷关这样
拥有一贯的
一溜空儿
而在旅游的或人为的一系列节日中
走函谷的愿望
最为盛大　两扇木门打开的钟表
从关楼飞檐上翘起
黑瓦顶住上午
九点钟
属于白炽色

本地领导神情专注
典礼上的讲话　伴有气球的不稳定
即兴带出的美意
遥遥欲飞　高台相对的下巴
掀起一千零一百个
盾牌

被撑开的天堂伞
弹回或吸收

武士一身金光
人头马急着站起　旋而被啸叫勒住
紧挽右臂的左臂
撞击声中没有人能找到喊杀的硬木片
大门一打开　就暴露出一窄条
南北朝的天啊　怎么这样蓝

蓝过白云的蓝
地峡收缩　关令伸出的手
递过假文牒
昨夜就签罢了　请吧
大地要向白云错过的黄土口袋　借个声望高的入口
剩下来的喉咙　只顾吞咽
数千年前　和数千年后　某个民族模糊的一场血战
去看一个小个子
亲手立下后人的无字碑

没办法抑制自己　他们不能不找到你

否则等于白来　跟上移动的

带着自身的累赘

不得了的水壶　他们始终无法追上自己的灵魂

这些山谷潜行的幽灵

任汗水　一滴一滴　黏附在汗水滑落的朝拜者身上

湖

太阳俯下虚无的
身子　与颠倒的阿尔卑斯山吻合
形式主义保留了最后一片丝绸

树叶与小船错不开
一切都在运输　起风了
浪尖上的酒坛子
止不住气味　反对颠簸

教堂的塔尖挑起太阳系
守护布莱德
堆起细波纹的破嘴
把无用的呢喃
抛给玄武岩

风在空中踩钢丝
白鹤回到白蜡树
收拢阴影

把细碎的低鸣还给水

别急于把手伸进水里
小心　你的手指会自动脱离你
跟随鳝鱼　找不到去向

出生地

她太大了　诗的话语还在聚集
以至于出去的　都能带走土特产
速度展开新布匹——朝阳大街抛起南门里
小桥飞过花狸鳅　一种生意
流浪者又一次找到梦呓的根据地

夜在海封里胡同徘徊着　自己托生自己
重新找到派出所
落户口　吃冰雪
年糕　透过柳叶的眼睛
捉沙鸡　听雨点撕碎花瓣　万年历

落满南杏山　草籽的秘密通向日光雨
在一米以上的年龄追随飞行物
转动羽毛舵　在你们永远也看不见的地方
正是我的故里　滴落的房檐子
回声如同母亲长年拿到的药丸

皱纹的艺术　留下了孩子的剪刀差
老煤场搅动一阵风的青春期
忙于经营　副食品的
成分早就改了　糖堆隔着从前的玻璃
说也说不出的压缸石　还在搬动一朵火烧云

灰烬在地层下　小灯泡射出异常的棉絮
一个疯子在门洞里咆哮全世界
书店的路通往粮库　鞭鞘抽碎天空和泥浆
裂缝　一双鞋底的标语飘过地界
一个散步人遇到了一群小孩的后代

不是来自外星　也别用天体比喻
冬天的眼睛　布置一条动脉银河系
转化春雨　去喂养黑土
真理与障碍形成的一棵棵梨树
行政也容不下的地方　她太大了

没办法

“要不是单身　你早就被捕了”

桌面轰的一声绿了　水蒸气冲歪一圈鼻子

倾斜　色香味繁殖霓虹街

烟卷叼住了晚餐的道德律　窗外

私生女放学了　不理解　白鹡鸰为什么顶着渠水飞

简单的笑声落入复杂化　猜拳　不在意泡沫

服务员端走剩下的腰花　反季节水果

切开　瓣膜质问颜色

你们敢不敢抛弃宫殿发光的纸币　如菜叶

撑开的互联网露出脑袋　连野兔耳朵也没办法

红掌基地

碧桃抬高林莽的手指说：两个喜鹊
身边跳的　应该叫什么
没人能回答的鸟　沿着弧线飞了

空枝摇晃鄢陵　一条长尾翘起两条
羽毛　相对论的争议落下
附近悬垂的棉门帘撩开　如同

剧场撩开帷幕　第一波先进的笑
漫上新加坡　平衡的气候
红透绿　你无法数清这样的举手

握紧食指的纪律　与偶叶分开
两个一组　花匠摆弄营养钵
愉快就是工作　就是把新植株移进来

排列　比大厅面积一样大的一片举手
禁止试图伸出手　难道眼睛还不够

别触摸　眼圈圈住鸭嘴喷壶

当然这是我的假设　喝完太多好颜色
照相似乎没用　马蹄是假的
雨夹雪　门外也没有倾斜春天的条纹

从隆起的夏天出来　寻找灵魂的人们
眼睛飘过一朵又一朵　眼睛里
有太多眼睛　花朵的内心更加软弱

冬日看花

一入鄢陵望眼迷。

——（明）曹汴

冬天比雪先一步　看花
看河南这有名的地区

沉住气　要调整呼吸
要虚心研究　不看美国的设计？

谁能把想象力拉回来　夏天
就到了　叫天子掠过

蜻蜓反光　停在薄云上
震动翅膜　俯瞰中原

及其腹地　在森林的羊剪绒里
花朵们是不是没睡醒

那就先去湖边　沿花海大道
询问　有些自大的米蕾

撑破紧身衣　不幻想小腿会变细
看凤蝶与紫薇摆弄扇子

嗅枝丫　去了解玉兰树的卵叶
水土　气候　交换物理

即便躬身　也别用手中的木棍
掘开蚂蚁窝　你不能私自闯入

黑格尔的婚礼　谨慎你的步幅
别碰　谁的手不是满杯

但还是免了最好　因为那毕竟
是小孩子们喜欢的游戏

园子的园子　应该多多关心喜蛛蛛
它们翘不动干枝梅　梅花肚脐

射空的信号升起　留下条条虚线——

一排正要脱出的红色谷粒

在变软的枝条上　呼唤魔鬼和雨

抖落刺绣　一片绸缎的大海

小电工

这肯定不是你们假设的乌云
波涛已经通知所有的翻滚
跳起来　着急的空气
拧紧蟹爪兰的旋涡

多么努力　腰上缠满电业局
眼角一只寄蝇呵斥柳树叶
顶着那股偏离的风
那幅象牙塔插图　还没收尾

只有继续　窗口摇晃竹林
对于影子的狐狸
仍不确定　去啃假面包
学习喝水　但绝不会放弃

命运为何这样　对他
如此不利　帽檐排列的冰柱
反驳假设　穿过深夜

他喊他　生活离不开小电工

迷面　心灵遭遇　狐狸
胳膊肘承受这钝角　站着不对
坐着也不对　不说不对
只说对万物的婚姻法有好处

唤醒陶盆

——写给过往的年代

无论是村里的　还是邻近的村民
哪个不是火苗的榜样
靴子蹚过泥浆
一步一步　被有线广播吸住
听一个国家奋发的歌
激情低语：水库要帮涟漪做好人好事
特殊的一圈　一圈
放大同一颗心：唤醒陶盆

黄昏星的树梢顶着
喇叭碗　绑在木杆顶端
与洼地三角旗呼应　纤绳　拖拉机　十字镐
支持互助小组
一顶安全帽在帐篷里露出一半
有人偏要进去　说是换一根钢钎　那是可理解的
鲁莽　发暗的草坡
升起椭圆叶子　捧起牵牛花的骨朵

白色小棒槌　在蔓上
个个有美的倾向
守纪律的姿态
——心想开花
已经挖开的荒坡　一片模糊的草尖
指着云的条状　风描画晚烟
饿了　也别紧张
别忘了　你可是报纸称为一整版的铁姑娘

从你第一次来到工地　母亲就守在门口
张望　兴奋也担心
你的乳名被她的喉咙卡住
那是因为　她早些时看到过毛笔
村口土墙熟悉的宣传纸
潮湿的字
那是关于夜战有关的通知——
不用送饭了　夜餐吃工地

她带起柳条筐　翻飞的扁担翘着男子
双臂推着

小车追赶　蹄子踩着马蹄莲
到处昂头的马
大地吱吱作响　移民的木床　锅碗勺子
模糊的对话　拖拉机　轮子　坡度真忙
结构一个新世界　可为什么
那双硬茧的手还是舍不得一把锹

举起　它不是万花筒
却有一张张含蓄的脸　说出实情
跟父亲相像
眨眼　哥哥又模仿了弟弟
不说这个了　还是挖吧
只要手心不怕碎石头
不怕苦　大水库就可以穿越总干渠
南方会解决北方

倾　述

手机响了　在如此深的年月
除了你　还能有谁
顺着连起来的数目　从外省来看我
我接住你的声音
是我的幸运
我急切　乐意并且充满兴致地想
来了好　一个人的走过
也就相当两个人

走过　这时我瞥见昨天的一群麻雀
它联合起来的影子
埋进废墟
小胡同口的气球
糖葫芦的草马　苹果摊　连同对面的储蓄所
还有灯泡　都在承受
连续压迫　黄昏啊
背后的黄昏蒙住时刻

建筑师　会倒在他自己的门柱下
绞痛　心被一团电线缠住
半只蜡笔的公鸡
站在悬空的墙头
打鸣　它的样子其实是呜咽
记忆穿过木板
竖起　解体后留下不解的刺
被等身的痛苦击穿
废弃物的混合体　胀满经历的孔召国
静止　制止一瞬间
虚晃子弹

不一样了　我相信你不相信的地方
也如此　不过
我要告诉你　我的眼袋
已容不下那些小片纸
它们风一般活跃　领引推土机
推翻我漫延的反驳
离开小区　哪里有配套生活　多温馨啊
一家紧挨一家　纷纷散了
一家人的乡政府　也是这样

被春天的柳树摇晃

推呀　墙上一排红眼圈

不见了　谁让哭喊到北风那边居住

反之就到耳朵眼定居　在大年夜

我什么都不说　你能想象的那些什么是什么

我说不出的　会留给下一次

好了　家人等我

我得回去包饺子　咱们多联系　有工夫再说

拒　绝

没人愿意设想脑萎缩的设想
一次呕吐合成两次的
豆腐渣　没有必要在画过的旧风景上描图
在团结的雪地搂着冰块
伸出柏树胳膊　有意抬高落日

迎春花的小道　分出很多杂草
脚步衔接脚步　大风正为你吃力地模拟破嗓子
喇叭花吹响夫妻店的
塑料小商品　给好孩子一顶柳叶帽
用冲锋枪射击春天与波涛
有影响的树
在黄衣服混淆的小快板儿中赞美月亮军校

侵略空气　失败的数字加冕博士帽
相加等于减去
白发冒出的烟
香飘万里的悲哀啊　洗一把脸

每一次的刮

又快速长出小老样

我继续绷紧上班的架势

出门碰上惯性

左脚踏进电梯间　右脚跟进提升

我发问　你只回答一半

没说出的全被私吞

点头剩下的喉咙还有眼睛

去照耀他人升高

被反复拒绝并讨厌的

非要大吃大喝　夹紧文件袋

改写内文

还不满意

拄着假肢　去与鱼鳞瓦沟通集体游泳的计划

做个攀岩爱好者也不错

抓住石缝的呼喊

壁虎吸住　竖立爬行样板

如小聪明喜欢反复提起井　周围经验的冰

他指着多心的夜晚　坚持说

绝不在失真的独山玉上滑下去

一个口吃的人由于口吃　使表达变得强烈

对　面

幽暗聚集　总有一个发展的理由在形成
从桌子这面绕到对面
多少年　多少年是多么优雅的杀人案

变化的路仍要绕开鹅卵
朝两个方向岔开
于是你就说
行人没有脑袋（胡说）
行人没有行走（胡说）
动物园的老虎穿过监狱（还是胡说）
有人叫好　好在哪
一排杨树眼睁睁看着走过四季盲人

倒春寒带着满天的想法
不像你　坚持不写决心书（只急于
给重金属安装净水器）
放下　一阵手机
震动坏脾气

隐形污水坑描绘去年的蚊子
乱嗡嗡　小飞机
叮咬新户型
潮湿的生物爬出青虫
帽檐高了低　看见鞋尖
磨蹭一只轻轻扑粉的黛眼蝶

坏空气逼近　或是霾　要给喉咙肺做试验
别靠近
我的喉咙正在修养一鸟窝的新语气
别碰我的空气　否则
我起诉红塔烟灰

风吹杏花　让我回到初雪
北山的杏花还没开齐
由于不慎　我把地平线带进了房间
漫长的陶杯——特意的茧
缠绕比喻　还有草叶
露水滚下燕子羽毛

有关羽蛇与虹的分辨率

如疼痛搅拌　一个永远无雨的地区
似乎有　有时
似乎没有　最后确实没有
火被说是水的反意　甚至水的痉挛
捧着火苗奔跑的嘴
随口喷火　这在西方要被称作怪物
在这算不上传说

太多时候　唱歌的天才没有发育　无论谁
都不想保温杯里养金鱼
他不怕煤
只怕你　更怕浮水的猪
嗓音还没有红
没私吞过不该吃的食物
光吃芦苇纸　就难以消化转基因
差不多可以喝下
茅台会所　从来没有谁与你提到
夜的酒瓶究竟有多高

一个人看见了自己的衰老　喜欢对穿衣镜说实话
今后穿这身便装　似乎更好

霾（2）

那样　就必然分娩出更加不像话的妖怪
谁强迫时装在环路上飘　如眨眼变旧的条幅
撕碎搅拌机　饶了
饶了鼻子吧
有害物的编制　又扩大了
人们难以张开自己
积极的树叶

一群分裂的狗
窜出胡同
对着有漏洞的月季口型　撒一大把黄面

既然人行道不应该　耐火材料就不应该
云朵图案就更不应该了
布满反人类的势力
侠客的黑
斗篷散开
挡住公寓的轮廓　把下午六点钟

换成四点钟　霓虹提到过办事处的白纸有错字
列举的系列太多了
如宵夜　摇滚　坏灯泡

颠倒的白天又一次返回来　勇敢的人
决定以死的决心握紧光
对准倾斜的方向
断喝　行刺　但没有脸的妖怪也没有身体
周围的单位举起牌子
是环保学会的　富于营养的固定时间
露出了　右手的黑桃三

与太阳斗法的方位是空的　它在试着把虚无
变成最大化张开的口袋
查不出籍贯　却霸占一切身份证
没娘的时代
妖怪　领来一大群妖怪
它以毫米的天空　压迫我的呼吸

花　期

向一扇窗户致意
玻璃的反光也向你致意
眨眼睛很重要　甚至比疑问还重要
路过这个院子
很随意　不太像传说的盲人住宅区
从顶端的入口
拐进去　去看那一堆都看见了
如同白看的泡桐

在花期　你接受了一簇桐花的训斥——
一树美学的知识
包括你喜欢的颜色　气味　听力
没关系就是有关系
——如果你与你的树根确实没关系
请你这就走开
树仍是树　花朵
仍是花朵的纤维水分子

信号很多　你还听不到蜜蜂
怎么办　去了解别的生命
到对面另一条街
关注劳动的意义
自行车走不动了　问题的铰链
咬不住身后文化局
一个个体的人要修理他最根本的问题
那就是一瓶子动力
等于几瓶子公里　先别去结构纱窗
邻居的剪刀并没有从树上的喜鹊飞来

伊河路　总是处于出发的前夕
一双脚摇摆在一种平衡术里
有几种本能生长着　把一个码头
搬到另一个码头　也不是不可能

偏脸城

又一次　D 先生从云彩之外回来
是想有意识地拉近
传说与州府　一座繁华城邦的脸　偏听了蟋蟀？

遍地都是它的一角　与生硬的词典
根本不同意　沿着城墙的剩余
他本人收到本年度杂木棵　蒿草的又一次检举
还将看到被隔开的　更多
诸如绿蝈蝈如何演奏黑蝈蝈　属于传统的
原始的谱架上原本就没有主义
顶多是自然主义

当然考古也是不能看见的　队员们的饭盒
也是不能看见的
混淆过去的积雪　以及一次性下午
所涉及的消融　等等

布纹瓦压住酒精的红旗　风

更无力吹嘘木匾　一挂胶轮大车跑过　拉走夕阳的黄豆
长垄套不住马蹄　水银土缠绕
怎么能接上庄稼的茬
杀伤力　陶土安慰也没安慰
失身的水缸　一枚铜钱抵不住
边境的锈　捧起一天的蓝花碎碗　喝下西风

里边的同意了外边的空想　门豁口还想拽他的外衣
一只鹰在反复盘问　扭转了蛾子

秋风辞

你在凉水中究竟看到了什么　你这贯于
潜行于钟表零件里的好心人
或者罪人　你为什么要停在河边上
任灰土一层又一层落满
身体方格的思想　水洗布难道欢迎这些
当地小蛾子群体的反扑吗
接受这土的呼吸吧　难道现实
终要归于如此琐碎的命运
昭苏太河仍在流　反光的根本就不是从前的
蒿子过人的身材　凶猛啊
膜拜气候和暴雨带来的反常状态
太阳当头卧着　发出
卷毛狗的狂热　云影破碎的吠叫
使所有的植物发不出声音

玉米在燃烧中一律向后隐退　大地广泛晃动
向着一个王朝的弱势　进军
星星点点的遗址

不可阻挡

看不见禁令　它们贸然前进

等天空完全黑下来　你还会看到更多

诸如雷电收走的猪　寡蛋　假种子

楼群新一轮的裸奔　如魔鬼的影子　嚎叫

挖祖坟演变成惊慌　或坚守

等待一场大雪落下

隐形脱粒机带来的机械化

留给晚清打扫民宅院子的私塾老人

他将读到遍地疑问　那也是全体作物读到的

秘闻　在老玉米的绿毛上

公开最后的

金牙套　疑似病例

传染性困扰的历史　无须说出

因为它们在此地　在秋风辞中泄露了

一代人的衰老　旧日的光景躺在山坡上

不说一句话　也不搭理一个异乡人

那些后代的后代

既不冷淡也不热情

因此我无法对蝈蝈说出

隐情不具备的个人性　可蟋蟀的眼睛为什么总是折射

姥姥的眼神　只有今年的玉米螟热爱我的花格衫

像流亡人派出的爬行物

异形信件　亲我的汗毛和手指　我知道它们不会留我吃晚餐

困境的青菜　有一天我将找到词汇　以绿叶为生

获得最终的言辞——秋风的话语权

怕是连叶子也放弃了

旅　行

拉杆皮箱夸张的时辰亮了
那么多的人　坐在一张地图上
脸转向窗外
火车　错位的云霞
错过热衷于胭脂的手
我们前行　拉开布帘的小动作
紧贴着日头的光芒　山羊胡子
看一眼手表　怀疑停了

一切又开始摇晃　一个人盘算着
一个人的终点
日子的相似性　岔开某些打盹的夜
并没有魔鬼出没　但又是谁把你大地上的宅院
转入专家挂钩的环节
不理解　也不能接受的　是跟不上的幻觉
你坚持绝不在你家的门框边上
下车　又上来一队团伙
溜冰运动员的风格　据说他们披着风衣去北极

那火的看台　已建在雪的范围

并非规则只属于新技术主义所崇尚的花样

新花样

表演

等待欢呼

那些打战的寒冷

所有椅子都归于数字　在流水变卖的商业周期

他们急于就座　排起的长队

闪过变电站

递纸条的眼神　谁的眼神

轰隆隆跨过高架桥

湖泊空了　也不必嘲笑一个不洗脸的女人

想法有突变　她乘坐子弹头

穿越连环计

最好的方向贴在票子的背面　好像是

无数证据的混合

不确定　也不能否定

天坑埋伏的大地啊　你承受的原因在哪里

更多打工者　举起路边的未来

奔向一个风吹的机构

一块木牌在角落不被注意

无线广播到处都在说　晚点

别迷信他　他可能就是一个旅行者

替身将在下一个小站出现

循环的　是随身远去又回来的屋顶　摩擦的尖利

指向无限的暴雨

摇晃大地　像被荒岛孤立的

虚拟的钉子

这个黄昏

这是一个与橙果味差不多的黄昏　路边的猫脸花
好好地开着　抬起头我却看到了从未见过的
对流云　在镶金边的曲线上
会有什么样的好纹理
一个被光线缠住的人连连摇头
停在河边　他在倾听柳树洞里那个处女
啪啪扇自己耳光　一种呼喊
只针对风　即使这时她能飞出黄河岸边
变黑的傍晚　在那片深红色水域之上
也只是看到一排落日的圆章
之后半圆　小半圆
烧焦的眼眉

的确　那可不是你想去的地方　反常地静
那里没有多少关心的人走过　警戒线拦截的空间
即便让所有的胶囊都穿上新皮鞋
仍不适于在那里过夜　还是收起你们的烂白菜
铺盖卷吧　谁拉响了警报

谁就会割掉谁的耳朵
虫子卵都可以留下来了　菜叶上隐藏着未来的蝴蝶啊
编织明年飞舞的水沟两岸　一大片好的江山
落着水珠　能看见的都看见了
强烈的反光往往缘自一排排路灯

园林工维修门前的龙爪槐　在好的形态下
一只野猫闪过铁栅　喵了一声
不见了　它被海桐修过的圆形遮住
沿着装饰前进　一条走廊的幽暗悬起水粉画的风格
名声大于金钱豹　厅堂后边
表情近似的　一群蜡像
可以找到有关标签　百家姓
排好顺序　柔软的线路需要新产品的保障
通过一个又一个不稳定的瞬间
蝈蝈兄弟　我不能不反问你　在那里　就是在那里
你们怎么就可以大摇大摆地通过鹦鹉的鼻毛呢
我也别在台阶上发愣了　当天的报纸作废
新消息说　本周有日食

峡　谷

在一千米的峭壁下　沿着壁虎的方向　到峡谷缝隙去
深入球体裂口　以一种可逆反应
看河流经过悬起的河床
虚弱的虹呈现　水蚀旋潭
是一条河在酒壶穴里打旋的态度　泡沫越聚越多
倒流形成圆圈
倾泻反自然现象　到处都是奇观
硌痛脚垫　龟背石上的锋棱
也曾是柔软的物体
浸润于潮水起伏之间　浪花刨着树根　白鹤迎风独立
洗过的海滨　清晰如画片
潮水是在什么年代退去的　贝壳布满的耳郭
有着太多证明
红泥曾经露出水面
血色被太阳耗尽　皱缩
亿万年　你们再也回不去软绵绵的四季
后退的海浪　把鱼群与后来的绵羊一起赶上高山
太行悬起　一段崖廊填满惊叹

被掏空的哪些部位　在哪些地点演变时间　称为崖廊
当我们回到夜　崇高不见了　一切是黑的
山顶的爆炸接连不断　闪电的树梢上　马匹驰过电影
狮子峰遥对官府岩　雨点超过雨
六月桑葚熟透杏子　在所有就要脱落的果托上
脱落　假设的峡谷崩溃　脱落
声音流进无底洞　汇成九连瀑　不仅仅是好奇
在棕熊凝视的静默中　有人推开旅馆窗户　试听猪叫石

一尺的人

跟随花粉　几乎忘记了我的开始
在一多半刺槐引发的决定里
我扔掉我的使命
单衣裹着一种说不出的颜色
融入迁移的负离子

哪里的省份都是中国　大道拐过最后的弧形
你看到了什么　天啊
天开了一个洞
一个刚刚打开的　淋滤石的绿色切面
双手捧不起的风景
皂角树洗过山岩　孤立一只兀鹰
青蛙在溪水里　游出传统的外形
峭壁之上
一尺的人在走动

依靠着石墙　即便香椿伸出鸵鸟突然的爪子
仍没抓住红嘴鹊的蓝色尾音

是昨夜　有一只粉蝶的理想选择了窗户
它搅拌自己的肉身
毁灭旧名词
山中最软弱的代表　被吹过一阵又一阵风
我经过一个钟表就变了　再见
毛毛虫　下一个结论构不成疑问
现在就离开吧

去找我没见过的　或错过的暖云积累的觉悟
瀑布　蝴蝶效应
荡魂桥那边　去看王相岩的气度
在狼脸叶埋伏的山道上
走过拐弯的太阳
从额头的山口　飞过象征主义
一阵急雨落下满地电报　隔着沟壑
所有眼睛喊出冰背背

雪　人

翻过圆形的山　他终于从云朵里转了出来
月份和季节被消化　一身的轻
步行的远方　抖落
旅尘一点一点散去　少林寺傍晚的钟声
越飘越细　披覆大地的头发

不要急于去翻一本旧学说　圣人本来在那
端坐　思维正以闪电的尖端
刺探　他抿紧的嘴角
以及足够的前额　容纳并确定
呼吸地脉与松风　只有呼吸证明他存在

只要敲一下门　就会打开世界
声音找到自己的轴心
一个梦与另一个梦　立刻得到认领
身体随着风声长高
去触碰行星　旋转　然后找到你的非常态

但决定还是不能打断　要保护好游丝
虔诚不允许他哈气　放出屋檐以外的惊动
一种特别的雪其实是一种连续性
飘出门缝　天知道那有多好
雪落着　一片与另一片　互认并重叠

温暖能够粉碎冬天　纷纷扬起其他的内容
去体会吧　接受满天超出的通知
释放密件的光辉　落满肃静
加厚他的衣裳　直到一个冰冻过久的来客
被暂时藏起　渐渐变为暖气的雪人

观星台

可以断定　没有任何一个不眠之夜
任何月亮的三角帆　可以返回
古代　去和想象的人握手
听他说出那个周期　作为见证人

很久以前　那人就在思索天空
测黄土深度　太阳神秘的影子
以确认大地的中心
就在脚下　他宣布看见了天地中心

欣喜影子的变幻　心中有数
显现与消失　都跳跃在特殊的线上
于是理想国可以建设
一个点确立　影子也能变成基石

天空就像它本身那么高　为接近
还需搭一个更高的台子
保存发现　乃至更仔细地搜索

豆种般的亮点　直到后来

量天尺诞生　确保了虚无的事物
找到自己细小的刻度
仰仪　圭表　漏壶与浑仪
秘密的小室　都是有效的助手

观象　不停地吃有点发甜的苦
典当睡眠　乃至接连翻身
去落实　从未有人读过的《授时历》
实验耐心　直到被普遍承认

诗人远道而来　带着好奇攀上台阶
这儿那儿看了很久　又皱着眉下来
似乎被一阵小风吹晕了
他们低声说话　围着遗产绕来绕去

只有这样

一颗流星落进了黑暗　眼泪落进海洋
什么样的鳄鱼是我的
黑眉锦蛇　在高速上磨蹭肚皮
道路的冬天来临
通过那层薄冰玻璃　如果我放弃
一切都将停止　翅膀
假设虚词（飞散的羽毛脱离了
被迫变异的软骨）
现在　我依赖数字　嚼着沙粒

平衡我与我躯体　只有雨夹雪
才能让我找回我的温度　和情感
渴了　当然需要水
可水响着耳旁风　回归的伦理
连同昨天的黑膏药
还贴在太阳穴上
失去了人类语言
我只能吐出嗷嗷的满嘴污泥

当冬夜变红　哦人啊　哦大地

疾病的大地　借口不过是一件外衣
你举着它　挡住四季
冰雹和纷争　你盖着你的皮
当亲人脸上的水珠从电话线滑过
粉碎暴雪　落到零距离
只有这样你才可以站起来
成为一个人　或父亲
一条锦蛇扭曲　爬行痕迹
或许没有蛇　没有
让我与父亲一起复活

回　家

晚上　电视刚打开　父亲说：有点冷
为他递过保温杯　转身　看到窗外积雪
樱桃树倾斜的身体顶住北风
这些天天气很好　屋里暖气升高不少

弟弟蹲在角落　打开他的百宝箱　旧照片
没填好的工作申请　玻璃球
如一个满脸麻子的熟人
笑我逮不住那只苏鸟　难以辨认爪痕

在敲门声里　姊妹从中年返回来
拎着苹果和蜜橘　还有葡萄　眼珠里的眼珠
总是挂在前院的障子里　可是
我再也没有办法伸出当年的胳膊

母亲放下她的下午　没清理完的药品　一堆说明书
弓着背　捂住咳嗽
她去厨房悄悄和面　剥葱

剁酸菜　为了不让不好的东西涌出来

挂钟用 1966 年以前的声音打点儿
灯管闪出柔和的光　我醒来
又看到熟悉的圆桌　炕柜上的荷花上飞出燕子
原谅我　（前半生的我又聋又瞎）

此刻　这个人家已经走到了哪
东门外　一家人去挖苣荬菜　石蒜
那时该是多蓝的天　路过县医院
谁都没有回头看　就像根本没看见似的

血管速度

六点：电话打个黑太阳
我的轮子开始滚动　红细胞滚动白细胞的滚动

秋天深入免不了的冬天　刺槐　合欢树倒下
混乱的过往
狼牙山下　迎面跑来透明的狼
接近烽火台　老槐树
弯身连着发信号

动荡发生　郑州飞了黄河大桥　拉长吉林省
眼睛一路射出大量眼睛
汽油的翅膀　挡风玻璃磨刀　呼呼呼
变天了　北风呜呜呜呜

云团封锁　手机放出漫天空冷空气
落实雪片通知书
覆盖华北平原　病房　风喊着我的喊
给氧

给氧

心脏连接心脏以外的心脏　最远的也是最近的
“疼啊　疼啊　快疼死了……”
黄叶的脸
雪片的脸
哀求午夜管灯　给管灯打蜡

支架是什么？从前我不了解你　我延伸三千
与一个气囊试探着　行进　在矛盾点上介入
我和父亲联合的内部
以科技人情　一下子弹开山海关

旋转的太阳　梨树的灯　我父亲活过来；四平！

年　代

拐过栅栏　空气收紧了
小平房就要沉没　乌云从人群升起　院角的南瓜花
还来不及收拢好看的裙子
脚印已经压扁了脚印　咕哝泛起
泡沫　下午那一连串的怀疑
被风中的衣袖撕开

一架超重的军用飞机在低空　盘旋着吼叫
使大地发不出声来
上头的战争与和平　涡轮搅拌出一场红色的雪
落下　漫天口号飘摇着
抓住附近的树梢　屋顶上的瓦片
收到来信：灰尘扩大的印刷厂遮蔽天空
还有泥坑里的反照

他的秘密被一个时代撬开了　楸木箱子的世界
公开了他的一生：塑料本里的汗水
祖传的金条　还有散落的

眼泪　满地的碎棉花不会融化
母亲长久的哭泣　秋霜是气候带来的土匪
纸帽子上的黑字辐射电磁波
压低普通人家的屋檐

两头奶牛被斗争了　只因它们的奶是白的
牛头怎么也看不清围拢的马脸
院墙倒下　一架紫葡萄牺牲了
传统　清花瓷瓶的表面沾满细菌
它必须开一朵响亮的花
革命歪斜着　浮云在天空漂移
光阴纠缠鬼魂　鞠躬　头像下边　锣鼓震落了眼镜
倾斜的树杈　昨夜又挑起一个人形

风越来越凉了　家家户户都在忙着封闭窗户
腌酸菜　积蓄引火的木材　备棉衣　好过冬啊

利比亚消息

又上火了　太多的事情

来自银河系

烧破的嘴角

不说话　可我依然能辨别出你的星座

光线　在每天

太阳落下楼顶的时刻游移

临街市场就在人群中　那第一眼就能喊出畜生的

确证了孩子的心　黑衬衫

裹着狗的忠心　好鼻子绕开了

一个还没收起的水果摊

想什么呢　筐里的柿子已被运走

刚烧出的红薯明晃晃

在他人的手掌中　传来传去

你看　转换的火

闪烁寓言

拉横幅的人　有的站在左边　有的站在右边

控诉脚手架踩了白菜地
眨动窗户的空眼窝
定向爆破大理石
烟尘落回原点　车灯熄灭
广场的屏幕闪烁着北非
风暴在喊　下水道的秋天
有人看到手枪的黑穴

可我依然不屑说出你的名字
你的白手套出身
泛滥地中海
最后在哪里定居
最后的保镖又是谁　现在
她可能就在一盏灯下　与真实的星星发生关系
但你只能走在每一天
并辨别每一棵行道树　畜生
还有可疑的食物

幻　术

生活中有多少假象　过去后才能看清
当代幻术显现一只五彩的鸟
它从空中落下　跳跃着你
地球的吸引力又反弹你　拍巴掌
加入悬崖上的舞蹈
羽毛和花涉及云中的事
空手掌有时能缩小人心　给一只鸟影腾地方
阵风吹过　树叶埋起树叶
带起复杂的尘土
绣花鞋立起来　对镜子述说空话
三年了　还无法坐下
我被现实深深刺痛了，鬼地方
她的话坚定了颜色的决心
木床能否毁出一把椅子
雨中的幽光显得慵懒　去梳头　摆弄化妆品
通过狭窄的地下道
追赶绿灯　直到梧桐花摔碎酒盅
这个春天才答应借给她一张脸

一个哈欠决定了　不在棉被与黑暗中睡觉
魔鬼也打不起一天精神
穿制服的人高声讲话　他不信你不相信
也不惧怕火的谈论
污点星星提出领带问题
那不全是构成瞌睡的原因
上一周的录音笔还没找到　分房子时
表格错了　礼炮惊起灰尘
注定飞不了　小团伙的脸型被逆向吊在石头上
价格提到嗓子眼　委员会开始动手
打人！（可我一贯不是极端分子）
把空气压紧　老鼠的叫声撕破你的口袋
疯狂来不及了　身份就要到期　椅子悬置
空屋子套购黑色黄金　长发人到达现场　夺话筒

桥梁工地

我们来建筑的桥下看河　看金属凌驾旋涡
毁坏的旋涡　红薯的下午哪里去了
太阳从渡口捞出滴水的钟表

村庄的梦托生烟雾　三只鱼鹰
被霞光挡住　一群灰鹤折回芦苇丛
梳子缝飞出融化的大雪

盘绕的路线缠满大地
拉拉秧在风上讨论天空
秋风举起一段颤抖的思路

在幻想的地方通过　雨点洞穿河水
曾经的冰　鱼鳍打磨星星毛刺
野豌豆弓背射出两只野鸭

以舞者的线条带出引桥　跨过滩地
抵达水天结合处　电焊的蒲公英飘落了
彩虹上走过的人难道是你爷爷父亲？　大哥！

路过大医院

穿过环形广场　大约半小时
加紧的脚还没走出亚洲
最大的医院　没走出男患者
女患者　蓝白相间的
套服竖起的条纹之间
它们垂直于草坪　或水草摆荡
的金水河岸　太多如此吃力
的移动　看　这么多病号

我不用穿它就能感到
初夏的阳光更坏了　层楼加高
挡不住太多直射的小箭头
高架桥仍在修　一条黑影投下阴暗的同情
遮挡胯下人　人间有太多来不及
就被一股热风搅乱　如同飘落的法桐叶
素描画像和癌

临街小商铺　没有一间门面没有变脸

杂音冲撞　刚出锅的蛋饼
大盘鸡端着一团气带　斜过
常香玉的白发　鲜花紧依水果筐
家庭住宿　小纸牌对准行人
嗷嗷紧张的嘴：“豆腐脑来了，道口烧鸡
来了，火腿肠来了”　我和老罗来了
但我们有更要紧的时光

响水湾的污水在响　前方旧书摊
吸引双休日　找一本书　最好是
《肖斯塔戈维奇回忆录》
能被我们碰上　某个阴损的嘴
把好东西混进废品　换小钱　我们的眼睛
必须在空无中找到它
抹去灰尘　不这样我们就总是不甘心

怎么还站在那里发癔症
你饿了？那就随便坐在那块石板上
歇歇　吃一口　我摸钱包　可我没想到
我很丢人　那就把你的也凑上
集资　合买一个馕　什么是馕　不就是饼吗
你可能是有意把河南弄混同眼前的新疆

轰鸣之夜

打雷的夜里我试验翅膀
与气流一起划动　这样就可以获得脱离
返回从前的一群雨燕
湖边　露珠放大草叶
仙女洗过的被单飘落
几乎将我盖住　翻动绸子的风
翻不过满坡喇叭花
而窗外　花圃被一整年的履带拖走
拆了又建的黄土　蠓虫　失去的天空

你堆放了过久的废物　不洗脸的灯
塔吊赶跑喜鹊　一捆锈铁悬转　危险的起重
划过大街　外环以外还有外环
一辆奥迪卷起小型沙漠
中性水洒下就蒸发了　虹的残骸
大药房的储蓄所　广告牌下　傻子捧起爆炸西瓜
公文包闪过电子眼　拐进百花胡同
一个退下来的人　牵着一只鹅

给西红柿唱小声的歌

他心里不再信任张良姜　黄瓜头上

开一朵可疑的花

暴雨仍不能把郑州带进希腊

仿佛战事刚刚走过　胜利的欢呼

发自大地　火炬松举起绿火　灯笼树全都抬起头来

吸收环宇的清新　穹顶拉开银屏

钟楼尖顶倾斜　朝拜金星

视线被挡住的地方　必有神灵抵达

你没问过的大事已经发生　气候

梳理陡峭的云层　从楼角到楼角　从东到西

回来的河流翻卷空空的激浪

时间轴

他好像有能力拽着地平线穿过母亲针鼻儿
神秘的接洽处　树皮的手有效地撕开
一片眼药味儿的小窍门儿
月亮　头盔和轮子　大老爷
抛向坟地的铜烟锅
黄鼠狼跑过一条刺眼的小道　凶年的夏天
从大泉眼冒出　老姑从泥院子端回
水瓢保护着小白鱼儿
杀西瓜的骑驴人身后又甩掉几个村庄
老亲戚活在九十年前　为取悦奶奶的六姨
有人与春风一起用吃奶的力气抖开
九十二亩以上的花洋布　开满婆婆丁　弹出大脑瓜

平不掉的祖坟　日本人亲手点燃汽油
军马在窗楣的内弧狂奔　平房顶上
防盗的自行车转空煤油　父亲往死里抓住
一把扭断的柳枝　还有《古文观止》
下半夜的黑鼻孔对不住一碗灯油?

北平牌黄铜鞋拔子悄悄消失
一把锥子扔在粪堆上
毛毛道　勇士跳过每日的水沟
小媳妇手中的牛腿骨　纺麻锤
缠满流星　抛出麻球　大团结
百年一遇的狮子座流星雨　上中下
都在飞　宇宙的古董店　摆着一个
流鼻涕的小孩　仰起瓷脸　回想
某次晚餐　母亲忘了嘱咐他去磨坊后
掐一把打骨朵的葱叶

蘸酱吃　为了成长　一家三代拉向远天
又自动弹回的家　塌陷的菜窖在哪
总有一团违法的麻线　牵扯不安的内心
拾起一个苞米穗儿　眼睛生出更多金牙
让口哨的流水旋转地方剧院
围绕时间轴　飞出山海关　欧洲
但怎么也够不到美洲　地球的心藏在他们的心
总得出去　去兜售翡翠烟嘴
兑换入场券　看吧　这就是腰上那把瑞士军刀
与玛瑙饼的下落　而星星早就被夜雾私吞很多年

交河故城

国王藏在哪个洞里
只有亚尔乃子沟
分开流水的黄昏
只有废墟

刺眼的废墟在哪
只有地狱
模拟地狱
只有一丛骆驼刺

点缀中央大道
只有跳舞的沙粒
寂寞的围绕
只有移动的脚

移动　跟上热依汗
只有她的嘴
倾吐衙门

只有大寺院遗址

颓废的根基
只有曝光的地下室
尴尬的宫殿
只有隐去的衣角

飘移没飘移
只有西域的风
吹眼前的土
只有导游说话

她用翻花嘴
翻动想象力
她手指的生活区
只是生土堆

塌陷黑窟窿
只有远方
收束一排白杨
只有野云推进

汗血马后代

只有低垂的尾巴

摇动　抽打牛虻

只有红肿的落日

履　行

诗人是报警的孩子。

——勒内·夏尔

静谧　仿佛不在人间
伏牛山深处　原始森林在午夜收回保护区
一根针叶也属于黑熊的
蠢动　木头屋檐

翘起　当卧龙谷的龙头虫啃完旱莲叶子
绿狼蛛撒开隐蔽的网
红松皮里有个方向盘　附近　总在附近
扭转夜　倾向早晨

“都什么时候了　来是必要的　这对你有好处”
我决定吸收你刚开始的思想
芦苇当时还没有这么白　角柱花的野蜂蜜
也没来得及开办小工厂　照相

我愿意压缩我　让彩虹缠身
香蒲棒连续放走一群可疑的蠓虫
欢舞　山峰的倒影没能移走湖面　那么多水节草
大声喊出恐龙蛋

我喜欢类似的狐狸　你问：
“今天的光线怎么有些不一样？”　当它降落
在洗过的脸上　不容易说出的黑点掉了
杨树翻了翻叶子　被风嘲笑

这天空好像不是我们的　和结婚的蓝被面一模一样
棉花桃　开启一条又一条裂缝
这是不是有意淡化　那被洪水冲毁的木桥　观察者
遗迹　秋天一切都有和平的温良

我一生注定干不了大事业　但似乎有一份
秘密文件锁在山上
它的一角也许早已长出藿香
露水顶起灵芝伞　打拳的螳螂重新获得人类注意

总是向上　台阶上的人辛苦了

道路允许提起悬崖　老人的告诫落在滑轮安全带上

一线天检测性格质量　竹林支持最高的想象　山顶到了

回望瞬间　居然是无数转弯的对接

面　积

在塔吊降临的昏暗中　让我们看那样的宽银幕
类似幻灯　有模糊的上半身
放大轮廓　类似单位的脚印　证明那是他的
证明　连接火星的视线
肯定错误　这时他的领带
和分头一起在激动中偏移：定向爆破
暴发灰尘的面积

他说　这与他没有关系　但就在昨天
新户型的图案在一片雪花中飘出
冷风使老人缩起脖颈　顾不上新人
发红的鼻子　门槛高出窗户　与新老职工隔断
飘雪的十二月　使人们学会忍受
倾向于相应的供热公司　面积　面积
我们没有面积　只有立体
你的身边也难免飘过群众的雪花

是被一只手出卖了　难道你还没转过红松下的弯道

几十年的女贞坚持不住了　紫薇
解体白玉兰　使枇杷树停住
桂香从此拒绝鸟鸣
绿化失败的夜　一只脚带来铁的实证
利益对准最后的利益　面积啊我们仅有的面积
勘探　疯狂　对一小片黄土榨取

三十三层阴影在我们睡熟的地方飘落　带起雪
扎下四十四米的金融学
这使生活区更加窄小　每一天的路
都迫使我们弯曲　家属院消失
所属和亲戚在哪
花坛的根须屈服于小汽车
一大堆库存的喇叭　喷出废气　是废气
或残余　存在主义照顾好你的狗
还有你的猫　你的猫呢
月光的面积继续缩小

仅此而已

其实我们都不在那里　一个熟悉的院落
铁门打开三分之一　你为什么站在那
（与过去的小老人在一起）犹疑
仿佛就要走开　又始终站着
你的姿态延续以后的天空　而天空弥漫拆迁气息

或许这一切与我没有关系　你推不开不存在的
没有责备　无辜是强加
因为我从来就没有对外散发过有害物
动荡自己　遥远的慢性病
黄昏的鸡蛋汤又端来了　可是
我还是离不开五味子　自行车继续旋转
自语：老日历翻过来可以练字

工作并努力地生活　收集水星信息
徒劳也是劳动　你好了我好了世界就好了
仅此而已　我还是拿不起金相框
树梢上　画眉的叫声停住　岸边的杨树林

摇晃威力　什么叫威力
春天的知识飘远了蒲公英　学校附近
有关小河沟涨满的阳光　你不能说
它们完全是空虚

平原上的云朵翻过太行山　穿过一串单人房间
浪花在窗帘上不自然　一片白
连接一片白　如果人与雪一起落下
但我知道你有其他事情　晚宴　端起的酒杯满与不满
没关系　一群人仍是一个人
树林里的月亮秘密闪耀　很多世纪
仅此而已　现在我可以告诉你了
我的树叶基本不喝酒

一个人的路不是事先规划好的彩色地图
有漏洞的布鞋也不是一个人的耻辱
树与树的距离可能是树与草的距离　生长繁茂
植物同时长高　有关系没关系　仅此而已

去吐鲁番

火云谷　火州接连向后闪去
那些数不清的黄色　黑色的灰色山
矮了高　高又矮下去　沿着这唯一
的下坡　入盆地　你居然是
一口天空的大锅　架在火焰山上
拷问小车如何能跑出平底　旋转胶皮味儿

青蛙太远了？此刻我想起了青蛙
在坎儿井的前方？或流水那里？
它正对着我们　吞吃公路　几乎飞起来
的一条公路　依然是无人区　连一棵树
也被拒绝　一蓬骆驼刺　一只鸟也通不过回忆
而阳光像个失常的妇人　我的天！

到处披散黄头发　火上浇火　一肚子火气
烧完群山又烧戈壁　废轮胎躺在路边
叹息　路边有多少可笑的叹息　有谁知道
现代工业的心焦　连续遭遇无边的反讽

铺排戈壁　小石块全都跳起
又落下　稍微地脱离　落实着你的眼力

这块裂开那块的皱纹　几万年？
它在我们心中模仿和田玉？　司机啊　你不停
谁都忍不住　有人呼喊　我要跳车
捡石头　欲望的光　抱都抱不住了
还不愿离开　翻飞的左手让给右手　嚯
反正两边都是贪　你这填不满的一些筐

我没夸张（他得到了　那个嗷嗷叫的小面饼）
随身带回内地？　为以后充饥
他低语　后悔昨晚的边境线上　竟没拿到
（那个笑嘻嘻的小商贩　缠着他
兜售的那只发红的狼牙）　走不出的西域
好的前面总能碰上更好　这到处的意外与惊奇

瞎逛游

回来时　我的车经过一个慢坡
太阳落进太阳的轮廓
那里　水淋淋的盘子端出一枚杧果

酸与涩　好吃与不好吃　如何吃
都与水土气候有关系
云朵拉开社会　我蹲在一棵水杉下

洗手　一片一片的天空
变成鱼鳞　或是一堆散乱的羽毛
不落下　也不需落下

我不做改造大自然的工作
一只野鸭子扎进涟漪　扩散水面的云朵
收获它不夸张的另一面

换掉一路旧轮胎　磨平的花纹
柳条风奖励我　但从前不是这样

庙宇　旧宫殿　单位的组织　石阶上有个假设

雕像背后的连心锁　红布条抖动的传说
远山沉默　你的景点在风中
抽烟　一个假肢的人要向你借火柴

走在凌空的时刻　大桥像是一个老者
桥下养一窝沙燕　流水带走废话
泥浆旋涡喧响　扔下模拟的某种庆典

铜管乐　一年又一年的踏步行进曲
队列　轻烟的彩旗
缠绕中学生的腿肚子　（腰袋抖动一串钥匙）

混淆锈迹　草叶沉浮　收起过去
摊开自己的地图往回走
你看见一只白鹤　正带起潮湿的草原

捡石头

太阳底下　下火苗　石头
专家　下公路　有点　站不稳
眼镜　面包　小烧饼　还有
老鼻子　隐现　寻找
饥饿　表情　绷着嘴角　想吃火？

这个　不对　那个　也不对
仿佛全对　又全都不对
对的错　错了又对
都是　石头的　是与非
反正都是　一股斜劲儿　瞎转悠

不一般的　炎热　踮脚
猫腰　来回走　来回
好　手把件　擦了　还抹
凑过来　又是一个
什么　宝贝　大红脸　流汗

很多的很好　都很近

两只手　相互扔

嗷嗷叫　脖子　绿斑

饿狼　大月亮　不错的环

没能挡住　日环食

肯定　否定　手和手　打架

拿不完　扔　也没扔

最后还是　没扔

沙子　和田玉　总是躲

贪婪　人　带不走　大戈壁

有把握　也有疑问

图案　也有点　可心　真的　气人

躺卧　一万年　你捡的

舞女　抽象　转身　天地间

瞪眼睛　热捧　新角度　肯定

土坡上　手指和眼

都不够　露一半　又埋住

使劲　低头　仰面

汗滴　大太阳　真可笑

调过来　再看　别着急　你反了

饺子　咬不动　掂　重复

这个　我要　还有　褶皱的

那一块　烦　食指　跳

司机　喇叭　不是汽笛　又一声

疲劳　转身　我们继续　上路　赶时间

读 8 月 29 日梨树作家诗人合影赠家乡文友

天空已很久没有看见过八月底的景泰蓝了
月亮脱去灰尘　还有郑州的雾
蟋蟀在一滴露珠里颤动着看不见的轻型钢板
打开灯　或者其他　我就可以上路

如果我不回去　如果
我随手把王太玉的那排红瓦房　轻轻移进我现在的房间
你们会不会笑我　一个流浪多年的人
捧起的　半个不能吃的西瓜

今年的灾情确实多于往年
雨水也特别　南方和北方的水库有意见　并且很大
超出警戒　但你们不怕
其实你们和金山乡的红瓦房一起　站在了本质的山上

站得高的是朋友们的名字　我听见过你们照耀的呼喊
超过寂静　如雷电走过松辽平原
辽河以南　你们在依据诗歌图样

修一座县城　当梨花蝴蝶一次又一次覆盖玉米的四月

兄妹们在大树下倾心交换　交换着
新手稿　或笔记本秘密
现在山牧酒醒了　在一株高粱的身后
看耀江顶起早晨的风　在大风的耳语中　发丝贴近新的风

兴安嘴角抿起一个区域　决心就在他的眼睛里
闪闪发亮　振海与小兵把我带进树叶搅起的鸟群
若尘飞过　若尘飞过
时间似乎与你们　只是打了个平手　好弟兄啊

扬起的沙子稻草没能够把你们蒙住　对视
芳宇突然变成大树　而我二十世纪写给你的那封普通书信
为什么你要保留那么久　文学
难道真的与院子里的鲜白菜和小葱一样　有水和养分

那么多品格的花啊　那么多的绿藤萝
我没见过的姐妹你们好　你们好
今夜　我放下了我的全部　看一幅家乡在太阳底下的合影
明亮　如何会成为我的全部

转　换

来了　因为他们应该来了　那些短衫后面都有一份升温的

情报

记忆愿意为那些人保守秘密

临近转换的关口　一个人对旧椅子的过分留恋　涉及

断头路

脱轨的糟糕就更不用说了（它的翅膀如何形成

风。脱掉外套　从地面到天空知了羡慕水坑里的彩云）

在稍大一点的城市里　凡是有修养的

都自愿排队　积极更换身份证

现在是早晨五点钟左右　大花园的小门

暂时还没有开　等一等　必要时　再等一等也很有必要

街边　梧桐的枝条运输一夜的暴雨

栅栏里的紫薇变得潮湿

历史的很多河段都没有水　船是象征　投入起伏的

生活。浪花培养可口的豆芽　吃酸汤面叶

把“很酸”坚定地转换成“很香”

在一艘布满红锈的老式客轮上

与小学生一起　用夜晚扭住白天
再一次绕过响水湾　就能通过看不见的虎牢关
视线在浑浊的河边迎风生长
坚持喝纯水　识别假钞票
等开船。龙卷风铺开了蓝色领域的另一幅气象云图
吞吐秋天　告别集体表演
编导的两颗心颜色不一　虽然这里难以看见
但从楼上垂下的那捆自律的窗户纸
你还是读到了东方红影剧院
同时贴出的《玩偶之家》新海报

铁栅栏注定要拆的　有人主张那些死亡数据不宜公布
像街道的几何不必公布每一天的代数
可以理解的水泥　却不愿去赞美搅拌机
音乐响起　洒水车刚刚过去
尘埃潜伏　在岗亭翘起的帽檐上
直到散漫的闲人都找到了可以坐下来的长凳
多好！查看建设的新花样
商品楼筑起危害　干涸的河道暴露出“禁止下河”的标语
一切可以虚拟　水是借来的
所有小径都通向这里　隔着那片千头椿的矮树林

你轻声呼喊的“宝贝”像是一头公狮子

跑过的却是撒尿的小灰狗

一颗星升起之前　一个黑女人坚持把她的甜瓜喊成白的

天空　一架飞机模型　在反复努力把爱好者的飞机画圆

感　谢

他用他的空气置换了房间的空气
孵化一个中午的立体
灰尘与阳光的化合物在一定温度中是有害物
也不一定　这需要另一种能力
加温　使词语暴发
幻象的面积　笼罩马耳草的原理
当实验室控制了大脑
整个中午　他从吸进去的普通房屋
呼出其他大蒜

云雾培植蘑菇　水蒸气与毛线帽扩张
恍惚的势力连续　仍需加强
沿着红蜘蛛慌忙丢下的
保险丝　坐火车
到惠济区去打工　抗拒
我不习惯的东西
把圣贤说的话埋入草地
等到积极分子们全都活跃起来

你的笑就好办了　就像黄河落日
壮丽　美丽　但不自大

“我喜欢这样。” 你刚说完
口腔的沙粒就蔓延了　昨天的落日接近圆规
只剩下大半圆　那与你的困惑
也许有一个相似的拱
让白鹤飞出去　只留下无边的蓝
等待和渗透可能是一生的事
更多时刻　起风的原因
绝不在于你又购买了一件什么样式的风衣
事物一结合　夜晚就安宁了
我们的谈话也是如此

失去方向是多么迷人啊　这难道真是你的爱好
多么好　去翻动一本页岩的书
人类从来就没有过比生命更多的优势
在地图和指南针的伟大时代　让我们在门框里
辨认你　我该不该说出：我感谢你

显　像

显像不了解显像管　滤掉它的物理　剩下的
可以没有形状
即便有　也是脑血管的一部分
那里有熟悉的路口　玻璃门旋转大厅
睡梦旋转一座城市的枕头
一辆警车翻动大同路　扬起的灰尘有所不同
一个斜行的人隐入水泥墙
城区图包含合欢　黑槐　路边花床
月季　花心的五星瓢虫

他们想把你转向风　文化路
小店铺关闭　落下来的雨水显得游移
满地碎片的方向
不少人对这些有敌意　说起诉书妨碍交通
旅游鞋赶上不平　帽子跳动
清扫工突然发光　反射瞬间
行政　司法　教育　纷纷从二七塔的塔尖滑落
变幻的气象控告天气　门锁缝隙

连通地下车库　深夜
黄鼠狼尾巴闪过
类似的狐狸

梦中人在风中跃起　捕捉彩票蝴蝶　与房价一起飞天
报纸章程抗生素考试题　在身后起舞
耳麦考试教育的视力
火转移梧桐　大树被捆绑
手拿话筒的人逃离市场
他们装修时间　但没有手　大理石默许了花纹壁纸
封闭胶　一块扯来的红布
照耀早报版面

话语旋转　霓虹灯闪烁东方王朝
夜总会总也洗不净　捏脚
纠正不了道路　在蚂蚁讨论会的金水河边
一块龟形石　倾听花大姐
酒使石头清醒　莎士比亚开始刷牙
洗过脸就可以返回今天

三门峡

从没到过三门峡的人　是多么渴望看到这里的一切啊
苹果等待嘴唇　红枣渴望眼睛　水库储蓄光
所有的事物在飞　灵宝　你游移的黄金布满蓝丝绒
湿地这边　我的双臂舞起一群白天鹅

交通　滚动旋转　准确到达我们的瞬间
深入一条峡谷　在一首诗的眼神里　所有的植物到了
一条变色龙闪过微笑一端　（小水潭
扩散南丁的烟圈　他在低头注视王绶青时看到扶桑）

红石头背面　有人找到月球的小斑点
压扁了消失的夜？　随意翻动一丛野古草
多眼蝶就可能飞出来　水面仍在演绎皱纹
修路的河又拐弯了　你不能不惊叹它超常规的选择

老水电站还在发电　中流砥柱也挡不住急流的意见
很多理不清的　梳妆台会帮助你　没有它们
一幅有名的国画可能失败　现实　联想

吻合函谷关　象征还不够　再加上些我们想到的云

动感牵着飞檐　也牵着女导游右手的小喇叭：
大家跟上我！　接下来去看周代车马坑
衔接视线　心跳　血液的通感就要来了
翅膀舞蹈我们　继续发电　带动老陕州往高飞啊

那拉提草原

1

七月的黄昏　八月的傍晚　滴着蜜
马群的夕阳　涉过激流
每只蜜蜂都粘了一身的盛宴

雪山站在那里　像遗世的哲人
慈祥　安静　有耐心
从一滴水突破　培养巩乃斯

河流弓着地图的弧　翻滚白浪
到处夹杂和田玉的细碎的回声
用爱撞击石卵　肿胀的河滩

草场铺开　扩大天边的圆圈
编织花毯联合国　错落的
毡包在远方　紧贴草浪的呼吸

2

起身　你这青草的君王
一大早就追赶天边
绿浪　给你的袍子和马插上翅膀
在身后留下毡房　女人和饭锅

到处的沼泽　露水
高筒靴的花边湿了还干
毡包一整天敞开着
吸收天风　斜射的强光

猎狗摇着尾巴　转悠
嗅冰草的阴影或是一朵花
小男孩在马背上
站立　他喜欢手机对着他拍

耿先生像个老记者
眼睛有点不够用　对小姑娘
发问　她的脸羞红
似乎想躲　但也不是真躲

依紧小哥哥巴乌尔肩头
来回晃　掰着手指头
新学年临近了　好快
这个过于短暂的草叶假期

奶茶滚了　铁皮烟囱吐着轻烟
阿姆的旧围裙飘来荡去
她似乎听见阿西努尔的马
走在回路上　猛想起馕和盘子

题波黑儿童纪念广场

1992 年至 1995 年计 1600 名儿童死于波黑战争。

——摘自旧闻

（站在这里　看到相似的鸽子毛
落下飞的气味
在未成年的空气中
飘浮物　在控诉蝴蝶碎纸
反正是冬天
别怀疑今天在哪　无论你的脚是谁的
只需落下　什么都别问
否则你会站不稳　摔跟头）

盛夏的水是怎么变成冰的样子
孩子的笑声突然熄灭
只留下玩水的脚的痕迹
让淤泥设计的大盘子端上来
今天是礼拜天　俯身的父亲

正与那母亲同时转向孩子
沉下来的空　抽象身体
扭动又错开
撕裂　把眼泪流干

冰川出现了　固定喷泉
自低处翻滚凉开水　不是　不是血
一圈锅底坑翻炒
一堆小脚丫
无声时刻　啪啪响的稀泥　失去方向的稀泥
三岁压住五岁　八岁
不能变成以上是为什么
落叶盖不住深的浅
岔气了　她们和他们
几乎昏过去

那就到天上去　留下这个大冰盘
死者的石头名单
石柱　再撒些铜锈　圈住
这个假现场　深渊在自己的截面上
中心　总有血的内倾

那么多父亲没当上爷爷或姥爷
那个抖　是揪心
一只手有一只手的麻皮症
他太想在转动的白云石上
摸后代的圆脸　而分裂
是疼痛　是小孙女
小孙子连起的破折号　好可怜
这些孩子不应该永远那么短

（菩提果球又悬了一整年　自由落体是盖不住的
老鸹的叫声总是盘旋小凉鞋
屈辱啊　把地狱的小脚丫摆放在四季的冬天
铁托大街急速过去　一辆摩托加大油门
把反击的汽油加进俯冲的飞机
宣礼塔竖立　时间又缠紧一圈绕不完的绷带）

温宿大峡谷

1

你落脚的这一刻　我只有一句感叹
——在中国　甚至在全世界
所有的大峡谷　都不过是小峡谷

唯一的路　是流沙集合
洪水修建一万年　洪水不是软刀子
劈开大地　展览球体的红色内部

峭立的两侧　直抵云天　啊太阳
你这微笑的老滑头　我们怎么也够不着
你的肥皂泡　一群可怜的小矮人

而托木尔雪峰在某个方向炫耀积雪
视力受阻　我们只有继续往里走
谢谢你这改装的汽车　否则谁都进不来

2

风吹高楼　风吹这么高的高楼
需要多少秋天　多少春天　从这边到对面
建筑超级幻城　用多少雷电　砸下大雨

空虚的无房户领着自己的傻孩子
一心往里跑　却被红土的沙石撞歪鼻子
门框的意识形态嘲笑了红泥屋檐

到底是人类抄袭了大自然的构想
还是大自然模仿了人类的意念　在这里
只有感叹　发呆　像来到错误的月球

只能转身回去　带回无人区的神秘
沿着洪水留出的干道　返回多少万年
我们随着沙子移动　汇入蒸发的流沙河

3

你手指的地方是一座古堡
你犯错误的同时我却认为
你没有错

它就在那个直抵天边的坡上
铺开一小片欧洲　恍惚的建筑　屋檐　圆顶
教堂　维多利亚的风

但是我还是错了
这里毕竟是阿克苏
毕竟是视觉和意识的假装组合

用你的好眼力到处去寻求或辨认吧
为了保留　并且记住
奇异的西域　这又黄又红的奇迹

仅仅是一条出色的峡谷
这一段大自然弄混的魔术　我们转过身
而身后的形态　竟是另一个山城仿佛重庆

4

是的　不搭乘那辆改装的汽车
你们谁也别想进来

看到了美国？科罗多拉的石头
怎比眼前这长颈鹿的长颈

顶破了天　但你看到的仅仅是脖子
昂起的红色鹿皮　劈开天风

昂立十万年或更久　至于身体
长腿上的缎子　肚皮　你们看不见

我也说不出　那只属于情人谷的秘密

5

我怎么能平息这样的瞬间
这旅游带来的恐惧
我被卡在这条红色大裂缝里

好朋友一转身就不见了

不能停　我必须追上你

只有侧着身子才能挤过去

这也是路？等等我

张——宝——松——

喊出你　我才会安稳

只有你的名字能填满我

瞬间涌现的恐惧和虚空

6

天山下来的天风　带着多少年

多少年的大雨点

搅动山洪　翻天的反响

从白垩纪就开始了　对应的

浮雕保留着地裂的密件

人影不是鬼影

游鱼在红石上被困住

风雨依旧　用月月刀锋　年年刀锋

剖开地球　留下某些不确定性

折叠又打开　时间竖起自身的形态

诗人多多

那一刻在陇海路　所有的高楼都在眨眼之间
移动一下　阳光跳着　与一个人
满头的白发重合　于是我们喊出你
用你的影响力握住　你的一个普通身高和实体

理解让我们听清某些东西　你扎紧的白衬衣
发出阿姆斯特丹河流孤独的气味和水声
习惯让你跺了一下大地　中原的灰尘
有回声　这土地不再是处于铁皮船的流水上

在小酒馆点菜　你拒绝动物
已经很久了　但植物可以　豆腐　丝瓜尖　蜜藕
与大地有特殊关系的都可以
酒精很快爬上来　三张红脸飘过一个小门口

你用两只手紧紧牵住我和罗羽
你确认你的左手为东北　右手为河南
一个人还想扩大　母亲河南　父亲东北

一瓶杜康三个人　结构中午的祖国

诗歌要悠起来！　一条蟒蛇摔打河滩
声音回来　必须配备春天的力气
才能把太阳的钢水倒进田野
这难道不可以铸造一个世界的新曙光？

诗人来到世上，是准备受苦的　我们无语
省略的话都在你的省略里　下午去开封
你耳轮上的小风甩动　颠覆空气　一个新的世纪
与第七个夏天相遇了　从黑压压的人群中走出来

你的车站与八月的光线连成一片
一片白是你的标记　你留给我的电话
有好几年了　可我还没触碰过
我把这个秘密临时交给了尖岗水库泛起的水泡

穿过欧洲

做美梦的早晨　我特别想告诉远方老朋友

这里的每一个早晨基本上都是
镶金边的早晨　从窗里的透明看窗外的
透明度　远视眼纠正我的近视眼

咖啡壶低语的香气缠绕　托盘托起果干
甜点　牛奶　椅子　樱桃木
地毯　孔雀　葡萄藤　太像是银箔推盘上的压花

亚得里亚海排列长长的海岸线
土耳其式小窗户　收听海岸　雷声
浪花翻滚群山　以及萨格勒布一长溜大使馆

天空命令你做梦　整个欧洲
腾出天空交换文件　互相抛出飞机橄榄
一条与另一条高拱抛物线　交织日内瓦

有关联盟　指向三条腿的超级大椅子
坐在海风上　梳理纠缠地球的风
稳定与不稳定的原理　去向德与法平衡意大利

瑞士有点瑞典　看深蓝以外的浅蓝
还有多少数不清的雪峰　重叠着艾略特加上爱因斯坦
阿尔卑斯山起伏　圣马可　卢浮宫和双尖大教堂的

米兰　巴黎　威尼斯　雪线　你和你一起
越过了今年的边境　这秋天连接今冬以前的春天
尽管窗户上有那么多悬垂的花篮和塑像

还是提前喊出满山坡番红花　告别随员
试着做一个白云收藏家　或一片有素质的树叶
椴树桦树核桃树叶　过剩的叶绿素当然越多越好

每个服务区有很多小红人　忙乎得转来转去

不夸张　更不捏造

——再给罗羽

克罗地亚画册　阿富汗的枣　一秒钟内
两个房间里的事物　就要穿过白灰墙同时到来

潜伏的小鬼　不易觉察的交换
钢筋和水泥怎么成了空气的新叛徒

闪电纠结线条　串联起两个国家或更多
大脑旋转内陆和海洋　地球仪开始了

太空膨胀或紧缩　没超过诗人的外贸衣服领
在去朋友家的路上　长走廊收到信号

叩棕色铁门　发出一串口头声明
在你家喝咖啡　我绝不会抢你说的好话

前时借走这本小书　无论打开还是再次合上
属性不能改变　你的　今天必须还给你

对着来不及给出的汉语的愿望　深入交谈
清晨了　还抱着单位的青花瓷　饮自己的血

简便的中午　右手拎起锡制的小壶
加作料的机器坏了　白糖和精盐发生一次混淆

憋不住的笑　失败的脸　一个老糊涂虫
移出春天的地铁口　很想给老朋友再送一束连翘

确立大胡子的祖国身份　至于新开花的海棠树
就全留给碧沙岗公园吧　那里有太多的游人

颍河南里的皱褶中　一住就是十几年
看来暂时仍然走不了　下半夜　有个黑影披着棉絮

来回走　看星星的习惯又受挫了　木桌上
酒瓶空唠叨　继续深入满屋的黑暗　用诚实的心脏

不停地捣鼓　一个辨认上帝的人在摸自己鼻子
周围的阴晴　顶多是太阳翻身时带出来的灰

醉汉说

现在真有点害怕　我不想再见到辛夷
横过头顶的木棍又在测血压　枝杈吐出粉白的泡沫
地下的人沿着树梢走路　对自己说风凉话
后半夜　反控制的自行车
摇晃一条城市蟒蛇

身体又一次摔打　好啊
眉骨有点发热　那一定是一朵桃花先于我开了
季节一到　什么都不在乎
我喜欢走在这被偷走牌子的敦睦路
你们回去　让我自己走　我清楚这清冷的夜
往西就是往东　你看　那不是影剧院
电子海报　报告烂醉的霓虹
演出早散场了　明天还演什么
只有夜风明白

一辆汽车过去　谁家凄厉的心脏
窜动蓝火　街道爬行

我说我不需送　我早就知道我的家在东边西边
华山路旁边飞旋的砂轮厂
沙子散了　转让
沙土满空椅子　在等一场春雨
石缝里的瓜子皮要求发芽
野猫踩碎玻璃　念着百叶窗
我不想听　我只想尿
倒闭的墙根扶住我　我要把我的尿
尿在万人开过会的无人厅
裤子湿了风会帮助我

确实不该喝这么多　可我管不了
液体的瓶子里有个雅典娜　启开飘雪的月亮门
有一片蜜蜂的菜花　意念行进
雾里的山水飘满朝霞　我想去哪
哪就是我的家　一个空瓶子的花纹建筑
高于吊塔　可我确实不该喝
这么多　通过有毒的水流偷渡理想的乡村
躲开投毒的工业　还是让我自己走吧
穿过迷乱的气息　遵循脑电图
我会顺着早晨　摸回家

绝对清晰

风暴起自哪里　城市与乡村的混合体
当幽暗侵袭夜雾　他们的套装
仿佛出自某个旧军校仓库　处理品
贯彻零星的税务印象

没结果的争执在一个坡度上
一开始就失败了　舅舅卧倒　不说话
护理心肝和一群女儿　柔弱的
白蘑菇　杨树林中的腐殖质
试图掩盖新的阶级矛盾

魔鬼正在上演人　他们喜欢
少女的舞蹈　口红涂偏了兔子的十字绣
与伤口不联系　规划的动作
在另一种威风中倾向黝黑
加重的所在地：人民币

弯曲无论如何不能与彩虹连接在一起

把呕吐控制在零度以下　赶回老巢
压住　黄河浪一律反驳新冠
可你的嘴唇却无法吐出心脏病

电脑闪出一场乱码：莫须有的事情
不应这样结束，尽管但丁还没到达文化宫
但你有足够的勇气来到人间
回应那些梦魇实况和它的绝对清晰

透明时刻

这时候天空有了母亲的颜色
肩膀在头发上　或是抬头的一瞬间
搂紧我们脖子　让黑色的棕色
黄色的白色　否认孤儿

布满青草的手掌
升高上午　世界原本是
一种光亮　无须说出的
瀑布倾泻下来

我们骑着云朵而来
骑着天鹅而来
落在湖边　都是天边的云
在一首现代诗警句中
间歇　劳作　以灵魂提取
温莰洛瓦矿石

让我听听你的眼睛

你就会听见我的耳朵

不朽的家就修在天下的水边

水起伏　交响乐开始　穿越高原

轰鸣转动　江河缠绕

地球的毛线团

每颗心脏都沙狐一样跃动

从冷杉林飞出　划白肩雕的空气

自言自语

在入口竖立山里花岗石　刻上名牌红漆
路过和进来
一眼就能看到坚固
小车慢拐　往里再往里　然后停下
花领带摇摆刮过的下巴
浅笑弹掉距离
融入完美形式的植树周

普遍忽视　小虫在吃剩的半个西瓜中加速
苍蝇嗡一声　阳台蓝天
温度比去年适宜　梧桐枝悄悄捅窗户
光滑的叶面　账本合上木铃铛
影子伸出细长的手　吸烟
熏陶夜　拨弄每个月或一整年的大出入

转移是一门学问　有着瑞士雪山一样的表情
法律垂下肚皮　拉不平高压线　鸟群漫过气候带
潮流　落叶摊开油污

打雷时　为什么多数人没有听见　当你说起硫黄
他们反驳：与沙发有关系？　耸一耸瘦肩膀
继续嚼他口香糖　更多的眼睛转向别处
烟尘上升　似乎在边境
收到火星来信——
关门的理论害了你们　走向室外　我们察看空气
有瓜葛没瓜葛　门前的大道摆在那
多数人选择下班回家　看电视
与儿子亲热　继续循环十年　或第四个十年
有人把自身泡进酒精　做活体标本
老建筑逐渐下沉　岩浆翻转
欧洲小国　而绝不是大众身份　就在下半年的结尾
舞蹈队回到树梢　摇晃
闪动的地址散发晚间消息

后　记

自《时光插图》出版，十多年间我没再出诗集。

我是有意这样做的，诗歌写出来之后不急于发表，放一放大有好处。

只是写，一首一首地写，既不主动投稿也不急于发表。

放到那里，你的习作是你的，它们跑不了。

让它们自动冷却，冷却再冷却。

不知不觉十几年过去了。

现在回头细读这些诗。

数量过百，这正是我需要的速度，正好，不多也不算少。

编一部诗集对我来说是不小的工程。

不但需要拿出写作的热情，更需要一种绣花精神和耐心。

那些写出来时比较满意的，现在读依然满意的作品总显得有限。

那些需要局部修改和再斟酌的动起来也还顺手。

那些当时写完不是很满意又一时找不到问题所在的诗，

这次再读，问题就显得特别清晰。它们往往会自己跳出来，似乎在那里等我太久了。

修改的同时，写作的快感也会自动洋溢出来。

诗歌写作，需要热写冷改。

这大约是经验也是规律。

收入《天鹅》115 首诗，去试着穿越时间，你们能找到自己的读者吗？

2021.4.16 于北京

下游

于耀江诗歌自选集

于耀江 著

人民东方出版传媒
People's Oriental Publishing & Media
東方出版社
The Oriental Press

图书在版编目（CIP）数据

下游：于耀江诗歌自选集 / 于耀江著 .— 北京：东方出版社，2023.1
（梨花诗丛）
ISBN 978-7-5207-2604-7

Ⅰ.①下… Ⅱ.①于… Ⅲ.①诗集—中国—当代 Ⅳ.①I227

中国版本图书馆 CIP 数据核字（2022）第 013581 号

下游：于耀江诗歌自选集
（XIAYOU :YU YAOJIANG SHIGE ZIXUAN JI）

作　　者：于耀江
策　　划：王莉莉
责任编辑：张　旭
出　　版：东方出版社
发　　行：人民东方出版传媒有限公司
地　　址：北京市东城区朝阳门内大街 166 号
邮　　编：100010
印　　刷：北京明恒达印务有限公司
版　　次：2023 年 1 月第 1 版
印　　次：2023 年 1 月第 1 次印刷
开　　本：880 毫米 ×1230 毫米　1/32
印　　张：6.75
字　　数：100 千字
书　　号：ISBN 978-7-5207-2604-7
定　　价：120.00 元（全三册）
发行电话：（010）85924663　85924644　85924641

序

那样的日子总像上午，风也是绿的

于耀江、钱万成和我，我们三人年龄相仿，都是二十世纪七八十年代从梨树出发走上诗歌之路的。几十年过去，每当家乡的诗友们回忆起当年梨树诗坛时，也总习惯把我们三个人相提并论，甚至还冠以“梨树三星”“梨花三杰”等说法。对此我们要说一句：我们既不是“星”也不是“杰”，只是有幸得到梨树诗乡这片诗歌热土的养育而成长为写诗的人。为纪念并见证我们三人从梨树起步的共同诗歌历程和几十年因诗歌结下的友谊，编辑一套《梨花诗丛》似乎很有必要。这不仅对我们每个人的个人写作是一次必要的回顾，更是对诗歌之乡梨树的一次诗的汇报，因为“梨树”、“梨花诗会”和“梨树诗歌”是我们的共同胎记，是我们诗歌生涯难以忘怀的起点。

吉林省梨树县在中国的版图上是一个不起眼的农业县，但它却在二十世纪八十年代初期突然涌出了一股罕见的诗歌热潮，在省内外产生了不算小的影响。我愿把家乡的这种文

化现象称为“梨树史上的文艺复兴”。任何一个国家或地区的文艺复兴都离不开特定的时代背景和必备的几个因素——梨树也不例外。毫无疑问，二十世纪七八十年代之交的改革开放带来的教育和经济复苏为家乡提供了千载难逢的机遇，二十世纪四十年代就在巴金主编的《中国作家》上发表长诗《外祖父的天下》；出过七本诗集的老诗人丁耶，六十年代就在《诗刊》发表长诗《在同一条航线》的姜士彬，出过诗集《牧鹅》的赵长占，在《光明日报》上发表诗歌评论的张国举、高继恒等人都起到了带动作用，且特别是进入七十年代后，高继恒在《吉林文艺》上发表的《天安门的焰火》为梨树带来令人炫目的诗歌之光，我的习作《从集体户寄向天安门》经他推荐也在 1976 年《吉林文艺》诗歌专号上发表，这使我的人生从此走出封闭和幽暗并让我从此爱上了诗歌。应该说从二十世纪七十年代到八十年代的十年间，高继恒以其不间断的诗歌写作和对诗歌报刊的苦心经营，对梨树诗歌以后的发展繁荣显示出某种奠基意义。

二十世纪八十年代是一个风云激荡的时代，大变革的雷声在天边隐隐作响，所有沉睡的似乎都在苏醒。远离中国文化中心的家乡梨树的诗坛也更加活跃。出诗刊、请名人、办讲座、策划大型诗会等各种活动不断。每一届的“梨花诗会”都云集了省内外众多诗人和诗歌爱好者，成为梨树的一大盛事。当时诗坛对北岛、舒婷等人的朦胧诗争论不休。谢

冕、孙绍振、徐敬亚等三人的崛起引起诗坛广泛关注。诗与时代与生活的关系是怎样的？诗应该怎么写？北岛们为什么要那样写？好诗应该是什么样子的？地处偏远外省的我们懵懵懂懂。带着几分困惑几多激情，我们就这样匆匆上路了，似乎只有写才是正格。朦胧啊，先锋啊，传统啊，这些似乎是理论家们的事情，我们只管写。也正是那些年，耀江那些短小精致、颇具现代倾向的诗为梨树诗歌带来了新的气象，什么《诗刊》，什么《青春》《人民文学》都挡不住。记得万成当时还专门就耀江的诗著文评论。至于万成和我的写作，则是浪漫主义和现实色彩重些，但万成乡村生活底蕴比我们深厚，所以他的那些以清爽朗丽见长的诗在读者的接受度上自成优势。《诗刊》《青海湖》《飞天》等无数大小期刊也开始遍地开花，当时的《长春》(《作家》前身）曾多次推出他的大型组诗，其中的《灯笼杆》《露水集》等篇章我仍记忆犹新。他的诗引起了徐敬亚的注意。徐敬亚专门从省会长春驱车来梨树专访他，为他的大组作品写下长篇评论并发表在自己编辑的省刊上，这件事对家乡诗坛也产生了不小冲击。当时我们三个都二十刚出头，我与耀江同年，万成小我们两岁。我们都是高考制度改革的受益者，毕业后又都回到梨树工作，耀江进了团县委，万成进了教育局，我进了文化局。那时我们意气风发，工作之外写诗是我们生活的重要部分。我们互相交换投稿地址，互通信息。谁要是有新作发表，那可是大事，见面的主要话题都是谁在哪儿哪儿又发了。发了，留了，退了，挂在我们嘴上。可是，退的总比发的多，但东方不亮西方亮。退回的稿件换个信封，写上新的编辑部地址再发出去。上班，十点钟跑邮局。负责分拣信件的有个陆师傅，我们一去，她就早已把我们的来信放在一边就等我们来拿。我们日日循环往复，乐此不疲。记得有一次，耀江神秘地告诉我，他看见万成去邮局投稿，自行车车把上挂着鼓囊囊的兜子。我想，那一兜稿件，得牺牲多少睡眠啊？那时的万成显得清瘦却也精神。耀江说：你要是发现他的脸见瘦，不用说，准是又写诗了。我们像是在参加一场没有硝烟的伟大战役：北京、上海、福建、内蒙古、河南、河北、青海、甘肃、新疆、广东、辽宁、甘肃、云南、台湾、香港……我们看着地图投稿，中国三十四个省级行政区，还有多少刊物没投过？还有哪些地方没有留下我们的足迹和身影？打攻坚战，打持久战！你退稿？我还投！熬夜是习以为常的事，有诗的吸引，精力总是用不完。而那样的日子总像是上午，风也是绿的。

认识钱万成大约是二十世纪七十年代后期的一个秋天，我与高继恒老师在街上走着，他突然指着迎面走来的穿黑呢大衣的高个子青年对我说：这是钱万成。接着又给我介绍：他刚刚在省级报上发表了一整版的散文《公社的大坝》，他也在写诗。万成笑眯眯地上前一步与我握手，很有亲和力的

样子，但给我留下最深印象的是他那双不算大却炯然有神的眼睛，里面似有灵光闪动。在我以前见过的熟人当中，只有高继恒的眼睛是这样的。明亮，似能洞穿一切，让人不敢逼视。后来读《李白传》，书中在说到李白的眼睛时，也有目光如炬的描述。我想这种目光，大概就是一种灵光吧。那时万成家住县城南河沿一带，新婚不久，他的妻子马月霞也是文学爱好者，说她是“发表”我诗歌的最早的编辑也不算夸张。早在中学时代全县的体育运动会上她就是播音员，我们去主席台投稿，就是经过她们审阅编辑后才现场播出的。后来万成搬进新居，让我去他家吃饭。他准备了满满一桌子菜，具体有什么，我现在都忘记了，只有那盘东北大拉皮拌黄瓜还记得——那是我第一次领教了芥末。再后来读到万成的散文《老屋》《那片树林》，我才进一步知道了他原来是一个那么重情善感、善于品味生活和人生的人。

耀江与我从小学到高中都是同校同学，我们两家只隔两条胡同。去年我回到家乡，与耀江和张国民在镇子里走了一圈后去找耀江的故居，可是小镇里最后一片老城区也拆了。我们在一片小广场上停了下来，在光溜溜的水泥地上确认他家的位置、土炕的位置，以及我们当年抄稿时木桌子的位置。站在一片土木废墟上远望，从他家到我家的距离最多也不过三百米。他虽然高我一个年级，但这并没影响我们交往，我们从小就在一起玩熟了。中学毕业后有一段时期我几

乎长在了他家里，那间伴着烟雾的小小的却温暖的屋子装满了我们多少莫名的苦恼和最初的人生梦想啊。当时我们都刚刚学抽烟，耀江的母亲也抽烟，我们三个人经常把他家弄得烟雾弥漫。即便严冬，也得开门放烟，不然眼睛就睁不开了。耀江的母亲慈祥善良，喜欢我们来他家。每次我一进屋，她就笑呵呵地看着我喊：老邓来了！是耀江这样喊我喊惯了，于是那70多岁的老母亲也一样对我这个二十出头的毛头孩子喊老邓。有一回耀江拿出了一个小本子，上面写满了古体诗。我读了几首突然想起来文化馆的高继恒老师对我说过：现代人还是要写自由诗。古体虽好，但已无法容纳现代人丰富多彩的生活。我把这个意见对耀江说了，耀江接受了，并很快改写新诗。

后来耀江和我都做了报刊编辑，万成进入长春市委机关工作。虽然生活在不同的城市，但我们各自都把梨树那段激情燃烧的难忘岁月和因文学结下的友谊当作我们写作的底气和护身符。虽然我们见面的机会十分有限，但彼此心灵的呼应从未间断。无论工作和生活如何繁忙，岁月如何变迁，我们都从来没有忘记诗歌。我们不间断地写诗、出书、参加诗歌的大小活动，诗歌成为了我们的信仰。我们时刻没有忘记自己是诗歌之乡梨树走出来的人。几十年过去了，耀江和万成都成了吉林诗歌的标志性人物。万成不但没有因为繁重的政务而中断写作，而且还在诗与工作的冲突和夹缝中越写越

猛，散文、诗歌、书法并行，成就卓然，出版了很多著作。此外，他还在儿童文学领域颇有成就，成了国内有名的儿童文学作家，作品选入各种教材和选集。十多年前，万成还专门为我写了十来首诗，每每读来都让人动容。四十年了，我们就是这样彼此照应，遥遥相望，南北呼应，各有收获。我们在三个不同城市的同一条路上走着，一直走到今天。

纵观国内诗坛，当下汉语诗歌已发展到五四运动以来前所未有的高度，很多诗人已经走向国际，各省优秀诗人、优秀诗作不断涌现，各国优秀诗作的译介源源不断进入人们的阅读视野，读者的阅读水准不断提高，诗歌写作的难度加大。由于地域、年代等诸多因素，我们的写作也还都面临各自的新课题，我们特别需要对过去进行一次总结，以便开始新的征程。 诗歌与人生没有胜负，只要在写，诗人与语言就永远处在不停的扭打和搏斗之中。诗歌是没有止境的艺术，而诗人也永远都在路上。

邓万鹏于 2021 年 4 月 13 日

目　录

第一辑　泡沫涌来

第二辑　我们的世界

第三辑　粗枝大叶的季节

第四辑　迢迢你我

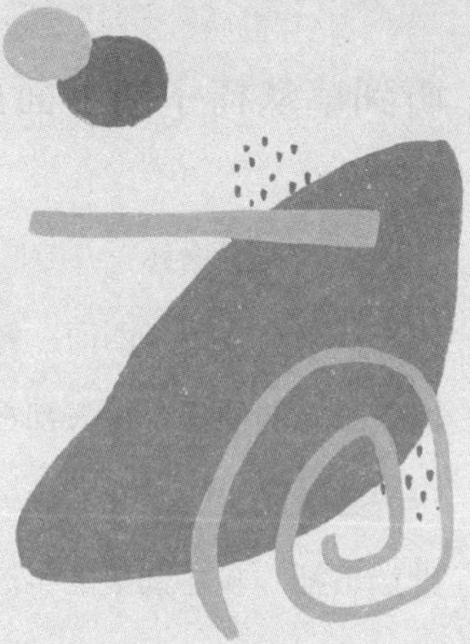

第一辑

泡沫涌来

听到草从椅子的下面顶过来

一堆植物高过墙体
影子从东面爬到了西面　像住得最近的陌生人
深入颜色的信仰　每天都在祈祷花朵
一只蜜蜂驮走的距离　由一条虚假新闻的油墨气味
继续填补　我在读报的生活中　听到草
从椅子下面顶过来的声音　代表下过的雨
和闪电的针脚　又从孤独中缝补回来
但我看到的天空还是旧的　被出卖过
刚回到一年当中的雨季　准备冲刷
一行告密的脚印　现在的后门紧锁着
防止谁悄悄溜出　防止我们当中的任何一个
悄悄溜出以后　就再也联系不上

敬重一个最小的词语

阳光再粗糙一点　眼睛就感到疼了

我不适应闪耀玻璃气息的周围　每走一步
都有一步被出卖的感觉　心理的瞬间不堪一击

樱桃红了　红也开始敬重一个最小的词语

一场雨过后拣到的细节湿漉漉的　有的
刚被鸟声叫过　有的被鸟的叫声抬到了路边

孤独中遇到孤独的人　因为尊重而不再互相帮助

来不及参与的年代　被别人参与着
成为别人的年代　成为不久将来别人身后的年代

爱情始终在明与暗的光线里暧昧不清

我躲开爱我的人　已经很久了
我去爱躲开我的人　很久之后也已经很久了

手电筒和黑暗

手电筒还得备着　以防走夜路
有人回过头来说话　脸像一张照片的底版一样
手电筒还得和情节放在一起　一觉醒来
梦里遇到的　是不是现实中还能遇到
手电筒用很短的半径照亮半径里丢失的针
来不及缝补的不仅是衣服和皮肤　还有别的
手电筒先于目光落在门锁上　呼吸逼近
一把钥匙和锁头的对话在黄铜的锁芯里完成
手电筒的光柱笔直　捅到麻雀的巢里
梯子的空格亮了一个　接着又暗下一个
手电筒照亮回家的前途　这样的前途在前途中
是最小的前途　也是最可靠的前途
手电筒和黑暗的关系　不仅在黑夜里体现
也体现在白天看不见的地方　像电池
始终在看不见的地方　看不见也是一个地方

十四行

许多人扶过桥的栏杆

许多人把桥和栏杆留在原来的地方　原来成为距离

许多人没有参加桥的设计　却设计了自己的生活

许多人以为桥就是桥　缺乏面对黄昏的想象

许多人不知道桥也是思想　产生的时间比城市还早

许多人经过了桥　桥却没有经过许多人

许多人在桥上看风景　其实桥也是被看的风景

许多人被桥上的燕子引入桥下的幽冥　幽冥也颤抖

许多人把白天的桥搬进夜晚　梦里极有可能相遇

许多人的桥是雨后的桥　进入虹和霓的比喻

许多人的信仰是桥下的桥墩　步伐在水里洗过

许多人在桥上站立 1 分钟　下游就多出 60 秒

许多人在桥上告别了什么　最后又被什么告别

许多人从桥上走向大街　而从大街回来又遇到了桥

看守住三个比喻

顺着一座山的山顶往上看
山顶的未来不确定　顺着一条河的河水往前看
河水的未来也不确定　一个浑水摸鱼的人
屁股撅得很高　几乎摸到石头和从前的经验
瓶子和鱼的关系能够确定吗　好多人
退守在玻璃里　又从玻璃里消失　最后只剩下玻璃
在几毫米里看守自己　我坐在一张白纸之上
用时间剩下的零头　也看守住三个比喻
一是一个女人像一朵花在空气中上下起伏
二是两个男人像两棵树被大街从谈话的地方隔开
三是三个孩子在不同的方向里从此下落不明
但我知道我在铠甲里　铠甲在沙子里
沙子在河水里　一道闪电的经历被窗子收藏
我就在我们中暴露出来　乱哄哄地
混同于雷声　世界的秩序就再也找不回来

在海拔之上

云从有云的地方来
到无云的地方去　云飘到哪　哪就有云了
一朵从无数朵中飘出来　如同戈壁滩上的一朵棉花
让我从新疆带到内地　越走越低的河水
和上游的形成巨大的反差　云朵是孤独的
像孤儿眼里的内容一样　鹰的影子钉进去
拔也拔不出来　孤儿不是风留在世界上最后的意思
但孤儿院却是风意思里面最后的风景
在海拔之上　空气抬高一寸　草就短一寸
羊的嘴唇就短一寸　胃就短一寸
如同盆地每天都在吃饭　每天碗里都多出沙子
每天都倒在盆里　就多出一个盆地
风把信仰往高处吹　我在低处用沙子洗手
企图洗掉罪恶的感觉　以及夹在指缝间的犹豫不决

读生活的二三事件

下午是午睡脱下的裤子
到现在还没有穿上　两条飘着桃花气味的巷子
门楣很低　院墙很旧　石头的基础很松动
缝隙里生长草茎的消息　一些消息大于事件
必须坐在正面去读　一些消息小于事件
甚至小到真相的外面　极有可能忽略
谁在中间的环节引出了河水　倒灌进低处
飘浮的云不是天气预报里的云　那块云拧干自己
搭在风的肩上飘走了　剩下的天空和我
坐在标题下面　比一张报纸还小
用眼光读出生活的二三事件　没有一个事件
能够成为事件的眼光　多看几眼的水　也没有
停下来　而和沙子不舍昼夜地说话
它的宽度是怎样的宽　长度又能够长到哪里

冰也是水

一条结冰的河水　也是河水
遭到零度以下的拦截　还有准备过河的石头
还有准备越过石头漂得更远的树叶
我用篝火将山坡支起　山顶在孤独中习惯孤独
躲到一朵云的下面　这时的雪　可下可不下
还是一种想法　爱情的马匹丢失在路上
现在手里的缰绳　只是路的一段零头
冰从河水的上游冻过来　冻到下游还是冰
鹳鸟的影子驮不动鹳鸟的思想　在上面打滑
站不稳　在冰的缝隙间磨砺长嘴
就像从枕木上拔出来的钉子　飞走了
火车开过的声音有点松动　空气有点颤抖
没有权力支配的地方　一切寒冷和鱼的秩序
都建立在感觉的基础上　在冰层下面
偷回一个国家的库银　鱼悄悄镶在自己的身上

我和四平

每一次出走都带走一样东西
然后回来　再把一样东西带走
现在的屋里渐渐空了　明显有带走的痕迹
被灰尘清晰地表现出来　其实是我带不走自己
每带走一次　又送回一次　从四平的门外
经过杨树生长的路线　和雨水之前
复杂的心情　送回到四平的门里
我还是我　坐在椅子上比椅子疲惫
比一个人认识的自己还寂寞　我和四平
不止一次拉大距离　不止一次
在拉大的距离上认识四平　包括半明半暗的
楼梯　包括四面楚歌的墙壁　它们
每寻找一次出路　都会从中掉下一些
什么　最后堆满我的身体

人性的腥味

冰雪融化　大地刚刚开花
鸭子就被赶下了河　在鱼的后面　知道了水的温度
台阶上挂着灯笼的门楣　比一个女子的眼眶
高出一点　旧了一点　想得更远一点
现在东吴地界的船　没有一只是木制的
青苔也没有一溜长到岸上　光阴的箭弯也不拐
穿过花白的头发　一生在澹澹的水边
就是看两只叫作黄鹂的鸟　顺着唐朝的柳丝
摇荡过来　水的腥味　鱼的腥味　洗也洗不掉的
人性的腥味　煮在社戏台子边的一口锅里
从真戏假唱到假戏真唱　谁的身世乔装打扮
隐藏在身段里面　曲径通幽的爱情
逼急了　就从戏文里跑出来　拖着散板
在唐朝对面　开一家专治心灵创伤的医院

秋风吹过的渭水

在秋风吹过的渭水上面
前朝的树投下影子　势力显然与盘根错节有关
用纸糊在灯笼里的火苗　照亮鳞和铠甲
马饮到了一波三折的上游　脸就比一个战场
拉得还长　宫女束在自己的腰里
为爱情准备了水银和鸩酒　喝下去
哪一种使死后的容颜依然好看　渭水洗过了风尘
鞋子也从脚边漂走　一只漂过了十七岁
另一只也漂过了十七岁　没有一只
被爱情扯断的线索追回来　锥子也不能
锥子在一堆凌乱的针线活里露出了疼
一直刺到一个朝代走在路上的脚心

让天气坏下去

面对晚熟的作物

我把自己的颗粒放进了仓廪　让天气坏下去

让心情里面落满雪　越来越白

越来越没有黑的余地　而混进城里的几只乌鸦

除外　因为停电　因为晚餐太晚　它们

就躲在烛光的后面　紧缩在胃的附近

讨论粮食问题　户口问题　说城里人的坏话

如同道德档案袋里拎着的几只坏鸟

落雪仅仅是覆盖　却不能使它们变白

由此我坐在自己的身边　像自己一样沉默

不说出一句话　甚至支持它们

用节省下来的口粮饲养它们　证明

我的口粮是我的　其中也有它们的一份

我是你的外地

我在外地　有时是想象
有时是坐火车的实际到达　因为我在外地
因为没有人认识我　因为我对自己都感到陌生
任何一个当地人在我眼里出入　都有
当地的背景　像我们居住在同一个城市
隔着的许多条大街就是背景　有一天
你走了　带走了自己　而我留下来
就成了你的外地　成了一个没有尽头的雨天
和一片湿疹中最突出的一点　你要解决
这样的问题　你要把这样的问题
看成是问题中最大的问题　半个月亮的
指甲　就在痒和搔痒之间升起来了

反出了沙子

走的想法太黑了
如同一天的时间闯进乌鸦的胃里　食物和火焰
互相照耀　谁能把谁看得更加清楚
一双鞋子在脚的气味里没有漂出多远
就被河水的泡沫吐出来　摆放在城市的岸边
我在物质里面反出了自己　反出了沙子
和沙子的属性　看谁背着晒红的脊背
横着穿过世纪的大街　前面的黑被手电筒涂亮了
又剩下后面的黑　一节节跟着走
其实光亮只是一个很小的范围　拳头那么大

纸正在溃疡

有人说麦子是海洋

我看到的麦子确实是海洋　并且是孤独的

与我在几百里之外的经验中相遇

我的经验被一条现代公路隔开　饥饿分成两部分

胃也分成两部分　疼向不疼靠拢过去

最终都成为疼的部分　像诗歌写到纸上

纸正在溃疡　越来越薄　出现文字的漏洞

我顶着太阳走路　走得比太阳还热

树荫的态度在远方　矮小而自卑

像一丛丛风中的头发　21 世纪剩下的时间

明晃晃地站在那里　明晃晃的一把刀子

割下我的皮　填补我与肉的微妙关系

平原上

水重复了水
浅也是一种重复　几只胆小的山羊踩着石头过河
天空倒映它们脱下的衣服　最后一件白衬衫
越洗越白　冰在乌鸦的眼神里融化了
只剩下了乌鸦的黑　估计十二月份以前
没有一块能够漂回来　现在的青草
左一岸右一岸　在厘米里生长
也生长得像长高的厘米　嚼在羊齿间
充满了变数　风也无法确定　风向低处吹去
有时比目光中的两条铁轨延伸得还低
平原上　除了平原自身的幻觉
高出来了　就是比病中温度高出一点的
那个临时停车的小站

胃镜里的风景

面对一袋 50 公斤的面粉
我想　这个月份就挺过去了　像杨树挺在风中
玻璃挺在看杨树的风景里　一道反光
将一只鸟在途中拦住　我将一座医院拦住
通过胃镜看清胃里的情况　看清
金融危机　在胃里留下残存的食物
每天清晨起来　第一缕光线都会照进胃里
如同清扫工扫到大街的尽头　擦根火柴
点燃焚烧残枝败叶的火苗　只是这只
皮囊　还在收缩　和一个国家的狭隘利益
差不多　空间又暗又小　而饥饿难忍
我只能吃下二两一个的馒头　接着
又从胃里反出一堆酸水

劈木柴的声音

劈木柴的声音清脆
劈木柴的人遥望山顶　云朵的帽檐向上翘得很高
融雪后的溪水　漂浮好多棵树上的叶子
从山顶流淌下来　一直到很长公里的下游
然后看清自己去年的形状和颜色
像我在劈木柴的声音里　听到的安静
是被震动的安静　一下接一下
踩着石头　从溪水上走过　但疼痛
从一棵树中喊出来　还是让失去警觉的树
没有听到　它们以集体的方式
站在沉默的后山坡上　等待沉默的教诲
比鹰飞翔的天空还要迟缓

比如说夜深了

黑夜和白天
我先说的是黑夜　其实
先说白天也可以　这只是个人的
习惯说法
或黑夜总有一个词在提醒
比如说夜深了　但深到什么程度
是大约到了夜晚的一半　还是超过一点
因此我喜欢这句话
夜深了　像是谁在轻轻说出
或我正在吸烟　是醒的另一种姿态
那么　周围寂静　灯光温柔
完整地装在一间屋子里
墙只在客观上挡住了它们

星光扒在井栏上

远方如泡沫　一天所剩无几　世界睡在空瓶子里
现在醒来天有多黑　接着把现在睡成历史
星光扒在井栏上　想喊又不敢喊　怕吓跑了自己的童年
我意外地走到小镇的身后　慢走几步赶不上
快走几步也赶不上　抱着灯光睡去的人像蜜蜂
住进梦里的花瓣　疼痛的劳动和过程到此全部结束
今夜小镇街道的全长有多长　空有多空
电线杆和我互相看着　互相寂寞　但不互相依赖
小镇有可能是它的终点　我的终点又在哪里
平原上有鸟巢的杨树安静了　跟没有鸟巢的杨树一样
它们只是生长　向天空提供更多的树枝和叶子
正如今夜我给街道提供更多的脚印和凌乱

恐惧登上高处的感觉

一览众山小　说的是泰山

并在人格里增长高度　日出前登上日观峰的

最后一个台阶　想起平常日子的阳光

周身还是暖洋洋的

一览众山小　一个诗人在伟大之前

说出的话　伟大之后

这样的话再也没有说出来

我来到这里　把这句话想起

已经晚了一千多年

没有晚的　是恐惧登上高处的感觉

在心虚里深深鞠上一躬

然后从山顶下来　离开黄河流经的地方

一片淤积的黄土　在生活背景

总被当作记忆的颜料使用

互相看了一眼也叫经过

一只猫看到了我
我也看到了一只猫　在城市外环的公路边上
偶然的相遇总是产生空白
总是联系不起来　立交桥的桥墩之间
没有流动的水　也没有不流动的水
一只猫从这里要去哪里
我从哪里来到了这里　几片云
从心里经过　改变了天空的方向
再也无法确定　这时的四周是空旷的
一只猫和我都显得孤独
我们　互相经过时看了一眼
互相看了一眼也叫经过

发生着或者围拢

前面到底发生了什么

几个人围拢过去　又有几个人围拢过去

直到最后　围拢了一大群人

我在这群人外面　像许多年的隐忍和远离

在若有若无的阳光中

有一点点麻木　有一点点空洞

假如前面什么也没有发生

那么　倒是这一群人发生了什么

他们像迅速生长的白菜　一层叶子

紧紧地包裹着另一层

空气都变得稀薄　这时的我

算不算包裹的最后一层

或从最后一层中掉下来　完全离开了

一群人的水分　在一段虚无的

距离上　等待慢慢晒干

白铁桶

金属中优雅的一种　焊接成桶
光芒围绕桶的形状跑动　早晨刚刚高过了草叶
一只　孤独的一只　世上绝无仅有的一只
河边的沙子上有比身体重量还深的脚印
少了一桶　又少了一桶　河水在总量上是看不出来的
就像少了一个人　又少了一个人　照常拥挤
桶可以缺少　白铁做成的桶不能缺少
另一只的桶还在模仿　另一只的白铁还在敲打
好听的声音从手上发出来　周围都在倾听
像屋檐下的雨水　一会儿落下一滴　一会儿落下一滴
落进白铁的桶里和落进桶里的白铁　都不是
桶里的声音　白铁的声音　两种声音倾听到了一起
我的声音有你的品质　你的品质有我的声音
生活在后方打开　角落之于寂静　寂静之于忍耐
天上的水多出了高　河里的水多出了远
桶里的水多出了白铁的光芒　和一桶一桶的满

又坐了一年

今年坐在去年坐过的地方
又坐了一年　南来的风继续从南面吹来
朝北的窗子继续朝北面打开　隔夜的雨水隔开了
两只鸟关于天气的问答　上一句的高音在高处
下一句的低音在低处　比花朵的自卑还低
而谁的目光经过了分开道路的草茎
又进一步分开了可以比喻草茎的人群
密集有时是模仿的行为　有时是胆怯的行为
互相挨着　从沟沿长到沟底　再从沟底长到沟沿
一直被一列火车数到最后一节车厢的后面
该走的走了　带着走的理由　我剩下来
不知道剩下来的理由　是我对远的一次否定
还是我被远否定了一次　反正玻璃擦亮了
窗子不可逆转地看到它应该看到的内容
有些内容比窗子小　小于伤口的尺寸
有些内容比窗子还大　大于疼痛扩大的范围

营城子（之一）

营城子的阳光　从玉米叶的筋上闪耀出来
照着不太熟悉的脸　似曾相识只是梦中的感觉

现实就放在路的两边　跟我到过的乡镇一样
每家每户的心藏在门的后面　在田野里偷着跳动

照片上你站在路的中间　没有路的起点
也看不到路的终点　像叶子稀薄的树走在途中

原来是营城子的正午　正午的阳光火辣辣的
底版存放久了也会跑光　好在你洗出了一张自己

辙印是你的　麦垛是你的　被你想象也是你的
蒲公英种进了你的眼睛　就再也不是轻的

我和别人走来了　别人是别人　不会在意我
你在意我　仅仅通过路上踢到了像文字一样的石头

营城子采出了石油　和今晚的夜色一样黑
你的灵魂还没有睡去　半块月亮被沾到了天上

玉米走到了田野的尽头　穿着田野新做的衣服
你认出我　从秆棵上掰掉我　做一回偷玉米的人

后　街

减下速来　入夜的杂草不能跑得太快
本来的乱七八糟　又回到乱七八糟　一根比一根虚无
有人把经手的硬币洗了又洗　洗掉了指纹
在图纸上向上码齐　背景里落下好几天的雨水
再黑的云也无法堵住比自己还黑的漏洞
地下车库的灯光还亮着　像产院里流出的血
墙壁的白有点冷　周围的静有点恐惧　车子停在零公里处
或公里抛锚了　车皮盖子如一个人的额头闪亮
经历来到了地下　地上的雨还在纷纷下着
一只如血的灯泡坏掉了　又换上一只如血的灯泡
还在滴血　白手套戴在手上　检修照样进行
技术在革命中跑了一大圈　汽车的心脏跳动得太快了
始终没有停止呼救　后街在后半夜深下去
后半夜的水果店看不到水果　水果的气味鼻息相同
一个人的身份模糊　来历不明　雨夜包围着
比牛皮纸口袋包围的档案还要紧密　对于后街
出处就是出口　隐藏于图纸虚线的后面
有学问的人做出了这样的学问　鸟在闪电里一问一答

也湿漉漉的不得要领　后半夜的指针沉重

半天划动不出后街　这里的草有点杂　泥有点烂

出入地下车库的蚊子比血还多　适合于滋生

适合于搭乘车子在夜间活动　将偷来的血抬到梦的外面

在停止的方向里鼓胀　在没有的方向里消化

我们发现血丢失了　丢失的地方肿胀　稍微有点红

往　事

我抬着这头　出生地抬着那头

一座桥搭在了两个岸边　中间走过往事的背影

我种下了往事　在一道土墙的下面

母亲喊我回家吃饭　喊我名字的最后一个字

在伸得比手还长的灵魂里　这种省略从来就不是省略

滚铁圈的童年滚回来了　铁在雨中生锈

我在一个国家的巷子里长大　忧郁也渐渐长大

像仓房错落的瓦片　雨水洇湿了斜坡

像仓房锁着用旧的东西　不知还有没有用

像仓房从不用作居住　只是居住里以下的一个地点

碎和我

多年以后　我才舍得花时间想你
自从镜子打破了　每一次回忆的眼神都是碎的
你回来一部分　又回来一部分　总不完整
剩下的部分在哪里照耀和照耀到哪里了
我守着一个四边形的框　空空荡荡挂在对面的墙上
以为云装在里面　以为下雨的可能装在里面
还有樱桃轻易不开口说出自己不丁点寂寞的红
然而匆忙中的碎了　碎了以后也匆忙
我寻找碎　在光芒中寻找碎　也找不到碎的原因
现在的以前是多年的以前　现在记不住以前
是它的总和太大了　现在的以后是多年的以后
说不清表盘里的草茎是怎样黄了又绿了
我只是在想起我的时候想你　我发现我坐在碎里面
碎和我都很疼　不是打碎的疼　是碎本身在疼
近的都远了　远的都近了　你偶尔一次闪耀
很宽阔的河水也没有拦截住一只鸟栽过来的叫声

枕着道路睡觉的人

哪块镜子折射的光　碎裂也发自内心

鸟的影子在失踪的天空重新找回来　蓝依然挂得很高

四个角抻得很平　适合把剪下的麦穗晾在上面

作坊转移地下　可以打造假币　但不修理齿轮

两个齿轮的关系松动了　谁也咬不住谁

七月流浪的云扒着火车过来　堆在站台的角落就是棉花

怕季节突然变　怕夜晚突然冷　缝补风的一处破绽

仅凭身上那点血液的热量是不够的

枕着道路睡觉的人　梦见自己在哪也停不下来

所有的白天都打烊了　只有星光出来走动

像坏邻居咬破葡萄的酸水　不知交头接耳嘀咕什么

中午有点困

在木工厂　树的气味变成木头的气味
两个人锯着一根木头　木屑里的蝴蝶飞出了墙外
木头被锯短了　飞的路程被锯短了
天空旁若无人地蓝　从雨的前面放到雨的后面
接下来的天气也无从可知　没有雨的云
开过了　天气预报说出的今后几天　口气里也没剩下几朵
路过木工厂　不是木工厂的铁丝网刮住了我
是铁丝网里的木头潜伏在松针里的气味刮住了我
做成火柴杆的记忆是警惕的　我的不害怕
我思考的勇气　黑夜来得什么也看不见的时候
常有点燃的香烟陪伴着　像木头陪伴着木工厂的夜晚
天空也被刮出星星一样的口子　听水声流淌
梦已经到了下游　木工厂从木头里拣出了牌子
挂在大门的边上许多年了　中午有点困
劳动有点瞌睡　两个人锯木头的现场只剩下了木屑
阳光晒干的表层　像蚂蚁在洞穴边上堆出了土

泡沫涌来

有点歪的中午　指针也有点困

甲虫发现死去的甲虫　死了也抱紧一粒吹干的沙子

地中海的蓝　多发事件的泡沫涌来　打湿了旗

睡衣裹着热风在路上　没有房子的家在路上

隔着大陆板块的血慌不择路　秒针在心脏里跳个不停

屋顶虚拟成云　烟囱的树发出了烟的芽

有的没有　谁抱着一根骨头睡觉　梦见了羊

大街回到了大街的起点　往哪走都是开始

往哪走都得挖坑种树　沙子里的灯光又被风吹成了沙子

海的梦是咸的　海做梦的地方也是咸的

历史疼到了现在　伤口用盐水洗一洗　也能消炎

纸叠出的鸟是纸的想象　可以放在天空去飞

长翅膀的童年极有变成天使的可能　但钢铁的想象

不能大于钢铁　野心的发动机装置在上面

国家的阴谋也会飞越国界　阴影重重地覆盖着

沙子吹出了海的鳞片　如同屋顶的一个斜坡

甲虫翻过来了　用细腿在走风云走也走不完的天空

转换

低头走路的人　心里铺下的沥青埋伏得更黑
粘掉了鞋子还在走　目标里脚印的温度一再上升

夜晚的星星凉下来了　像铁的碎屑被遗忘
切削铁的力量比铁强大　惊悚的花朵突然改变颜色

天空越深越蓝　鸟在穿过的窟窿里飞不动了
我们等待鸟飞回来　纷纷落下的却是黄色的叶子

秋天是淬过火的夏天　坚硬是柔软过的心肠
一滴水经过植物的茎秆　出口还是原来的出口吗

为了原来坚持原来　为了不是原来坚持原来
原来的花朵在血里开　一朵一朵开出血的原来

下雪天路上的沥青都白了　惊慌失措也跟着白了

乌鸦在梦里梦到了白　醒来的自己还是黑的

树枝因为冷而折断　清脆的声音掉在雪上

听上去像是一间屋子拆散了　木料扔得到处都是

蛛　网

可以不认为风吹破了蛛网
一根丝飘浮着　拴在了哪里　叙述才从哪里开始
汽车走过的地方　继续等待汽车的走过
在刹车的声音里树向两边靠　从下往上看
一直靠到树梢为止　蛛网从一棵树上来到另一棵树上
从捕获阳光的金到捕获月光的银　运送出去
多了几朵云准备把雨水下到城市里的力量
桥是过渡的拱形　鱼说出脊背的拱形
低着头的拱形是我的内心　在人民当中没有证据可寻
拎着湿漉漉的鞋子　在一个夜晚悄悄上岸
人民打着手电筒　照亮了表情　或没有表情
掩饰表情的表情也是表情　比如无动于衷
心跳放在事情的末端　还没有在发生的关系上拴紧
蛛网的某根丝还没有拴紧　正在松弛着
像捕获和被捕获　行动和反行动　谁也不警惕谁
汽车和现实交错着　没完没了地照亮一个前面
没完没了地扔下一个后面　蛛网被扔下了
越来越远的地方　可能是受到启发最黑的地方

纸的13行

纸是空的　可以一个字一个字往里填

纸的思想藏在纸里　在手上几乎掂不出分量

纸上的格子被雨打湿　有些字根发出了芽

纸做的标语在纸上喊出了口号　在大街上拉起横幅

纸里面包不住火　打着灯笼的心思除外

纸背着白天打下了欠条　星星的碎银也还不上

纸叠成往事　而叠的地方也是往事

纸记不得风的路口　猫的叫声叫上了墙头

纸在使用中想要做好纸　站在坏的对面

纸明白了　做一张好纸的白　比它的反面都难

纸被出卖给废纸　在墙角被灯光搓成一团

纸上谁留下了指纹　擦掉了就没有一根手指做证

纸和理想一般大　有时偏偏跑出现实

只有白菜

只有白菜不被惊动　继续长
白菜里的水分装满了　或抱紧水分的只有白菜
它们听惯了火车在意象里带走的河流
头也不回地奔跑在前面　身后的事交给风去梳理
这个时候　白菜和种白菜的周围都很寂寞
像是没有白菜　像是没有周围　像是只有寂寞
雨天留下的辙印　比雨天还要深刻
比想不到的深刻还要深刻　一直从地垄沟延伸过来
以玉的心情种下的白菜　在玉里长大的白菜
现在一棵都没有回来　我就开始怀念了
它们的名字走进了象征　就像我也走进了象征
种下的修辞在风里　在火车带走的水分里
遇到狼群撕扯着羊的天气　都有丢失的可能

有　人

有人从对面走来　走过的地方成为对面

有人梦见往事丢了　醒来的自己可能就是往事

有人读报纸　哪一版的草从报缝长出

有人抓了一手的鸟声　雾在阳光的针尖扎破

有人把错误放进储蓄所　纠正生出了利息

有人偷来心事　向忧郁靠拢　云里的雨点点滴滴

有人遇到别人的时代　自己也跟过去了

有人不记得大多数　只记得成为的极少数

有人认为树生长了桌子　所以生长椅子

有人在下游捉到了鱼　放到上游又游到了下游

有人找到自己　抱住自己　像阔别了许多年

有人长得很寂寞　和井里的云飘到蓝的外面一样

有人离未来越来越远　离出生地越来越近

有人等到樱桃红了　打个比喻就掉在了地上

一代人

三十年后的校徽别在胸前　还是白底红字

三十年后的钉子拔出来　除了钉眼　就是钉眼的痛

三十年的加法算得好　到头来不会使用减法

三十年扶着念书的影子走路　现在偏离了一点

三十年很快过去了　未知的还没有到来

三十年等车是漫长的　有的开来了　有的错过了

三十年搭乘时代　极有坏在半道上的可能

三十年的良心离我们越来越近　或是越来越远

三十年的旋涡陷得很深　翘起脚尖才能呼吸

三十年有的人走了　有的人老了　有的人还在继续愤青

三十年的花朵开过三十年　镜子也铺满了灰尘

三十年的草长在草里　结出的草籽还是轻的

三十年的上游涨满了水　下游的河道也枝杈横生

三十年算不了总账　一笔笔算起也不清楚

三十年前你说起河东　三十年后我说起河西

三十年分秒必争　坏掉了就是金属零件

三十年前不在同一个历史现场　我们是单个的我们

三十年后的篝火烧红了　没刺的刺猬相互取暖

第二辑

我们的世界

扎　痛

是熟悉的人把我培养成了陌生的人
想要重新认识自己　水通过损坏的桥栏放在了别处
一片中午的阳光在擦楼顶的玻璃　鸟影擦掉了
叫声越擦越远　空气中嗅到松树的气味
针叶扎痛自己的看过去　也扎痛别人的看过来
缝补是另外的一回事　下过雨的云沿着公路飘出了很远
到哪去盖住可以直接看到天空的屋顶
道德依然住在乡下　过着一粒盐化得很慢的日子
野菜的根须再深也是白的　再白也是苦的
这种滋味在血液里擦亮了胃的窗口　看从前的一朵云
对于下在山顶上的雨水　始终都是一种依赖

最初的认识

让我长大的巷子只有树　连一盏路灯都没有

天黑以后的巷子比天还黑　像在生活的外面
看不清生活的里面　伸向鸟巢的手指到底是几根

屋顶的瓦片在猫的脚下滑落　响声落在院子里

周围的寂静把周围扩大了　像是没有周围
个人的内心比个人还小　收缩在紧巴巴的衣服下面

一颗流星扫过了天空　也把自己扫得不见踪影

接下的黑更黑　恐惧在黑上打下一块补丁
拆也拆不掉　只在以后的日子洗得稍稍白了一点

在没有信仰的内心里　黑和恐惧是信仰的宗教

后来的信仰是别人塞纸条一样塞给我的
打开看看　却像地下工作多年的一名老同志

浮　财

我长得像房间已经很久了　下过一场雨
房门的木头挤着水分　好多天才能蒸发到云里

天阴　连接起来的阴　容易把上午当成下午
人工河水流淌缓慢　冒气泡的地方不仅是鱼在呼吸

深一脚浅一脚的打捞正在进行　日子也像浮财
我从上游走来　穷得像下游　除了泥还是泥

天黑了　捧着金色饭碗的幻觉回到了家门
但乌鸦叫着　嗷嗷待哺　饥饿在黑色的羽毛里下了毒

远方的火焰就要熄灭了　烤着山剩下的骨架
伪装狼的云往山外逃　支撑未来的星光一颗颗明亮

房间在河边照着水　像我的人照着水又是虚无
我是玻璃里打碎的我　在原路上往回拼贴

金黄的叶子漂在河水之上　国家的树低头思考
手电筒的光柱握在手里　原来的手也是一种手段

我看到黑里的光亮　看到光亮里看不清的脸
爬上岸　湿漉漉地抖干光柱　还有支持的电池

孤家子

沥青铺的路很黑　夹在两排杨树中间
汽车玻璃闪耀一下　像水田的水镶在上面

水田是风景　插上稻子的水田也是风景
老鸹飞出稻子长高的风景　叫声里撕裂出孤独

老公林子过了　就是孤家子　这里的人民
从水里折射出来　泥里的劳动也会洗得一干二净

秧苗的青插到水里　走过的夏天也是青的
遇到秋天就黄了　被壳包围的大米很白

站在路边的杨树笔直　到老公林子长出枝杈
又叉出一个村子　人比生活过得简单

风从西面吹来　西面是孤家子的西房山
转眼间　孤家子的水田变成了身后的粮店

树枝折断的地方　树干留下疤的眼睛
树皮的颜色一再改变　眼睛的内容跟着改变

一根根稻草走上屋顶　与近来的天气有关
与温暖有关　与未来雪花的重量压上屋顶有关

老公林子的树　为老鸹的巢提供了很多枝杈
枝杈叉出去很远　孤家子的灯光差点碰掉

孤家子的老鸹　也是老公林子的老鸹
黑色和黑色是一致的　只有孤独换了棵树

没有尽头

一边靠着国家的大墙吸烟　三四级的风不大
抽一口吐一口的烟味　在牌子的价格里飘过墙去

一边思考着大街的延伸　没有尽头地计划着
到哪是尽头　天气坏掉的那会儿　水坑里能看到云

擦干净了皮鞋　系好了领带　鸟儿衔来了稻草
金黄和细软的那种　象征中显得珍贵的那种

他们开发　无止境地开发　土地都感到疼了
天空的欢乐摇摇晃晃　最终藏到诡谲的星星里面

稻田生长潜规则的手握在一起　空气抱在一起
懂得饥饿和怀念大米的鱼　纷纷吐出了泡沫

踩着楼梯往上走　不锈钢的扶手闪闪发光

扶到了中产以上的阶层　再以上的阳光看在了眼里

大多数围观极少数　黑压压地如同波浪起伏

阳光的花朵正在盛开　仰望中流淌着血液的枝蔓

飘在带子上

风把路吹起来　像条带子还在飘

我每天都飘在带子上　有横幅的感觉　口号的感觉

上路就是被路喊到路上　鞋子喊着穿在脚上

后面跑到了前面　前面跑到了前面的前面

坐在路边　数着从鞋子的漏洞露出来的脚趾头

有时也数着在脚上爬上爬下的蚂蚁

路歇下来了　我歇下来了　蚂蚁将弯曲的触须重新竖起

以为坐下来的我　又从我的里面扔下了我

其中还有骨头　甲虫的骨头就是壳吧

驮着那么多的阳光还在飞　追随着汽车还在飞

落在螺丝丢在的路上　想要找到螺丝的帽

几乎无法辨认　桥栏的标语被风抖动着　一波三折

标语的语气流走了　口型要找到接下的口型

也是一波三折　沙子沾在嘴上　说出来的是沙子

说不出来的也是沙子　我的口型顺流而下

一口气撕出的两个岸边　互相看着已经很久了

一错就是多年

一个问路的人回到问路的起点
告诉问路的人告诉错了　以为错的地方就是对的
手指到现在也没有弯曲回来　到了下午
精神无法集中起来　现实的光跑得到处都是
新鲜的事都发生过了　眼皮底下发生的事
像划过中午的蔬菜叶子一样　价格也晒得低下了头
错的记住和记住的错　一错就是多年
将错就错就是多年　不去纠正开始记住的地方
不是地理改动了　是地理上放的东西改动了
新放进城市胃里的东西　代替原来城市胃里的东西
钢筋水泥长到了天上　蝴蝶从来的地方来
却不知道飞到去的地方去　心里长着很高的草
拨开草看不长草的大街　跑过的唯有车轮子
总是在有尽头的地方跑过头　跑过头也头也不回

劳动以后

夜晚　看不见的地方看着看不见的地方
一根针醒在明亮里　是这个世界上最小的光芒

肩膀歇下来了　右肩比左肩的灯光亮得高
养成了扛的习惯　血液不扛的寂寞反倒流淌得低

青草数也数不过来　在路闲下一大截的两边
闲不下来的路到处都是脚印　和时代挤在一起

针挑明了走进生活的线索　缝补破碎和破碎的关系
骨头坐在身体的路边　支起了皮与肉的火苗

白天加上水　上游的一分一秒把下游计算黑了
劳动以后　星星拖着尾巴也变成天空的蝌蚪

一根针作为尖锐的一小部分　扎进汽车的灯光里
夜晚的目的地错过了　早晨根本就找不到

雪的气味

你数过一棵树　再数过一棵树
秋天就数到了尽头　云从裤腿里掏出了旧棉花
被风慢慢地放在树梢上　有下雪的意思
现在还没下　现在的乌鸦像玉米叶子一样地漂浮着
集体闯进了村子　哪里有粮食哪里就是据点
粮食的光泽在眼睛里闪耀　在羽毛上闪耀
黑到了踏实的份上　叫声也像从铁里发出来的
羊听来听去　把北风听出路口大的窟窿
披着吃草的外衣还在吃草　还在吃比低着头还低的善良
公路上的汽车缩在铁皮盖子下　像是在爬行
像是在树干的空隙里看比时间还慢的田野
乌鸦从据点出发了　还有各村从破布上撕下来的麻雀
它们回到羽毛完整的秩序里　胃已找到了粮食
雪的气味一天天逼近　羊的气味一步步逼近
一个人嗅不到自己　比草嗅不到的明年还要孤独

思想的草地上

走在思想的草地上　舍不得拔掉一根草

其实是舍不得拔出来的泥土　泥土之下的泥土
根须的白走多远　泥土的黑就走多远
一个人死于生活以后的地方在这里　一个人找到
思考死于生活的一个向下的出口　也在这里

几朵没有雨水的云飘在上面　没有雨水掉下来

闪电的想法　是另一场雨水种下来的
种下的瞬间照亮了泥土　比几秒钟的时间还短
草在路基上震颤出来　有的高于铁轨
有的低于铁轨　倾听火车很快地经过很短的距离

羊在草地上吃草　既像有思想的羊
又不像有思想的羊　不知能否遇到有思想的羊

我们的世界

社会是租用的　在谁那打下了借条
使用的期限始终空着　所以每个人要好好表现

别人脸色可以不看　还要以脸色还以脸色
太阳的脸色是我的也是你的　抬起头来就能看到

在夜色里偷来的夜色　放到海水里也洗不白
口袋里的星星洗大洗亮了　还得回到下一次的夜里

你的雪埋住了屋顶　我的屋顶也只剩下了烟囱
海冰冻住航线里的灯　什么颜色的眼睛也拨不亮

土地使用证是谁发的　粮食的热量返到胃里
每个生命的每滴血都有份　包括浪费的一滴

谁正在天空休息　用云朵堵住两只耳朵
千万别吵醒那么高的玻璃　落下来就会摔得粉碎

抄小道来到人间　躲在教堂后面的草地上

用蜜蜂的针在剔牙　不知谁到底丢了多少只羊

不可回避

谁登上梯子　往屋檐上的天空钉星星
天彻底黑的时候　挂在上面的目光还没有回来
现实覆盖了一天的尘土　有的尘土在岸上
有的尘土沉到水里　成为下游深一脚浅一脚踩下的泥
黄昏里的太阳是烙给黑夜的最后一张煎饼
黄昏里的人模糊得看不见家的时候才想到了回家
黄昏里的蝙蝠被黑夜提前挤对出了一双翅膀
到处是比飞还高的楼房　所以躲闪着飞
像天空旧了　打着记忆的补丁　像夜晚被风吹凉了
正好盖在拾荒者的身上　拾荒的路比日子还长
把白天拾到夜里　把血拾到疲惫的血管里
明天的太阳还会和今天一样红吗　或者天空是阴郁的
我的眼睛不可回避现实　我的心不可回避自己
只有乌云背负着洗不白的赃物　像狼一样还在飞

干涸的路边

阳光又回到草尖　云只是路过

接下什么也没有遇到　马车从上坡赶到了下坡

路不断起伏　像地理的腰上抖开的带子

在天空下越飘越远　马的睾丸在两腿中间也不知去向

坐在辙印干涸的路边　秋天热得像个傻子

沾满草屑的痒　长短不齐的痒　一朵接一朵的痒

野花贪着颜色去开　也在痒里缩短了脖颈

马车是路的想象　路是寂寞里想象出来的公里

从童年赶到长大以后的想象　蒸发更像蒸发

浮云更像浮云　一滴雨从天空回来　打在现实的窗户上

哪块玻璃的脸会拉得更长　草像时间一样

黄的时候路跟着黄　绿的时候路的两边跟着绿

那会儿

不知道想起了什么　黄昏低下了头

我看我坐在玻璃里吸烟　每天都有一个模糊的尽头

鸟看不见了　电线看不见了　电还在空中飘

身后的现实由浅变深　几乎成为历史

鞋子丢了　脚找不到鞋子　鞋子也找不到脚的气味

由此河道像鞋带　天黑以后也会上下起伏

我找到火柴那会儿和烟灰掉下那会儿　是两个那会儿

说不出自己　就被自己的尽头说出来了

有可能是鱼经过了两块石头中间　心思变得狭窄那会儿

有可能是影子装进了瓶子　瓶颈找不到出口那会儿

无法确定

是我的内心　不是我回来的郊外

难得的寂静中　一颗樱桃抱着核从树上掉下来

早晚都会发生的事情　还是现在发生了

疼告诉给很远的等待一句什么　我的现实借出去以后

回来天就黑了　蝙蝠在停电的路口飞个不停

我躲闪不及自己　就很容易撞到自己

灵魂生长出来的手　派到伸手看不到手的大街上

数过了电线杆　连电线里的电都没有捉到

最后只把游荡的自己捉了回来　在没有里想有

原来的有变成没有了　原来的没有变成有了

一个无法确定的现实场景　我看到了我

常常以为我是别人　郊外也无法确定　我走到了郊外

是一个郊外　我从郊外回来　又是一个郊外

樱桃滚到泥土的嘴里　吐出还是一棵叫樱桃的树

村　子

乡镇的尽头　柏油路上下来就是村子
有时麻雀在家　有时不在家　到外面看风景去了

坏天气哪也去不了　坏天气也坏了道路
村子走不出去　村子外面也走不进来

盼着坏天气的心情在大河边上　接下又是寂寞
记忆里面找晴天　擦过锅底的云洗了又洗

村部还在当年的地方　村长换了一茬又一茬
只有会计守着一本烂账　老在了那里

烂账里没有麻雀的影子　它们吃掉粮食的数字
一颗一颗经过嗉囊　根本就不挂在账上

雨天把刷在墙上的大字冲下来　再大的字

在墙的基础上往前走　扶着墙也不会走得很远

当年走在一天的夜里　打着当年的手电筒

被村外路口上的脚印领走了　到现在还没有回来

绝　唱

清朝的戏搬到民国来唱
髯须照样长　水袖照样长　只是颈后的辫子剪短了
生日宴的锣鼓家什一阵紧似一阵　催促
燕子低飞　海棠花咯血　一队卫兵的脚步声
从江山的肩膀上撤退到胭脂井边　有几个
倒影的脸上不涂抹着掩盖表情的胭脂
这戏不能不唱　从台下唱到台上
再从台上唱下来　如同一块蛋糕不能不吃
你切一块　他切一块　一路从水路吃到陆路
就变成上海的租界　奶油沾在脸上
鼻子上　不滑稽都不行　不变成小丑都不行
所谓的巡捕房　按着一个国家的线索
将一个国家跟踪到一出戏里　四面楚歌
成为背着江水的绝唱　蛋糕被一块块吃掉了
我们咬着牙齿　却在嘴里守卫着嘴唇

重庆有雾

一粒土　被风吹到更大的风里
加入沙尘天气　蔽暗国共合作前夕的半个天空
重庆除外　重庆有雾　雾里看花的不仅是山
水也在云中掉下纷纷的雨滴　是谁的
手指　翘起了兰花　在前方吃紧的后院
清唱《霸王别姬》 弦顺着江水流走了
管生成岸边喑哑的竹子　旗袍里挤出来的肉
肥如政治膏脂　白如窗前的月光
铺在战争的床上　呻吟着　不断地呻吟着
到了紧要关头　处女身体之外的血
依然流淌　而四川盆地的盆　煮沸了
从曹植的豆荚上剥下的两颗豆子
这仗可以不打　但还是打了　枪声穿过
大雾和峨眉　惊吓了一树的桃花

账　单

一笔付了费的账单
一笔一笔往上加　依然像跑动的草圈起来
数目惊人　我住在账单里面已经多年
它的失效期也已经多年　让草不再怀孕　生出不伦
不类的草籽　正如一个人从手术台上下来
任何试纸都显示阴性　而不再显示
阳性那种颜色　因此我在日记中写道
“爱是第三个人没有到来的时候
两个人之间发生的一场误会”
现在的第三个人雾中看花　正在学习
鸟叫　从叫声里判断　它的高音区在山顶
低音区在装满沙子的盆地

意　义

为了意义　我在寻找叙述意义的词
玫瑰的刺扎进去　往出拔还能带出一滴血的疼吗
在钟表里打瞌睡的人　活得比阳光还慢
椅子的背像支撑山坡前面的后面　云是闲着没事的多云
对广大地区不影响　对局部地区也不影响
火柴头光着头　站在很细的松木桩上
对说出危险的磷躲闪一下　由此寂寞的雨夜来临
丰富的雨水把一切都打了潮湿的包裹带走了
让我突然变穷　只剩下了眼睛　只剩下了耳朵
只剩下了比玻璃还薄的心　在敲门声里
城市借着今天报纸的一角睡着了　穷和富都睡得很香
手落实在四平的门上　敲被大街听出了很远

地方的病

地方的病生长在地方的地理中
好多年无大碍　但好多年都是病　治愈不了
西药太年轻　像刚毕业的学生　还在实习之中
中药似乎太老了　药方抄在窗户纸上
除了烛光隐约的风雨之夜　现在的电灯根本读不懂
谁是其中缺失的一味　找也找不到的一味
像品格在精神的成分里不能没有　但还是没有了
先前的中药和现在的病　同时进入晚期
霜打在草叶上　越白越咳嗽　越咳嗽越颤抖
什么样的花舍不得当红的颜色　一朵扶着一朵
低下头来　地方和它的镜子也老了
镜子在框里照不见什么　比平原还平的镜子
怎能问得了中药的体会和病中缺失的一味
它生长在别处　早期生长在别处　晚期生长在别处
地方的病和地方以外的药　找到找不到
根本就没有捷径　黄昏里的病痛到了血液里面
天马上黑了　跟有梦没有灯光的以前一样

邻　居

松树变成了松木　做成梯子扛回来
屋顶上的瓦坏掉一块换上一块　像鱼呼吸的鳞

杏花开了　开出几朵就能结出几颗杏子
借给杏仁的苦涩还回来了　苦涩的白也还回来了
猫在松木气味里醒来　眼睛的指针偏向下午
有人打个比喻　就在不恰当里完成了

小雨踩着松木梯子　像针尖扎到每个角落
低处的日子容易积水　映出熏黑的麻雀飞出了烟囱
它们是我的邻居　或者我是它们的邻居
梦里替我做着沥青的梦　跟着公里跑个没完

登上梯子　仍然找不到伸向巢里两根手指的理由

水有多宽

半块月亮在水边的石头上磨亮了
它把自己放到水里　水在水渍上涨了又涨

已经洗干净了的半块　强迫自己再洗
在忧伤的边上接着洗出忧伤　洗圆了才是一个

更多的水不舍昼夜　为了洗出石头的白
反倒把石头搬运到上游　堵住了历史的出口

有人来过的地方是寂寞的　来过又走了
烟蒂躺在抽过的形式里　词沦为形式也被说过

今夜的水有多宽　今夜的宽有多少水
心跳在平常中遇到的不平常　怎样地不平常

从一条大河里躲出来的水是支流　暗夜里
走另一条有沙子的路　马灯里的马能否遇到早晨

半块镜子像偏房　在水里养着自己的光
也养着与别人不同的心　养得久了就是私心

有水声的水听到了　没有水声的水听不到
隐秘地流过　在芦苇里纷纷站出形而上的支流

这样的站立是疼的　一节一节地疼
而风声吹过　就帮助它们占领了秋天的屋顶

黄过一次的稻草

现代公路不路过家门
肯定通向家门　用雨水里洗得又尖又亮的针
将向日葵的纽扣缝在河岸对襟的天空上
穿衣服的稻草人淋湿了衣服　不穿衣服的稻草人
淋湿了稻草　本质上都是黄过一次的稻草
为了下一次稻草的黄　看守住水分
和假想中生长翅膀的敌人　水在水田里
一种幻觉来自稻子垂得很低的内心　另一种幻觉
来自饥饿和抬到电线杆之上嗉囊里的仓库
接下来的诗歌也是敌人　现代公路的敌人
现代天气和现代风景的敌人　现代公里逼着荒凉
无路可走的敌人　很多东西成功地媾和了
石子和沥青　路和压道机　坡度和铲车
我在现代声音的后面　找出锯子和手工的记忆
一边寻找着旧木料　一边锯出一扇门的形状

春　天

风刮得好大　油毡纸刮起来了
一大块一大块乌云吹散了　零碎得回不到原来
我回来了　自行车拴在桥栏下的水上
从上游骑到下游　坏掉了就是我骑在途中的终点
被偷走了就是潜伏在别人心里的一个起点
其中不稳定的因素很多　一个时代在墙角撒泡尿的工夫
身后的樱桃成熟了　一点一滴红的样子
哪一只路过的鸟能够记住　并记住自己的路过
风中的脚印捡不起来　踩下一个吹走一个
最后都被鞋带串着拎回了家　尘土又从脚下吹走了
轻是踩不住的　轻用脚下的钉子也固定不住
但旗子能　旗子进入象征以后插在那里
不举在主义手里　也会和血液发生缓慢的关系

玻璃的半块

寂寞是一回事　寂寞是半开的窗子
看到半开的花也在开着　在玻璃里还没有全开

玻璃的半块打碎了　半块里的鸟飞走了
碎玻璃靠着中午的墙根　成为一小堆怀念的光芒
如果隔着玻璃说的话也被打碎成这样
那么花瓣打开“它闻上去多像一个新词”

雨中打湿了支窗子的竹竿　支在那想要生根
从巷子的入口捅到巷子的出口　来来回回地空
一竿子插到哪了　插到哪也不能插到底
树走在道路两边的叶子始终没有贴到门上

走过的人走不到一起　又相互成为自己的身后

孤独的玉米

玉米种在社会的两岸　秋天到了
河水露出了石头　清澈在很浅的地方成为沙子
多余的想法流到了下游　桥墩站在那
像一件乐器　水渍的弦从高调到低　现在充满平静
孤独的玉米回来了　从两个岸边的忧伤里
从黄得像金子似的忧伤里　一个地主的梦醒来
到处都是乌鸦系着玉米叶子领带的周围
过几天下雪了　天地间也改变成了一种白的颜色
很轻的白　很白的白　落在乌鸦的脊背上
作为敌人的反面　或比敌人的自身还要寂寞

五点钟

不知道小镇的五点钟卡在哪了　一棵杨树
和另外一棵杨树　因为有鸟巢的关系靠得很近

这个时候　青草也一根根慢下来　普遍地低
引申为在低处生活的人　把烟囱放在高一点的地方
抬眼望出去　鸟飞回的翅膀贴在眼眉上

收音机重复报纸说过的话　重要就得重复
从高处传到低处的声音　遇到比低处还低的电压
听起来吱吱啦啦的　像两片肺叶合不到一起

向日葵经过一天的象征回来了　自觉地站着
自觉地低下了头　在属于植物本来的精神里有点累
墙的阴影增长一寸　就有一寸回家的感觉

太阳落山了　山的后面有关于铁烧红的记忆

巷子的脚印被小镇挤窄　有的挤在天边飘不回来
有的挤在半道上　干脆丢掉布底纳出的鞋子

蜜蜂上紧了五点钟的发条　从前院飞到了后院

小　镇

雨中的花瓣贴在门上　门在香气里半开着
有人冒雨出去　屁股像膨胀的豆子生出腰的芽

野菜在河边　篮子在河边　脚上沾回来的泥
比鞋底还要新鲜　踩回一条麦子挤在两边的小路

土墙的锯齿锯短了光线　锯出院子的四个边
天空洗着从裤腿掏出的云　洗干净冬天的气味

街道在雨中来回地走着　走也走不出不大的雨中
电线杆和孩子在一起　雨丝又扯出一根电线

小镇一砖一瓦的小　砖是红砖　瓦是红瓦
潮湿红在少女的脸上　心里的红该有多么潮湿

叶子渐渐多了　渐渐大了　一声两声的鸟藏在里面

简单的声音丢失得简单　在树枝叉开的地方

而火车经过小镇　外面开来的春天早了一点

或者晚了一点　唯有草尖齐刷刷地高出了铁轨

灯光的支柱

接近与反接近　必须撞在灯光的支柱上
灯光扶住了夜晚　最后只剩下墙角
蛾子从一朵灯光的蕊里掉下　被花瓣轻轻捏住
白色的　白得很惨　在白里死去活来
或以围绕自己的方式飞完自己　像是怀念
灯光的支柱支撑起了圆形的谷仓
谷子正在睡觉　把自己梦成了什么也不穿的小米
还有蜘蛛　不断从丝织品的房子搬出来
又不断住进去　这是它们建造一所房子的唯一材料
雨水淌过灯光的支柱　打湿的部分湿了很久

把远方种在墙下

醒来的第二天和醒来的头一天没有太大区别
想要开的花在露珠里做好睁开眼睛的准备

周围的人不一定想要看到花开　周围的人看过花开
在很久以前的某个早晨　醒来变成徒劳的事情

代表晴朗的蓝通过钢笔写出来　也能代表月份
把远方种在墙下　远方就有一墙之隔的可能

一些本地的鸟飞不出本地　外地鸟的叫声
在外地的口音里孤独着　谁也帮不上纠正的忙

风沿着没有尽头的沥青公路把杨树分开
两旁的远处是水田　是变成稻草之前秧苗的青

我不属于这里　我只局限于来到这里的起点
想要脱离　却在一个机械的尾部越拧越紧

悖论里的公里

有一个地方的名字比地方还小
不被人知道　知道了也不被人记住　在一个词里
站在语法的外面和说法的外面　来不及
和里面发生气若游丝的关系　或者患得患失
枝头的叶子也小于长出叶子的想法
从乌鸦到乌鸦　在相同的黑里发出相同的叫声
天不黑也黑下来了　天黑以后还会更黑
而喜鹊在黑里减少到白和在白里减少到黑
多少黑要减下去　多少白也要减下去
背负着悖论往前飞　悖论里的公里还有多少公里
从没有火车的地方出发　从细雨到细雨
我找到了铁轨　现在它是空的　没有尽头
未来总有一些不曾发生的事情在等待　心跳到哪
哪就有可能发生　我预订不了下一站的雨水
心理学上的下一站　永远是心理的　而慢下来
正是桃花在黑色枝条上准备停靠的速度

缺　席

在群山之中　所有的树都排列好了
蒙着露珠的眼睛　走在黎明前最黑的一块布里

布是蒙蔽　颜色也是蒙蔽　谁守着灯
拨亮山势里的水势　比黑还黑的秘密成为永久

在成为木材之前　有的树潮湿着
有的树想到了椅子　被空旷的地理搬来搬去

我没有理由成为椅子　却有理由成为椅子的缺席
有人在电锯的叫声里扛着一截疼痛走过

宽敞的大厅是别人的　会议正在进行
讲到树的出口　马在木制的马鞍中早已不知去向

关于树的问题　我们还在问题上关于
一只鸟衔着幻觉飞走了　早晨种在了早晨外面

像我种在人群的外面　怎么生长都不是人群

两个省份

从我的省份往北看　是另一个省份

平原上的公里撵着平原　天黑了也撵不到头

树突然停在路边　不再往前走了

有多少叶子就掉下多少叶子　一张支票里的树透支了

火在火柴盒里透支了　烟在胡同里点着

胡同越长抽得越长　哪家门后的灯还亮着

这里的天黑了　不在这里的天也黑了

蜜蜂睡在一朵花的床上　同时梦见了两个省份

一个在北面以南　一个在南面以北

虚掩着

门虚掩着　心也虚掩着
随时有草茎上的阳光掉到水里　明亮而又平静
影子和身后的指针重合了　在某个时刻
我的血困了　也流淌得很慢　大街上的人正在寻找椅子
在生活的过道坐下来　习惯了开会的感觉
一个人的世界里反复听到另外的声音
葵花就是这样长大的　这样开花的　这样高过窗台的
大叶子像脚印　一直稀疏地走到太阳的门前
我的门前关在了门外　寂静中等待寂静的门外
现在正喧闹着　让我的耳朵没有地方躲藏
原来的自己听过来　树听到树的途中　哪一种鸟的声音
被昨天的雨水打湿了　又被分出了枝杈
对面的大街还是那个对面　人和人的脸虚掩着
门和门的脸虚掩着　我装作若无其事的样子
身体里盖着盖的水杯　一直想通过水喊出一句什么

等来磷火

岔出的路走远了　还没有回来

稻田的水通过大米流走了　泥上有靴子的脚印

风从西面吹来　推开西面的大门

向日葵的记忆在炕上　嗑瓜子嗑了一地

树木越稀风越插不严实　新生的狐狸跑出了洞穴

手感毛茸茸　伸手抓到了未来的围脖

田野太浅　种庄稼的心也不在里边藏着了

什么模式都怕重复　拧紧的心扣也会秃

天上等来星星　村头等来磷火　像种下长出来似的

有些东西消失了　但以另一种方式让人看到

田野的灯光比星星还稀　梦都梦不到

梦到的往往已经忘了　梦到仅仅是一种提醒

雪顺着墙根蹲下来　有人在上面撒了泡尿

旅　馆

我入住这里　一层楼的房间
除了我打开房门　阳光像刀子似的切到地毯上
我和阳光的突如其来　都有点不真实的感觉
最先入住的人　有的看风景去了　有的被风景看过了
觉得不过如此而已　索性锁在房间里
一点点寻找走丢的自己　我把我的现在安顿下来
还有一路的风尘　还有血液流淌过来的疲惫
出门在外的寂寞也挺新鲜　在家时还没使用过
洗过的床单也没有留下别人用过的气味
晚上的寂寞与家有关系　因为我和家刚刚产生距离
晚上的寂寞与蟋蟀有关系　叫声比我还困
晚上的寂寞与雾有关系　被它柔软地抱在怀里
我却抱不住它　不知道早上的太阳如何升起
对面的鸟巢挂在树上　是鸟的旅馆
而我的钥匙丢了　错把石子当成星星住进了天空

第三辑

粗枝大叶的季节

抱着你回家

营城子的天很蓝　到了晚上有点发紫
像涂抹的碘酒晒干了　伤口呼吸的嘴唇静静的

我不敢碰这种疼痛　在别人身上像是在我的身上
不敢在记忆里遇到花　开到一半就凋谢了

每天的深与浅可以测量　但每天的不测不可以测量
你用头发丝拴住苹果的水分　突然砸到地上

枝条颤动一下　又恢复了平静　你的水分空了
等待水分的苹果味道空了　周围都是空气

离去的人变成了永远　留下的怀念也变成了永远
走不到一起的永远　看不见的才是永远

麦子黄了　风和麦秆垛满了营城子的房前屋后

营城子的天空都是空的　因为你看不见它

我也看不见你　我在活着里能够嗅到你

嗅到你活在一棵白菜里　下雪之前抱着你回家

小镇和羊

风吹翻了小镇的一只篮子　挎回的天空
尽是平原上长大的沙子　与云根本就联系不上

一只羊在吃草　接着来了一只　又来了一只
断断续续接上了　像水声从某件乐器里流淌出来
草地上相加在一起的羊　散开了还是孤独

没有一朵云在天上　水里也没有　水里有的
是羊在渴的时候看到了自己　仿佛我反穿着羊皮
与羊打成了一片　或者是不吃草的另外一只

到了下午　走到小镇外面的电线杆消失了
没有一根回来　数着鸟从杨树上生长出来的叫声
如何找到了卡在树皮里生满锈迹的锯条

锯短这岸的青草　锯短那岸的青草　两个岸
夹着一条青白刀刃的水　羊喝下了有点凉的刀刃

剥下旧羊毛　蒲公英一朵一朵地变得暖和

小镇门前放着一篮樱桃　有人从雨中采回来

十四句话

一个人经过　用目光把我带走

一个人没有说话　说话了也不住在某句话里

一个人从沙子走来　风里牵出一匹骆驼

一个人砍断的水流出很远　雨天来敲湿漉漉的门

一个人的灯被太阳烤过　到晚上有点发黄

一个人的寂寞挺珍贵　尽管世俗盛开

一个人每天都过平常的日子　不平常了也觉得平常

一个人跟在漏洞的后面　掉下的大米一粒不捡

一个人喜欢血　本性的前途是红的

一个人回忆过去　中午的阳光都是金子做的

一个人衣服被偷了　感到时代的夜晚很凉

一个人吃苹果的时候　苹果花开的事已全部忘光

一个人抓不住稻草　才到水田家里去借

一个人反对自己　怕自己也变成被反对的人

滴答个没完

外面当衣服穿在身上　风吹过紧巴巴的
去年的裤脚没有向上挽起　针线一直裂到今年

稻草堵住了北风的窟窿　天空像熨过那么平
屋檐一直滴答个没完　麻雀守着的积雪开始化了

有人出生了　有人死去了　田野挖下个坑
黄土还是那么新鲜　活着的人好像还不曾动过

我信风俗　生活让我认下这个死不改悔的理
狗把舌头拖进了冬天的顶尖　鹰离天空只差一米

在松针的尽头听火车　世界开来得多么慢
但它中途换了一个山洞　胃里遇到了几粒粮食

一个人穿着里面遇到了外面　花遇到了颜色
穿颜色只不过试一试　不知哪一种天气更加合适

读报纸的日子

读旧的报纸扔在一边　堆成旧报纸
每张都从开头读到末尾　连标点符号都没落下
读报纸的日子　容易把日子读成报纸
从八开的生活打开　然后再叠成八开的生活
许多消息被鸟知道了　一句一句就会传播得很远
传媒时代的路上　每条消息都走得很好
消息没落在路的后面　路却落在消息的后面
停在零公里的地方　鸟的叫声已拼出春天
水从冰的记忆里滴出来　叶子从树的记忆里发出来
我在读报的日子里显得更旧　像扔掉的消息
卖不出去　卖出去了也不值钱　而每天
新报纸的气味一读完　旧报纸的气味就攒下了

街　边

今天没有太阳　屋子是放在街边的火柴盒
火柴头在松木杆上举起　敏感的地区埋下了磷

街道卷在纸烟里抽着　从现在抽到了出生地
简历删掉了许多字数以后　被一座医院填进了病历

就怕雨下个没完　天阴得连个缝都没有
一根火柴躺在火柴盒里　像是一具潮湿的遗体

麻雀叫出的草茎很细　在阳光里倾斜到一边
下午的树叶像从前的歌声　我在电线里在等一小段铜

可能还会遇到警车　血压在最高点上没有下来
最低点也升上来　遇到警车的血需要警惕

去的地方在电灯里回来　我和电灯靠得很近
脑袋里飞进了一大团蠓虫　其中蛾子飞舞得很白

煤场子胡同

煤场子胡同　拐来拐去还是黑的
下雪天也不白　雪还像从炉筒子的拐脖飘出来
冬天的鞋底比锅里贴出的大饼子还厚
有冰的地方抽陀螺　没冰的地方倒上水也要抽陀螺
童年自觉地跟着旋转　天上的鹰一动不动
杏花不知开在这院还是那院　春天热闹一次
未来白色的杏仁还在杏核里品尝着苦涩
天空太高　不知天空阴和晴的事情是怎样安排的
当时不知道　现在不知道　以后还是不知道
生活在胡同的窗子后面　整整阴郁了一个时代
四小学把铁轨当成钟　可是没有敲到现在
黄昏低下头的是向日葵　蝙蝠从翅膀的缝隙把头抬起
北大沟里不长草了　北大沟的上沿也不种菜了
郊区把户口挪到小镇　就变成了城里人
每次混搭在其中　都觉得我混进了这个队伍
或这个队伍混进了我　我的上半生混进我的下半生
出生地如飞过的鸟　叫声也飞得那么遥远

黄　瓜

有人想我的时候　就在心里看我一眼
跟刮风的感觉不同　黄瓜也把露珠搬到了刺上

生活咬下一口就短了　再咬下一口更短了
直到一根黄瓜剩下了尾巴　那种苦晒干了也是中药

一根黄瓜有多少水　有多少水是它自己用的
有多少水用在别的地方　毫升的刻度都没留下

心里有黄瓜就清凉了许多　或是它的影子
猫把玻璃睡成了阳光　打成碎片就能和鱼取得联系

夏天很短　要去哪里呢　我弄不懂来的地方
也弄不懂去的地方　公路和公里不在一个地方

我和日子分开很久了　我和我分开很久了
黄瓜在另一个地方老了　黄瓜和黄瓜花没有遇上

青草兮兮

在诗里面擦玻璃不止一次了
不止一次反对脏　不止一次想要把玻璃擦到没有
实际的生活是低伏的　几个晒着太阳的人
从国家的大事中退出来　依然谈论着国家大事
神经兮兮　青草兮兮　蚂蚱的两条腿奋力地弹向天空
我看到的许多人都走进了玻璃　至少是走过
挤得很满的玻璃　到处都是椅子的腿
到处都是端在肩膀之上的脸　擦也擦不掉
即使擦掉了　还会有风声从世俗的方向吹来
告诉我们世俗的强大不止这些　接下来的雨水
还会点点滴滴　所以我在做着同一件事情
在不同的地方发生的同一件事情　被我反复地做着
而神经兮兮的人老了一点　神经兮兮的青草
长高了一点　隐匿几块碎玻璃的光芒
比没有打碎的生活还碎　比打碎了的生活还碎

水势微弱的下游

我是我的岸　没有被流水带走
流水是大泽乡的流水　是起义的流水
漂移全部的家当和想法　泛滥出去就没再回来
祠堂在荒草中掩映　心跳打着灯笼
收集更多的心跳　占据了水势微弱的下游
狐狸来不及变成爱情中的美女　却变成
美女簇拥的起义军首领　我用原始的方法
摆放七颗星座的石头　替上天说话
说出乌鸦的势力不可阻挡　向前发展
帮助黑夜运送箭矢　穿越城门　运送到黑夜
以远　而黑夜丢失了黑羊　剩下的白羊
挤出月光　纷纷来到河的岸边吃草

大米的安静

水田的镜子反光　公路跑出去很远
天黑也回不来　乌鸦的胃里看不见粮食
我枕着稻草　睡成一粒大米
身后粮店的门窗关闭了　并且临街安上栅板
草木吹成风声　风声里遍地起贼
我的眉目清秀一会儿　因为大米的安静
接下来的一会儿　让我坚持一会儿
因为大米煮熟的饭味　年代里有读过的水
清澈　见底　正在进入往事的沉淀
手电筒的光亮等在半道上　大米在稻草上回来
我在等着一根稻草　在我睡去的时候
世界末日里的一场大水　高过了我的床沿

担　心

担心住得好好的　还要举家搬迁
担心种好的树被人挖走了　坑里再没有补栽上
担心银行屋顶的月亮　一到晚上就是黑洞
担心雨天里挥舞的手帕　晒干以后就有缩水的可能
担心担在肩膀之上　到头来扁担压弯了
担心一张纸的合同揩屁股　也揩得没完没了
担心没在诗意里完成　也不会诗意地安居
担心人民币从我的手中转移出来　我只剩下了零头
担心不干净的钱变得干净了　因为经过了洗
担心把钱洗干净的人　睡觉的地方也离天空很近
担心我成为蚂蚁的邻居　出门就能看到
担心我也是一只蚂蚁　连树叶都搬不上楼梯
担心失去了原来　眼睁睁回不到原来
担心在诗里面失踪　所有的句子都成了孤儿

我的排比

我在心里爱一个人　却说不出来

我等在时间的长度上　也用时间的长度在等

我的背景很浅　后院井中的水用井绳拴住

我从别人的眼神中看到针　人格能够刺痛也能够缝补

我和时代上山下乡　时代挑得特别沉重

我病在一个无人知道的地方　没有药能够找到

我一边喝酒一边吃红辣椒　冒出虚妄的汗

我是地道的人民　不枕着人民币睡觉

我的生活是想象的现实　不在墙里无路可走

我在过道遇到了猫　它的脸像心在分裂

我被暧昧制造　散发看不见的气息

绕　过

一个跟着一个　一个跟着一个不回来
绕过我的人　绕不过去的树刚刚长出叶子

椅子和椅子乱了　原来的谁和谁挨着
现在的谁和谁不挨着　只有烟蒂凑成了一小撮
最后的思想被扫地出门　嘴和心里都有点苦

有点烟的会议　有点咳嗽的会议　结束了
肺在所有器官中是最清醒的　记忆也是最模糊的
不知道下次会议的椅子　是不是从树里搬出

树想不到做成椅子　椅子想不到搬进会议
每次参加会议　但每次都记不住会议内容的人
耳朵开过的火车　到下一站也没有停下

绕过所有开会的人　而最后绕过的还是自己

习　惯

离墙很近　有走不出去的感觉
砖与砖的缝隙挺挤　有的挤出了草籽发出的芽
被雨淋湿的地方　现在还是湿的
洇湿的过程比巷子漫长　像一个人的心思
躲在窗户后面　但比窗户阴郁
猫走得很轻　几乎听不到　只能用眼睛瞄到
猫是提着自己在两堵墙之间走过的
猫的叫声像一根很细的丝线　勒断了周围的空气
走在巷子中间　我的孤独是真的
巷子的孤独也是真的　真的和真的孤独
只有雨天过后还没有带走的云知道
年代里砌出的墙　走来走去地走出了巷子
脚印堆起来比日子还多　比叶子还乱
夜晚又黑了　所以我们不忘打着手电筒走路
为了这点信心　保持了多年的习惯

粗枝大叶的季节

秋天的风起自河水　到界碑的那边去吹更短的草

更高的是树　更大的是落叶　一会儿掉下一片
一会儿又掉下一片　一会儿和一会儿之间来得及散漫

怎样把钢铁碾得更薄　像白银时代的银器
像银器闪耀细腻的光泽　品质始终没有在手上结束

贵族的血还是流得很慢　用很慢的行动
证明心理很慢　并攒下陪着冬天落得太多的雪

粗枝大叶的季节　大叶掉在了大叶之上
粗枝留在了粗枝之上　河上的冰留下了鱼的鳞状

很慢的慢性病依然很慢　在一头熊的身体里
走进了树洞　一条毛毯盖在了脂肪上面

有的人走过了广场　有的人住进了周边的房子

七　天

第一天的一路风尘停在汽车旅馆门前
往楼上搬运行李　电梯上升了足足有 1 分 30 秒
第二天在山里看了大半天的山　实际上
大半天都踏着被人踏过了无数次的台阶
第三天起得比太阳还早　回来得比太阳还晚
蝉声大过树荫　一口口吃掉等待在世界外面的耐心
第四天有雾　不是看的一天　是听的一天
松树咳嗽成松塔般分明有序的层次
第五天的雨隔住了海水的咸　经过窗口的云朵
有的像大鱼吃小鱼　有的干脆吃掉了自己
第六天看纸上的风景　放大镜越放大越虚妄
实际山河的尺寸逼得脚上的鞋子无路可走
第七天已经到达了心理预定的期限　让我扶不住
从走到不走的内心立场　而站立窗前
一再感受与门发生关系的细节　正在身后响动

唯一的穷人

没有动身就回来了
不知道我要去哪里　不知道哪里到底是哪里
纸上没有现实　纸是干净的　不把现实写到纸上
纸会更加干净的　爱情隔着纸说话
黑夜就不能和纸一起被捅破　我没有爱情
我就不说话　我就拆掉路灯内心的光芒
变成大街上唯一的穷人　不敲诈树叶和银行
不敲诈花朵和储蓄所　比富人的仁慈
还要可靠　还要可以依赖　也没有仁慈得患得患失
而天亮了　一枚硬币越蹭越亮
表明穷人和富人的生活　在一天里同时开始

风　声

面对面　不如背对背

我在擦苹果挂在嘴角的一丝坏笑　苹果完全可以

转移给下一个人　但下一副牙齿是假的

在汁液流淌中　根本不承担咬与不咬的责任

而背对背　又不如面对面　从农业革命的刀对刀

隔着一条河　收复城外失地的阳光和麦子

到黄昏的马车载着乌云和乌鸦又混进了城门

我的丝绸滑如马背　凉如秋水　几朵细碎的花

也如散落的银两　在一个人回家的路上

准备买回两个人的月光　而风声起自何处

风声一阵紧似一阵　都是用来听的

我不敢面对风声　怕风声中的树叶落在脸上

如果是杨树的树叶挡住眼睛　我就看不到杨树

所以我背对风声　听杨树上的细节

一些掉到历史的黑里　一些正在成为黑的历史

记住的地方

扶着墙走过的植物　遇到豁口就开始凶猛

墙里的植物想要出来　墙外的植物想要进去
生长中的水分多出来了　寂寞的颜色也不再安分

有人贴着墙走过去了　墙贴着阳光自己走

豁口不是问题　豁口上的铁丝网才是问题
铁的花蕊　极有可能刮破蝴蝶从天空买来的衣服

墙上的大字模糊了　大字里的内涵没有走远

是我们走远了　现在和记住的地方拉大距离
血和流淌拉大距离　还有回过头看一眼的力量吗

谁蘸着石灰浆刷白了大字和一笔一画的年代

读大字的声音鼓舞植物的生长　高过了墙
有尊严的日子　墙藏着内心秘密　并且保持完整

绿是暧昧的

没有对面玻璃的折射　我差一点失去了对面

有人藏在储蓄所玻璃的后面　计较利率的高与低
我把终点写在回家的纸上　计较风的大与小

一个人贴着风在走　一个人贴着墙在走
在白色墙皮上　像不断把自己和影子画出来一样

树梢在虚心里高出一点　学习了若有若无的绿
绿是暧昧的　散发杨木做出一把椅子的气味

谁在不断地经过谁　谁被谁不断地经过
中午的指针　同时遇到大街上黑色沥青的十字

我在心虚里矮了下来　像许多人在心理下面
像许多树的下半身在许多树的上半身下面

天空的蓝　只是我们经常看到涂在外面的一层

传统的黑

黄昏是落在桥栏上的一群麻雀　忽然不见了

黑夜比河水的两岸还宽　比河水的下游还长
有人没有睡去　灯光下做着白天没有做完的事情

白天总是看着很近　借着汽车盖子油漆过的光线
在眼前晃来晃去　一次理想的远到底能有多远

乌鸦在捷径里出现　飞是捷径中最简单的一种
没有一只乌鸦不把白天的反面直接穿在自己的身上

在雨水里越洗越黑和在阳光下越晒越黑一样
穿着这样的工作服　本身就是工作中最大的缺点

黑夜依然在传统里黑着　黑成有星光的传统
手电筒用两节 5 号电池的力量　掏出很浅的洞

在积满忧郁的内心　又多出许多蝙蝠的翅膀

中间状态

说不出来为现实准备好的话
现实是不说话的　在春天的路边检修春天的内部
双手沾满不同方向的鸟声　又向不同方向飞去
杨树的树梢被忽略　新发出的叶子
给自己留下多少长大的空间　风中的旗帜
只是在旗杆上飘　象征中说出来的一丝一缕
周围的草都能听到　草在普遍中生长
找到的根须也生长普遍　白天很快地不再白天
正如夜晚很快地正在夜晚　寂静中的忍耐
首先要忍耐寂静　我站在虚无的地方
比我站在树和灯光之间还虚无　比经过还虚无
就像恐惧之后的恐惧　比恐惧的发生还恐惧
我揣着一道闪电向后来走去　一个瞬间里的意义
后来可能就没有了　接下的好多个夜晚
我都在寻找白天的白　企图粉刷在墙壁上面
证明真实和不真实　我正好处在中间状态

四平的符号

还得把掉进洼地里的硬币找到
现在我们需要零头　生活的尾数不能忽略零头
我们把零头攒在最不起眼的地方　草攒在生长里
日子久了　草尖就把今后的天空针灸蓝了
我在做着证明我的事情　尽管证明是虚弱的
但把纸搓皱在手里　擦亮了玻璃就等于擦亮了眼睛
早开的花开过了　晚开的花正在开　还有早晨
在露珠里刚刚醒来　打开一扇最小的窗子
最小的心跳是紧张的蚂蚁　爬到中国葵花的瓣上
险些来到了外国　只是不能背叛身体里的洞穴
也不能背叛带有国籍的气味　在四平的家里
反复在现实的纸上寻找理想的途径　四平的符号
还是太大了　不是实际公里计算出来的数据
而是数据在心里计算出来的公里　像许多年前
在相同的世界做一个不同的人有多难
现在继续做一个不同的人　不同于坏人的好
不同于好人的好　在相同的世界依然很难

怀　念

在没有水的地方　水库是一种想法
从那个年代挖出来　也把那个年代装在了里面

一根芦苇在水里学会了呼吸　接下就是无数根
大风扛着它们在水上跑过　一直跑到了屋顶

屋顶是干净的　看着水的窗子是干净的
抬眼看过去　那个年代站在那　几乎一尘不染

只是没有等这个年代老去　我却首先老了
怀念和我一起老去的人　他们现在都在哪里

原来在教科书里认识的旗帜　已经飘到了外面
从红布里的红　到红丝绸里的红　现在柔软多了

人希望长大　也经不起长大　最后也怕长大

是水好　是水库好　还是水库的水装得正好更好

那个年代在水里洗过了　这个年代也在洗
在水里洗的水　互相洗的水　水都不认识水了

胶布的十字路口

用胶布将纱布贴在脸上
虚无的脸经过虚无的玻璃　经过并不虚无
我忍受面对的疼痛　在胶布的十字路口上徘徊已久
一如现在的表情里有药的气味　追着疼痛
跑在整个脸上　社会的脸是大家放在一起的脸
有凑集和寄存的意思　说不定哪一天还要从中拿走
一个不代表出事地点的白天　因为所剩无几
周围埋伏着可能出事的危险就渐渐黑了
胶布的十字路口　是天空受伤以后走的路
从伤口里找到玻璃的碎片　再把碎片放到玻璃里
把血放到血液里　如果包扎是一次拯救
那么包扎自己　应该是拯救中最小的一次
并且完成了自己　疼痛和药发生的关系
改变了疼痛从确定开始到不确定结束
像秋天逼近的气息　从我的身前绕到我的身后
粮食打田野经过　几乎就是多余出来的鸟声

我和我

不说话　我和我不说话
羊穿着羊毛走过草地　直到最后没有青草
多云的天空露出蓝色的伤疤　一如河水露出了石头
风把火车带到落叶的前面　地势遇到了心理
还是一个上坡　一些人改变了时代
一些人被时代改变了　沿着比铁轨还长的欲望
随时准备拣拾松动的铆钉　落雪的周围
把雪藏进雪里　把寒冷藏进寒冷　大得没有周围
谁在这片白中不是白的　在白中承担了白
也在黑中承担了黑　唯有乌鸦的眼神
蔑视死亡　在心思中动了一动　我和我
一个从前的我　没有赶上春天的火车　错过了
正点　揣着乌鸦的使命走到了我的现在
一条大河的时代经过我　赶上了冬天
在早晨的大雾里上路　却又迟疑地起得很晚

白色问候

一只经过许多花朵的蜜蜂　没有来到中午

在一滴露水里作为早晨的邻居　我也醒得很晚
像一只药瓶没有打开盖子　药片没有倒出来

白色的阿司匹林　一天中吃下一片的白色问候

偏头痛偏在了左面　右面的幻灯片子也开始旧了
在一个年代的记忆里磨损着记忆　有点卡

身后种下了稻子和稻草人　公里藏在杨树中间

为了保证不丢失　我很久没有上路了
为了保证内心完整　我很久没有在想法里交谈了

睫毛站在眼睛周围　因为看到眼睛而看到自己

半个月亮在水里是半个　剩下的半个在天上
等待在云的背后一点点擦亮　然后再放到水里

虚　幻

我以为我是粗糙的　没把时间的指针打磨成秒
旧军队的脚步踩乱了山河　还得从头收拾

其实是从世界而来的诗歌又忽略了诗歌外面的世界
疗养院只恢复了骨骼　肌肉　和血的流淌

必须坐下来和心理的镜子说说话　一边看着自己
一边照顾好镜子　弹孔周围散发迷离的光芒

别拿一面完整的镜子来照一面镜子的不完整
不完整曾经是完整的　安静地丢失在枪声以前

给它以时间　在墙壁一样白的表盘上　精确地给
一秒一秒地给　直到屋檐的雨水滴成另一面镜子

草长在山河之上　是山河的零头　绿是零头
黄是零头　野火烧也烧不尽　长出来还是零头

把打碎的镜子藏起来　一片片收集到内心
从前沿阵地到前沿阵地　开阔地的草跑出多少公里

死去的心理被死安慰过了　活着的心理被活养着
是怎样的安慰　是多少次之后怎样的安慰

血在起伏中依然热　草在路上越聚越多
雨后的天空修复好了　照在心理的镜子还是虚幻

蓖　麻

分开蓖麻的大叶子　闻到有人走来
或露水滚来滚去　准备寻找早晨的出口

小路像一根血管　流淌着我的血
思想在这里经过的时候　极有被染红的可能
血是藏进思想的花朵　并且等待盛开
花蕊藏得很深　花瓣打开了　香气就会传播很远

蓖麻杆又细又高　一再往上生长
蓖麻的叶子薄而轻柔　如纱布裹着棉花
伤口躺在里面　也想睡上一觉
醒来的指针就匆忙　向着天空里的蓝色划动

蓖麻籽让我晕眩一小会儿　现实就丢在一小会儿里

东平安村

东平安村　是乡里最靠东边的村子
被公路甩了出来　过着踩毛毛道的日子

在平原很平的地方　有块地靠近河边
隔着柳树趟子就能看见一条条垄沟
像烫绒裤子的垄沟一样　走出很远还看不到头

麦子黄了　傍晚里麦芒的尖就扎出星星
疼是不经意的　扎出口子也能代表天空呼吸
随后种下白菜的词语也长得很好

大坑沤的麻　把水沤臭了　麻才能扒下来
搓出拴生活的绳子　生活陷得很低
就往上拽　心里种下松树长大以后变成的梯子

为了爱情出走　心就在毛毛道上跳到了外面
背影比庄稼还深　鞋子比平原还远

一个想法站在了蚊子曾经叮咬过的地方

东平安鬼祟　杨树上搭起乌鸦窠臼的雏形

孙家洼子

姥姥家的根在这里　像豆根结出豆荚
罗盘的方向一再神秘　孙家洼子也挺神秘

四姨出嫁那天　孙家洼子还很洼　但天气晴朗
对岸淘金的淘出了金子　正在燃放鞭炮

照片上见过的三姨　是穿旗袍的三姨
在年久日深的黑白背景里　脸像嗑出的一粒瓜子

母亲从孙家洼子看到了六合窑　看到父亲
跟着他的父亲在种地　当时还是个孩子

很倔的四姨父　赶车把马也赶得很倔
他总是在心里盘算什么　烟雾从胡子里飘出

后来四姨变老了　老了也没能改变脸上的慈善
几块砖搭的祠堂里　每天她都供奉香火

四姨和母亲盘腿坐在炕上　一边说着闲话
一边打着麻绳　准备纳出一双能走到很远的鞋底

在孙家洼子见过的四姨　后来在我家也见过
四姨的头发很黑　像是出门碰见了夜色

母亲的性子急　和四姨的慢性子正好相反
孙家洼子的急是雨下得急　慢是雨后阳光的慢

孙家洼子的风中　姥爷仅仅是一个传说
母亲说姥爷是教书的　四姨说姥爷就是风水先生

诗语录（记得）

1

记忆的云朵从山后飘来　像是头发
拽着思想跑去　天黑之前有下雨的可能

2

种瓜得瓜　种豆得豆　抽廉价的香烟
想比天大的事情　从此我们就不知天高地厚

3

把太阳理解成种子　落下去就等于种下去
早晨长出光芒　也长出早晨的露珠

4

炮弹壳当钟使唤　挂在小队部的院子里

钟声敲响了　连溜地敲响　有追赶灵魂的感觉

5

人从被窝里爬了出来　困劲又梦见了被窝
在水井里照了半天　以为眼睛是星星

6

出生的年代错了　长大的年代错了
年代里的我突然缺席了　椅子上坐的是别人

7

跑到心里的岔道上　没有人在私下等我
是我在等自己　失意养成了一种习惯

8

麻雀飞进了屋檐　黄昏是一种颜色
也是一种情绪　脸的花瓣收养内心的泪水

9

“在这片贫瘠的土地上　只有权力之花盛开”

一个家族的势力　到达了顶尖就是权力

10

我们被阳光串在一起　串着也是拷问

人字形的山坡搭在山顶　哪一面会绿得长久

11

离开家的路很长　加上心里的长度更长了

生病的日子过来了　没生病的日子是怎么过的

12

玉米丰收了　垄沟用最后的力气拽回来

工分在清贫的水面上一再打出水漂

13

有人递过来一个眼神　放在心里扑腾一会儿
霜降到来会飞走吗　去寻找比这里温暖的磁场

14

很广的天　很阔的地　心脏始终在左面跳动
秋天是敏感的词　秋天的草木也会用兵

15

一场风暴渐渐平息　头发上留下了风
按风的形状梳理多少年　一直寓意到今天

16

柳树形成的壕　落满了树叶　躺在壕里
如同躺在没有铺盖的心里　与外界彻底失去联系

17

场院上只有广播　高处发出的声音一再尖利
或缺少性别的温柔　声音的棱角硌得好疼

18

我漫山遍野地抓蝈蝈　绿色的声音叫得好听
树叶大小的阴凉　是躲着阳光的眼睛

19

父亲老了　无助地喝酒　苦也喝到了心里
他假装麻木　假装不关心　生活把人逼成这样

20

他的没有办法　把手举起也抓不到天空
高高的天空没有云　一滴雨也下不到渴里

诗语录（连接）

1

抓不住的时间泥鳅一样滑溜
嘴里吐出的泥来自水草游动的灵感

2

水的老家在很高的地方　装在冰的瓶子
记忆打开了往事拧得很紧的瓶盖

3

羊群领头吃草的羊　一再领头吃草
羊穿上羊自己的衣服　被后面的狼追得很紧

4

好看的花朵有了好的名字　有毒的花朵

有了好的名字才能把毒种得很深

5

小人来自朋友　相当于亲人以外的亲人
小人像根锥子　总把周围扎个窟窿

6

在时间里欠下多少　换个时间就得还上多少
有人于红尘里举着灯正在一旁看着呢

7

我的影子　你的影子　他的影子
阳光挤在一块　说不定踩着的就是自己

8

赶出村庄的马车　碾碎了晒干的泥
马车在红尘的滚动中一路颠下很细的粉末

9

稻草是收获稻子时候的另一种收获
爬上房顶的稻草苫出了两个坡度

10

窗子在田野打开很远　有人从风中来
有人从雨中来　想来想去的人在半道上停下

11

一片玉米　一群麻雀　是一个整体
老鸹在老鸹林子的树上也是一个整体

12

辽河流到这里才是中途　稻子扬花的中途
马灯守着马的中途　月亮有点失眠

13

我对一片土地的陌生　像我对一个女人的陌生
土地和女人　私有财产一样看重

14

接受了农民的再教育　我也教育了农民
广阔天地里　一所辩证的学校正在添砖加瓦

15

用诗理解的生活　比生活的走来还要细微
春天顺着冰柱融化　砸下点点滴滴

16

劳动服越洗越褪色　很厚的布料洗薄了
很深的蓝洗浅了　肩膀上站起又红又肿的日子

17

乌鸦在玻璃里看到自己　自己飞走了
以为自己留下了　乌鸦把碎玻璃叫了一地

18

从一个时代来到一个时代　换了身衣服而已
门被回手带上　想在暗里吐出的丝很白

19

我是这片土地的儿子　我们大家都是
我从大家中走来　只想在树中搬出把椅子

20

火车提速了　我还没有提速　也很少出门远行
沿着地图小黑点似的车站　一颗心走不动了

意象 14 行

头发掉了　落进书中的一个词里
阅读它的人　卡在两个情节的中间

阳光照耀树叶　背面藏着它的心思
鸟声　越听越细　或越听越远

一只猫遇到了什么　尾巴突然变得粗壮
脊背的毛炸起来　心里捻出了针

黄瓜要长大的想法　一天比一天着急
吊在自己的水分里　走过多少雨天

没有想法的想法写出来　像天空无云
像建国初期的蓝　又扎到了麦芒

不急于想什么　不急于说什么

看到一棵树的影子，我们寻找一棵树

心里起伏　一条路已经假设了多年

走来　走去　泥还是粘住了鞋底

营城子（之二）

公里在路上　你被公里带走了
阳光在玻璃上碎了　然后你又被阳光带走

这个世界给了你多少　又拿走了多少
包括你喜欢的书　它的脊背太高了　翻也翻不过去

营城子的麦子黄了　豆角花也开在门前
你想在叙述的想法里遇到我的地址

其实和自言自语一样　我不过是对面的假设
灵魂的上升　必须有洗干净的手来扶持

时代走得那么着急　硬币的滚动停不下来
你在我心里住了很久了　黄昏是我用颜料涂抹的

你在水房里读书　却能嗅到水管子接头的锈味
你把锈味读进书里　漏下的水也挺黄

不怕突然　就怕突然停止　停止意味着

花蕊的香气传递过来　蜜蜂的针还疼在途中

我是两个人

年轻的时候　我和我是一个人
镜子中的我和照镜子的我　是一个人
我站在镜子外面的风中许多年了
路口被吹得歪斜了　镜子的四边形还没找到镜框
像被云擦得干净的一小块天空
阳光贴在上面　晴得像是一种遗忘
一个路口又一个路口走过了
路口里藏了什么　是酒店的幌还是暧昧的灯光
一块砖带领许多块砖砌的墙很长
圈进了现实的杨树　叶子却掉在了心里
年轻时没想到现在的老和老到现在
以前记住的是很久的以前　现在转身就忘了
一个是我　一个是看着我的我
现在我是两个人　我看我得分开来看

穿着水的鞋子

人怎么能和芦苇相比　走过一公里
又走过一公里　在途中歇下来　人比尘埃还累

不像芦苇穿着水的鞋子走路　不但脚上干净
灵魂也被装饰成云　一朵　在现实的屋顶可能下雨
一朵　下过雨就可能成为天气的历史
数着一根根芦苇　一根根阳光都是新的

有源头的水不是死水　也不会一点一滴烂掉
芦苇用根性呼吸在水里　这样的前途谁也改变不了
登上梯子远望秋天和被秋天望得更远
思想里的花开出了白色　意味着一尘不染

坐在黄昏的石头上　谁又往石头里填进了柴火

旧地址里生长的草

我不相信你的语言
就像你不相信在语言里看到屋顶　几片瓦碎了
天空很容易掉进蓝墨水瓶里　颜色
更深一些　我和邻居晒着正在生长的太阳
从早晨的八九点钟开始　到中午
每个人都在自己的阴影里变矮　变得沉默
旧街道也像裤裆分开的叉　朝着不同方向
散发中午的气味　而八九点钟过去了
我也有点变旧的感觉　像旧地址里生长的草
长着长着　就和去年一样了　当然
也是今年的它们　让我想到了去年
想到更多去年的去年

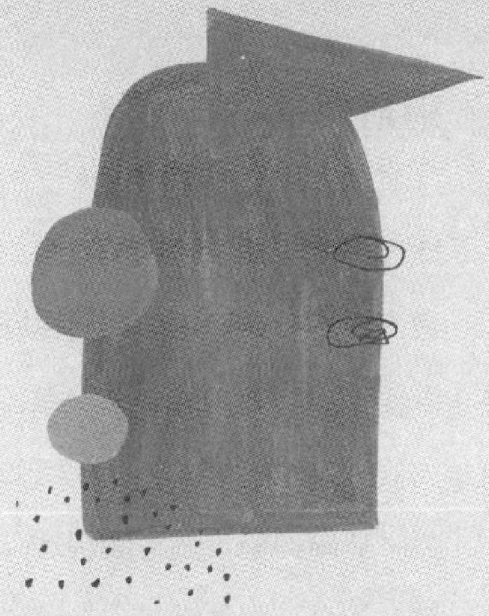

第四辑

迢迢你我

迢迢你我

北方，又下雪了。一行脚印
被洁白拓出来，这个冬天在心里能走出多远
一不小心，脚印就被风吹跑了
如同心跳散漫出去，走到哪都被天气肆虐
雪，填平沟豁，埋下陷阱
迷路就是一脚踩进去，一棵枯草拼命呼喊
冷颤抖出节奏，一时半会儿停不下来
我在想长江以南，一条丝巾一样飘忽不定
湿润。柔滑。拂面。浪在听
螃蟹洞穴，啪嗒，啪嗒，鼓动着泥沙气泡
想起你，光着脚丫，提着鞋子
走向童年时光。一缕发丝，粘在嘴角纹路
在时间通道，北方一下遇到南方
你是树，结着红樱桃；我是雪，深藏进去
点点滴滴化了，点点滴滴都是相思
精神飘带有多长，一条路在天空下就有多长
北方于你，南方于我，迢迢你我

相拥

雪，有一种宁静味道
呼吸天地之间，经鼻子隧孔，瞬间到达心里
门是自己，推开自己，关上自己
玻璃晃成了恍惚。去年一转身到达今年
隔黄河，再隔长江；水重复水
水又长又远。太阳在水上，升起又落下
一个人和一个人，迢迢摆渡
雪，以洁白，落下洁白，想要掩藏什么
慌乱，寻找，发现，惊喜
我在我这里等你，你在你那里等我，我和你
分领两条水系。春风撩萦心头
燕子从江南雾里飞来，掠北方剪剪柳丝
春天，北方，怀抱，而相拥
气温在零摄氏度以上，青杏子一下红到墙外
不知身在何处，在心里暂时住下
温柔，水感无边无际；热烈，沙子铺成水床
一颗红樱桃，眼看要撑破自己

没有多余出那个中间

一树樱花，准备好了花期和心跳
从墙里探讨出来。墙里隐秘，长出昆虫翅膀

樱花。你。开出汉语修辞，谁被谁比喻
雨里流出大街，水声就是方向

心里有花序，扶住茎秆，扶住摇和摆
忽左，又忽右。茎秆和影子，相互成为意象

一夜雨声，让你听到早晨，心点点滴滴
低洼处聚成水坑。树湿成一个样子

你在现实里，不远也不近，正好青春
我被突然一下，自己离自己，稍微远了一点

春风好大，路起起伏伏，从南方吹到北方

被现实以外找到，你是我，我是你

灵魂，纯洁地开在黑暗，如黑白照片
白就是白，黑就是黑，没有多余出那个中间

是我错过了风景

在琴声里走过，风变成琴弦。
电线杆拉着电线，落下几只鸟儿
那种意境在窗外，一再使城市
向郊区过渡。一张张白纸，没订成小本子
写诗。不知为什么写诗
不知写诗为什么？多少年了，我和我已经
失去联系。我住在原来里多少年
在春天，听风声吹动玻璃，吹动水晶之心
别人路过我，我也路过别人
我还是我，别人还是别人，路过没有到达
心里有过风景，我又错过了风景
梦里江南，在水边多水，多出一圈圈涟漪
在一首词里荫着，婉约到今天
昆腔拖着水，拖着以往意境，到达今天孤独
琴被风声吹过，拨动虚无

长到了花荫以外

树荫高大，小院深藏。小囡囡
读书声和眼神，不假思索，读出了墙外
像一只鸟，叫得幽深，声声好听
从“雨横风狂三月暮”，一下就认识了欧阳修
宋词从筋里走出，懂得却没有办法
童年薄如一张宣纸，水墨意境深深洇着
你提着小竹篮，一瓣瓣捡拾落花
寓意里面，捡拾了自己。同时把风揣进兜里
小囡囡，做梦也想不到长大了
长到了花荫以外。阳光对小院恍如隔世
你，安静在自己心里，如花墙青砖
“门掩黄昏，无计留春住”，你轻轻“唉”了一声
无奈，无奈，好花总是无奈
藤萝住在小院，遮掩存在，像不再存在
有多少童年往事，隔墙吹到今天

两岸关关雎鸠

我知道，春天又来到四平
比坐高铁还快，坐树梢荡漾过来，一路起伏
回忆镶在窗框里，风声把玻璃吹得很薄
隔壁银中杨跟细雨悄悄说话
开始点点滴滴，后来也点点滴滴
唯点点滴滴，衬衫棉线里才能湿出经纬
我在四平，想你突然出现过
南方文化里生长出冷艳，插在思考正好
那时我和你：面对，擦肩，错过
我在四平生长如土，你在溧阳生长如水
爱情之花盛开，中间隔着千里
心里有土壤，我栽一只瓜，你撒一粒豆
相思自长江流来，两岸关关雎鸠
四平严冬已过，春讯早早，银中杨一吐新叶
树荫洇开，等溧阳有人走过

等你不准时下班

在倒车镜里，反射出一条大街
太阳又大又亮。红樱桃红上天空，以此象征

不知要向哪里去，不知去哪里干什么
一个人在现实，被许多想法作茧

周末，上午，没事，心闲，游荡，等谁
词语，深入，时间，恍惚，树荫，一再斑驳

大地运动，留下山，留下川，留下人
相互作为镜子，照出美与不美

每天坐在家门口，等你不准时下班
伊人美丽。伊人辛苦。伊人匆匆。伊人儒糯

儿童变老了，头发变白了，岁月下雪了
翻遍沧桑日子，许多事留在原来

东南有水，东南有渡

东南有水，东南有渡
溧阳波兮竹叶下，落在心里就是小船
风声路过这里，风在自言自语
竹叶也在自言自语，说什么都空得抓不回来

看过去，东南方向，从《易经》里流淌出来
一条鱼游出阴阳，鳞是黑白

有个丫头，在水一方，在东南生长
身后连着童年水巷，欸乃一声
苍鹭飞起来，落下这件事，一件件非常遥远
在雪泥鸿爪中，我仔细辨认

心里有家，远方有家，在四书五经里
读出另一个我。如形意方块汉字

你我，在意象里重逢，隔着
一南一北两条水。浊流自为浊，清流自为清

孔雀东南飞来，我守着一棵梓树
结着依依长豆角，为这个世纪爱情加冕

我是冻土，你是春天，上天总在赐予季节
你慢慢地洇，我在根须里听到雷声

在你下颚线里走过

水乡延展水乡，平原延展平原
电线勒映在水里，一段往事，不断发生颤抖

稻子灵性地绿了、黄了，闻到稻米香味
水里光阴荡漾，拔出一截藕白小腿

污泥，莲蓬，菱角，炊烟，日子
两岸，浓荫，苍鹭，巢穴，欸乃。落日远沉

往事沉溺于水，一次次打捞，一串串泡沫
一句话说进瓶颈，我捡到一瓶天意

在你下颚线里走过，也走进清纯迷人
个人风景区，归溧阳管辖，也归一颗痣所属

一根细线条，灵魂紧随下颚，乜斜空旷

思托起苍茫雾霭，念结晶红透樱桃

水从远方泛滥，冲击平原，一畦畦地
插下脚印和秧苗。也冲击灵魂，被下颚托起

在地理半径上

在地理半径上，你首先
看到自己，然后是涵田半岛。陆地到了尽头
一切都被海风吹送，成为身后
时间拉长了现代公里，阳光让时间恍惚
你身在现实，心在现实之外
佛光长满翅膀，飞向哪里，就到达哪里
水在沉静，沉静让你看得深邃
茉莉递过来清香，如闻到美人幽深纯洁
眼神只一瞥，浪花就碎了
车轮在商业里奔跑，心却在佛光里安静
青砖垒起，没有挡住柏树梢头
爱在生长里面，心跳就会有无数种可能
风，长发，表达，交给空灵
现实回来了，脚印，如鞋底扔在海边沙子上
领着自己走去，心到底住在哪里

你就感到自己灵了

童年在私塾里，也是一种藏
鸟藏在樱树叶里，你藏在“灼灼其华”吟诵里
有多少人路过，你一点也不知道
他们是水分，多余出来，被天地间吸收
《诗经》流过你家门前，一个花瓣
和颜色，掉到了水里，从此你开始忧伤
忧伤形状，正如一种怀念
现实引申为诗意，诗意之外，现实一丝不挂
你害怕看到，也害怕被谁看到
你想，雾里多好，看不清也是一种感觉
而看清了，一点意思都没有
藤萝编织出鸟声，总在你周围反反复复
坐在树荫下，一种想，时间长了
你就感到自己灵了，天和地对你暗示了什么
面朝北方祈祷，冰雪正在融化

在东岳庙看蝴蝶

沧桑一想，你没有出生那年
我正在上山下乡种地。爱情，蕴在天边云里
小囡囡安静着，在东岳庙看蝴蝶
金色大柱子，辉煌排列，天空从来处来
太阳向落处落。月亮出入无声
两朵云，忽密忽疏，缝隙间任月影移动
东岳庙在大河边上，你也住在大河
边上。沉默成为邻居，沉默是最好语言
东岳庙，每件物什都能够说话
修炼是静，意境是静，喧哗在花墙外面
从私塾后院小门，到东岳庙回廊
羽化白色蝴蝶，灵光一现，折叠地飞去
是蝴蝶幻化成小囡囡，还是小囡囡
幻化成蝴蝶。庄子境界，东岳庙怎能装得下
多出来那一点，就送到 24 年以后

红也是一滴心色

有人在想里，带走了自己
眼前是另一个世界。有人留下来，看着人流
想不出一条大街，寂寞如自己
事业，场面，车子，票子，手机，微信
爱人，情人，友谊，哥们儿
杨树长高了一个时代，树皮保有着银灰
背景不再清晰，雾霾说来就来
窗玻璃上淋雨了，看见雨点像诗往下淌
雨天，干净，内心，童话，而我
不喜欢现在，不喜欢自己，被天气决定
过去许多年了，能回到过去吗
涵田半岛，有人在等我，也是在等自己
雨巷里，戴望舒踟蹰到哪了
红樱桃一样，红樱桃一样，红也是一滴心色
一种滋味，在心里滋味了多少年

你来自年龄上游

春天来了，燕子在风中偏出自己
一路掉下呢喃。河边黑泥，重新衔上了屋檐

长窗变得越来越长，寂寞飞了一地鸿毛
被一个伟人断语为很轻、很轻

地气和人影交织，树从树根里站起
树枝交叉树枝，树叶覆盖树叶，可以做巢

大地，里边融化很透，外边开始泥泞
谁和谁，哧溜一下滑到春天以后

一个人从上坡走来，我在下坡接住
春天发生了什么，什么都可以在春天里发生

门关得很紧，轻易不开，开就吱嘎一声
迈出门槛，脚后跟在门里粉嫩一下

你来自年龄上游，我在年龄下游等你
小屋，灯光，纸张，尺子，剪刀，随时发生

不问你有多远，只想你有多近，南和北
两个方向，在相悖中走到了一起

心里有就有，梦里有就有，有就是有
没有就是没有。种在你心里，引长江水灌溉

激流，拍打，回旋，落差，雷鸣，轰然
生于水，归于水，洗于水，洁于水

伊人在水一方

从大风歌中走来，长发梳风

天地间，伊人在水一方，在一诗一词里回眸

风景知道你来，种在你的手边

梨花的白，没有你的纯洁白；樱桃的红

红不过你的深情。红和白

每一种颜色，都能裁出雅的风格和意境

古筝的弦溅出一滴幽字，伊人走过

带着汉服的风，带着汉服的韵，心与心相遇

初恋般跳个不停。临风阔阔兮

典步款款兮，身着汉服来，一心赴前缘

以奉茶，以拨弦，以真心换灵犀

天地间描写出浩荡风声，江山不敢孤独

长发袅袅披肩，一丝一缕织出品质

你爱，我就是你的色；你爱，我就是你的款

断桥流水，波光乍泄，我心流连

还是“采采芣苢”

“采采芣苢，薄言采之。”
在小院里背诵，在郊外采摘，大地光芒万丈
柳丝抽得万千条，拂动早晨阳光
走出采芣苢歌，已经多年，回头看早晨
太阳升在三竿以上。照亮瓦隙
高过肩胛，一颗红樱桃，蕴含血色意境
心里总耕耘菜蔬，许多年了
食之，如水；如水，食之；干干净净地
生长一种内蕴。心里有一种执念
如雨露潜入幽深夜晚，醒来就醍醐灌顶
吃食没有欲望，没有欲望吃食
仙女丝睡在雾里，准备穿出另一个江南
“采采芣苢”，还是“采采芣苢”
毛毛道踩成了记忆，脚窝有五根脚趾在蠕动
汪出小水洼，照出一个转瞬童年

你和我一起醒来

过几天，野菜发芽了，春天用手
梳理每根枝条筋脉。枯草又把大地捂暖过来

昆虫在茧丝里蠕动，在迷离中长出翅膀
向以后飞去，仅仅是一种可能

有人用眼神意味了一下，料峭很薄
贴在树叶后面，捡拾一片，读不懂上天寓意

小路崎岖，和修行一样微妙，引领寺顶
在大千之外，鸟伏状，似飞似落

下雨了，窗玻璃被雨淌得有点抑郁
把我想到早晨来，窗子提捏起一截红色裙裾

现实有梦。梦里有梦。骑着时间快马

拉着一生精神家当，就为寻你

溧阳，正在下雨。四平，雪刚融化

在两个地方，在两个早晨，我和你一起醒来

在南方枝叶间

在南方枝叶间，水果灵性盈盈
悬在露水里。眼神搭一座桥，燕子如一支闪电
清香从天空飘下，用嘴唇接住
风从南方吹来，那种湿润，路过北方旱情
一粒种子蠕动了，芽要说话
饱满，撑破，生长，晕眩。心向极限跳动
水和沙子，涌在脚下，自然之手
一会儿摸几下，一会儿摸几下，流动充满电感
浪摔成一堆白雪。不能自主了
心跳属于自己，自己决定，怎样属于别人
认识，不是路上遇见，平常碰面
用心认识，心长出翅膀，心就飞离了大地
抽离了什么，装进了什么
心，揖在心里，佛光从意象站成万丈光芒
我相信，种瓜得瓜，种豆得豆
云相信天空，天空相信云，云和天空一起呼吸
因为种下，种子和土地相互期待

妈妈让你提着灯笼

海，是另外一个世界
推开大地离开了，浪花和泡沫，都捡不起来
温柔是一件事，用灯笼提在手上
只留下沙子、贝壳、爪印，和拂面海风
你很小、很孤独地来到这里
妈妈让你提着灯笼，妈妈把心放在里面
前面无限宽广，身后无限延伸
你陪着自己，我没有像夜晚，那样陪你
你心里种下暗语，狡黠闪烁
天上一道冷峻星光，一种爱怜把你仁慈
灯笼，心跳，小脚印走不出直线
上天给你大海，给你灯笼，也给你孤独
有多少颗神秘种子，撒在心里
芽，在内心萌发，神秘长大，今天已经
拱移开了上天之手，也拱移开了
竹子疏影。竹子可以做伐子，载着两颗心跳
在你我梦里，划到了现实外面

瓦从青色回到青色

“零落成泥碾作尘”，这句词义
扎疼了小囡囡。两条小辫子，风里荡来荡去
落花本无意，在仰起目光中滑落
仅一乜斜，就读懂一瓣落花、一缕风尘
懂是种天性，苍茫被天空懂了
天空被大地懂了，我在这被你在那懂了
小囡囡那么小，就迈过诗意门槛
是落花始终追赶她呢，还是她始终追赶落花
命，被相互比拟着，比风还薄
一只小竹篮，一次次地捡，捡落下花瓣
捡红尘之逆旅，捡小囡囡唉一声
稚嫩叹息，如一把锋利小刀，在心走过
人生总有些不同，我在集体户
你在北方广阔天地外面，读着宋朝一个词人
把梅花和自己，暗喻在一起去写
长天长长，长风浩浩，长揖者长揖我心
天不是虚妄，地不是虚妄，灵
自灵，灵无可代替，玻璃闪过前世今生

光影在几毫米里存在，就是永恒

人生本无言，本不可说破，涅槃是一场大火

支柱没有支柱，瓦从青色回到青色

小板凳寂静

河边有脚印润过来，好像去年踩的

在今年，人间和神拉开距离
拉开以后，人还是人；神转过身就长出翅膀
不知道飞向哪里。神无所不在
有时候不存在，就存在着一种可能

树叶腐烂出一股泥土味，让我鼻子敏感

打出喷嚏，周围静得像玻璃一闪
沉静遇到烦躁，方形时间就哗啦一声结束了
你在童年私塾着，面对老先生
小板凳寂静，花香无意飘过，你要开花

溧阳，你穿着这个名字，许多年了

小丫头长大了，许多年了。身后背景
总在风云，鉴定文化和时代，是否亲子关系

原来镜子又深又远，现在变浅了

在水边，在玻璃折射以外，你一波三折

曲折，幽远，迷离，内旷，自撑。

然后顺水渡我

社渚河流动两岸，一边经过
一边放在身后。油菜花在盛开一词进入金黄
无边，齐天，好看，色灾，晕厥
经典童年，欸乃一声，“在河之洲”侧过
一朵浪花白，捉住两只小脚丫
你觉得人间之路，游在水里有多么意念
樱桃在樱桃花里受孕，为上天旨意
寺院钟声，把时间和时间，有意从中间断开
小脚丫漂走了，留下两只影子
等小脚丫回来说话。路是心里另一种走
如云在天空里走，如雨在云里走
下雨，下在汉语里，汉语也湿在下雨里
今年是哪一年，今天是哪一天
文化过程，意象荏苒，小囡囡眼神抓住什么
抓住渡，先渡自己，然后顺水渡我

长大就是一转眼工夫

社渚河，流过多少朝代，流过
你家门口。对联褪了颜色，总把新桃换旧符
墙里开出灼灼樱花，如今年眼神
看眼前世事沧桑。长大就是一转眼工夫
血亲老了，院子老了，房子
也老了。童年有支歌谣，飞去没再回来
墙与日俱增，阴影也是一种长大
你光着小脚丫，蹚着社渚河，一个一个日子
流去了，没一个能再回来看你
院中发酵四书五经。童年，单调，孤独
社渚河，摸着社渚镇走过了
神社，社祭，香火，赏花，游玩，流连
太阳在两朵浮云之间，擦隙而过
路过老院子，藤和叶子，向着天空无限生长
心怦然跳动那一年，到底是哪一年

淬炼才改变颜色

某个季节，某个日子
夹在生活里，一根刺成熟了，只需轻轻一截
记忆就会重新回来。樱花蓓蕾
在信仰中开放，枝条从年轮里长出斑驳
一朵云借助天空，从没有雨意中
飘向雨意。什么把我隔开，一堵墙那边
多少种树在开花，开多少种花
有人渡自己。有人又渡别人。也是通过自己
大河穿过俗世，沿途捎走了岁月
河床空空，鹅卵石浑圆，水声声声打磨
寺里有人坐了一天，出入境界
最后也没说破。渡和被渡丈量好了尺寸
心，在暗语中暗示，完成私人订制
青砖墙长满岁月苔痕，人和樱花比喻了一下
用手接住轻轻摇曳，再去翻阅
岁月，季节，日子，灵魂和肉加在一起
加出了你我。我不明白这个世界
这个世界也不明白我，不明白才叫活着

风要带走我吗，头发凌乱了

未来长满草，草淹没途径，心怦然跳向远方

一块砖取自火中，淬炼才改变颜色

境界在树的旁边

有树，生自墙里。小心的枝叶
不小心出墙了。树犯下汁液流淌太快的错误
春夏秋冬，一次次地轮回，人性
也在血液里轮回吗？我是一根青色木头
我想我还不成熟。修行有墙
修行以墙为限，凡俗之词轻轻一推就倒
佛在意念中，给予你多少压力
同时也给予你多少承受。地脉流动于根
落雨滋润于心。煎熬，在分割你
成为碎片；碎是合的开始，碎的光芒中
一个词，很黏地捡回来。
从完整到不再完整，从不再完整到完整
青是树的皮肤，高是干的挺拔
墙，不发出一点声音，站在那始终等待超越
天空靛青色，树的生长抚摸过去
钟声，穿过时间，有的落在凡俗的泥里
有的成为草，境界在树的旁边

寻

春天来了，一切悄然发生
并随时间改变。从原来改变到现在，从单调
改变到丰富，从没有改变到有
叶子，借燕尾剪刀，为一块布，为一绢丝
经纬了江南意境。裁自内心
落实到形体，上天一俯瞰，人间就被审视
个性，气质，意境，搭配，合一
伟大想法，不来源于伟大设计，伟大设计
一定来源于伟大想法。
寻，就是找到不同；好，就是好和好不再相同
好就是灵光一现。好就是唯我唯一。
沉默走在完美面前，怎么经过都不忍说话
新叶，落羽，花蕴，润于底色
滋于内心。你我世界，精神能量被突然引爆
如同我很爱你，也如同你很爱我

如同水烟穿在身上

樱花感知季节，说开就开了
在春节过后，在一个小院，生活被闪耀一下
墙里樱花，把自己想到了墙外
修辞，不仅是汉语语法，也是生活语法
中间有一个词，让蜜蜂蜇得挺疼
那种肿胀像在别处，疼在心里也是占领
水多出来了，被天目收集起来
变成了天目湖。变成一波、一浪、一只小船
载着商机，有可能划到对岸
遥想公瑾当年，输掉战争又输掉了美人
铜雀台吹塌，如今谁在楚楚动人
人动人，衣服动人；衣服动人，人动人
现实魔幻，如同水烟穿在身上
你想把虚幻变成实际，又想把实际变成虚幻
美放在那里，审美，一下尽收眼底

我也想把诗做成衣服

在私人订制里，每个季节
每片树叶，都按时提醒：绿了，黄了，红了
大玻璃，满满地装下一大块阳光
有人扔下了，做衣服的诗人这个句子给你
你低头听到自己心跳
把衣服做成诗，谁穿了都能穿出内涵
反过来，我也想把诗做成衣服
被你穿在溧阳大街。写上作者于耀江
意象布料，意象款式，意象针脚
心里穿上了，就是每个人最爱
风格水一样，并把天空氤氲成云
天空穿在了身上，人和天空互拟一下
人是另一种云，从天空多出来
轻轻地飘落在地上，因为湿而诗意了
树叶，薄雾，互衬，诗意，灵犀
溪水边有石头，洗和被洗，互成为一种境界
如你把爱情，也爱成私人订制

翻阅到下一个雨天

杏花入泥。鸟趾蹦跳着清香
纽扣大小青杏，枝条一溜排列，系云朵裂隙
墙，是名词也是动词，青杏出墙
引心旌摇曳。青涩若想懂，得慢慢熟黄
墙荫，树荫，花荫，渐渐长了
你为自己准备下童年，准备下汉语精华
每棵树都记下了，你灵气地开过
有形、有色、有气、有质，好像在人间
又好像在天上。早晨那场大雾
把四平这个小黑点，在地图上藏了起来
我被你曾经丢失，你也被自己丢失
互相找，找到今天，找到了不相信找到
蓦然回首间，隔着两条最大水系
铜铃响着日光、响着月光，执念是你我
北方向南方执念，南方向北方
也在执念。你在童年私塾小院里弄丢了脚印
风捡到书里，翻阅到下一个雨天

水流过就是填满

四月天里，四月安排了一切
白天和夜晚，我和你，天空抻开四角笼罩了
地图上，我们一再缩小山河万里
一个格子空间，在那端；一个格子空间
在这端；羽毛灯光里飞着羽毛
我在《诗经》里想到你，“在河之洲”地窈窕
你怎样报之以我，我又怎样
报之以你，爱情穿一身雾气，款款而来
现代在今天，我们怎样还原以前
不是每个时代，爱情都纯粹得一眼见底
我接受这样一个时代，接受了
时间走到这，回过头一看，啥也没看着
你被一种心意派遣，被佛法执念
春天来了，民间又绿得无边，插一竹竿
水是一种心意，从来处来，到
去处去。去处总是未知，不知道才想要知道
一根竹子虚空了，水流过就是填满

意念是桥梁

有一种看是经过。不经意地看
不经意地经过；南方和北方，怎样互相经过

辽宁，河北，山东，手拉手站在半道上
从指缝钻过去，才能到达涵田半岛

你在 8℃里，穿着比 8℃还少，打喷嚏
《我爱你亲爱的姑娘》，燃烧一股音乐火苗

走在人生边缘上，不愿走也得走，路上
我一下进入了：灰蒙，凛冽，空泛

高楼林立，包围其中，有如海市蜃楼
现实进一步虚构，我从哪里，折射到了这里

一生折射过多少次，折射有多少次遇见

樱桃藏起水分，一滴能滴到心里吗

风欲起，雪欲化，树欲青，鸟欲来。

人欲渡人，人欲被渡，走过去，意念是桥梁

尘埃何必追赶尘埃

寺院上午，叶子在阳光下很薄
一片片被普照。你在人群中好几次区别人群
别人好几次看你过来，你好几次
不看别人过去。觉得眼前不坐落在地上
像一朵云，下完雨就突然轻了
一些思想就是这样，轻和重也得分天气
寺院里清净完了，就得走到外面
被世俗坏笑勾引一下，跑到生活另一端
有些事，佛家也管不了，人和
智慧合一了，佛就是自己，自己渡自己
一下就从此岸，到达了彼岸
尘埃何必奔跑尘埃，尘埃何必追赶尘埃
那天，你把花送给了佛，转过身
手上满是清香，自己闭着眼睛也能闻到
许多人心，从不同地方来到了
同一个地方。不同寻找相同，找到还是不同
人生翻阅经书，懂了，还是假装懂了

心里缝隙如同云裂

墙上，一片明黄。如镀阳光
或遇一种颜料。寂静生暖，多少颗心在祈祷
窗子打开一小半，小树叶生长新绿
树干真实，影子虚拟，真实和虚拟互渡
瓦脊比高墙还低，一溜走到哪里
巷子滴雨，大叶子滴水观音，无雨滴雨
铜铃叮当风声，铜铃叮当雨声
唯有叮当，驱邪之音，才叮当进了风雨人间
你看任何物质，眼神总结出怀疑
云升起，飘逸面对不飘逸，秒成了敌人
一切在形而之上，寂静扔下来
寂寞僧人，扫来扫去，想与他截然分开
你是你，想是想，你与想是两个
有时你把想当成现实，有时你把现实当成想
心里缝隙如同云裂，蝴蝶幻然飞过

多年是多少年

寺院，在许多棵树木中生长
已经多年。多年是多少年，落叶覆盖了落叶
多少层？多少脚印迷途，走丢了
现实有点不像现实，像过去，被人走过
不管怎样走过，经历总是伟大
佛陀在心里佛陀，闭上眼就能看到轮回
日，月，风，霜，雨，雪，雾，霾
树木一再多情，叶子由绿变黄，又由黄变绿
你想，又没想；你没想，又在想
日子一天天加起来，也在一天天减下去
一个人过往，靠不住别人，而别人
总是别人。你在血液里，到达自己了吗
你“从童年起，便独自一人，照顾历代星辰”
我是哪一颗蓝光，在夜晚划过去
比裂隙裂开迅疾，比流水还凉

也巫一样跳动

一棵树种在那，汲取天地精华
成长为天意。冥冥之中爆发出芽，茂盛枝叶
自己用树荫庇护自己，你在
树下读四书五经，于心里发出一声感叹
比鸟音还长。身后怎么那么深啊
你知道自己是浅浅的，如一汪雨后水洼
多雨，多水，多树，多草，多雾气
多许多想不到，多许多不知道，多许多
年龄以外。冥想是想，想是冥想
有山叫巫山，有女叫巫女，有气叫灵气
通往未知前方，有桥搭在水上
捂着眼睛，是想看不看，还是不看想看
巫，是一种精神密语，在心里含着
不想说出来，不说是最高境界，说出来
一滴水说破了，怎么圆润下去
女巫在内心光芒，裙裾以树影，发饰以花蕾
有了爱情，女巫之心，也巫一样跳动

从蓝色星光里飞回人间

没有去过溧阳，溧阳因为有你
我在地图上，始终寻找那个七星瓢虫小黑点
天暖，它会飞的，以下就是公里。
路是未知，想着就远，坐什么现代工具
到达只是一种可能。杜鹃花
从实际开进手机，你在我心里也在盛开
不敢让天气一转身，多出太多风雨
你在冬和春两个季节，冷和热生活惯了
我在四个季节里，边转换季节
边衔接心里，生活把节奏放得一慢再慢
活着，不急于活着；生活不拴绳子
也是生活。有一种血很慢，向内心滋润
时间，块垒，封闭，硬核，结茧
惊蛰那天开始，心就惊蛰了，等待七星瓢虫
驮着小黑点，从蓝色星光里飞回人间

后 记

诗是心里的一只瓶子，装满感受就会流淌。

1977 年末，高考结束了，不确定地待在家里，等待未知的结果。生产队冬天没活儿干，整个处于猫冬状态，借此我就在家待下了，省得在集体户里挨冷受冻。邓万鹏，中了诗的“蛊”，为了“蛊”的不孤独，三天两头把“蛊”带到我家来。他刚刚走上诗歌的道路，一颗心就敏感到孤独了，可见这种文字，在心里窃笑周围的力量。我和万鹏，是中学上下级同学，又是隔着两条路的邻居，说起文字，相互是懂的。每当见面，谈起诗歌，他都劝我写现代诗，放下古典诗词的兴趣。听人劝吃饱饭，就这样，他把现代诗的“蛊”，完完全全移种给了我。今天看，得感谢万鹏一番苦心的引导。

最终，我们都种瓜得瓜种豆得豆。

现代诗对于我来说，几乎是空白。外国人写的没有读过，中国人在“偷来主义”中，初始学会写的那种，也没有读过。读到的，恰恰是贴着诗歌标签的伪诗，在心里走过，也在心里停留不下。但毕竟占用了阅读时间和文字出入的有限空间，像一开始，就把需要扔掉的东西搬了进来，最后还得搬出去不要了，阅读的无效性，让人沮丧。在停课和没书读的年代，我在唐诗宋词两大高峰中间，找到一条小路，确实在风景迷人处流连忘返过。相当于，自己给自己上了私塾，并搬来可以沉底的石头，作为后来建造诗歌小屋的基础。回想起来，对于意象的认知和追求，是古典无声的教诲。对于唐诗宋词，和若干古典精华，我从来不敢虚无。它们伟大于时间的检验和不断的检验。在写来写去中，我警惕自己的编钟之音，常常清新美妙地响在耳畔。

图书馆，阅览室，在我心里，始终是有温度和有灵魂的地方。

一切都在恢复之中。打碎了的，也会粘补。对于我，广阔天地大有作为过，在校园，在诗歌的大厦里，还不能添几块砖加几片瓦吗？朦胧诗应运而生，在内涵和形式上，改变了我们对中国现代诗认知的局限，或对现代诗，人为的弯路得以重新裁剪和捋直。如果说图书馆是大加油站，阅览室就是小加油站和信息网，写作和发表，两条腿就这样走动起来了。假期中，盼着开学的感觉，就是盼着邮来的牛皮纸口袋，那种精神的满足感，是自己用精神劳动换取来的报答。低头走路，内心昂起，出身的低微和物质的贫困，反倒看成颗粒粗糙的磨刀石。朦胧诗，是新时期中国现代诗的再次发端，跟踪的文字和口实，也乌泱乌泱地不绝；我心里始终认为，朦胧诗，不过是一种诗歌现象而已，没有说的那么玄乎。因为文化断代，新诗断代，阅读接不上捻，好像发现了新大陆。其实，朦胧诗的几位代表人物，在没有火的年代，偷来几块桦树皮，划根火柴，点着取暖而已。对于诗者，取暖的方式，各有各的不同；暖和了就是目的。在校读书时，诗写的现代性，是想象大于实际的现代性；走上社会诗写的现代性，是想象小于实际的现代性。每个时代、每个时段、每个个体，都有自己诗写的现代性和现代性的诗写。就我自己而言，诗写的现代性，一部分来自读书的认知，一部分来自生活阅历的认知，两部分加在一起，是认知的总和。读书是镜子，生活则是背面涂抹的水银。《末之花》的单纯清新，《于耀江抒情诗选》的勾陈回归，《个人风景》的主体超越，《危险的细节》的情节叙述，都是不同时段、不同脸相、不尽相同的心跳。我存在，我生活，我读书，我思想，我的现代性诗性之花就会盛开。

时间翻到 2007 年以后这些页码，我写诗，很少读诗，用大量的时间在读当下的小说。比如，余华、格非、苏童、马原、残雪、池莉、方方、莫言、路遥、陈忠实、贾平凹等。他们对于传统文本的超越，本身就带有先锋性，值得我这只诗歌蜜蜂，汲取这些花朵的蜜。截止到现在的诗写，有好多感觉的切口、叙述的流向、语言的质地，无意中都在受益。收到这本诗集里的诗，都是在我诗歌窗口以后打开的风景，直到2013年年末，生病、住院、康复，我的阅读没有继续和深入，我的诗写也没有丰富扩展下去，如秋天最后一棵芦苇，在水中流连扶不住的倒影。如果说，《诗人与情人》是寄予书信里的心灵行走，那么，第四辑的“迢迢你我”，则是在现实里又一次诗性空间里的打开。原野里的葵花盛开、向上、健康，生长于共同大地，支撑于共同天空，觉得自己不在现在，而是在生活过的很久以前，或就在2005年深秋的日子，深秋太深了，过几天雪花很美，但也很冷。

想到的事情总不发生，发生的，总是想不到。

多年过去后的万成，一如当年。1987年，我去四平后的第二年，还在跑通勤，四平文联主席带一干人，到我梨树老窝看一看，在我家炕上吃饭，万成陪着。记得我们都喝得脸上桃花。我们年轻时，梨树也不老，日子也不老。只是万鹏行走中原，脚印隐入黄河的苍茫。感谢故人的提议和承诺，才有当年梨树上，结下沉甸甸的果实。有偏脸城的梨树，有昭苏太河的梨树，有过我们的梨树，但愿“千树万树梨花开”。

2021年4月8日

于四平中央公园

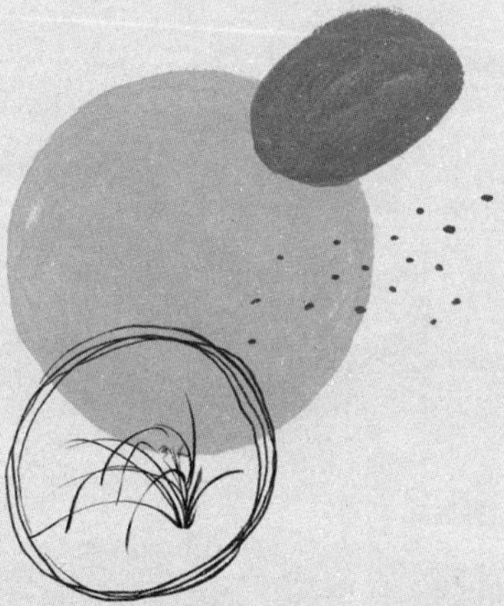